dtv

Der Sommer hält Einzug in Furth am See. Während sich die Hotelterrassen füllen und die Schüler auf ihre Zeugnisse warten, nimmt eine Folge besorgniserregender Ereignisse ihren Anfang. Auf immer grausamere Weise werden Gewalttaten gegen ältere Menschen verübt. Die Opfer scheint auf den ersten Blick nur eins zu verbinden: das Bestreben, nichts über ihre Erlebnisse zu erzählen – und panische Angst. Schließlich verschwindet auch noch ein kleines Mädchen. Das Ermittlerduo bestehend aus dem Psychiater Raffael Horn und dem Kommissar Ludwig Kovacs nimmt die spärlichen Fäden, die zu finden sind, auf und beginnt sie zu verknüpfen. Ohne es vorerst zu merken, tauchen sie ein in lang vergangene Geschichten, die dunkler nicht sein könnten.

Paulus Hochgatterer, geboren 1961 in Amstetten/Niederösterreich, lebt als Schriftsteller und Kinderpsychiater in Wien. Er erhielt diverse Preise und Auszeichnungen, zuletzt den Österreichischen Kunstpreis 2010.

Paulus Hochgatterer

Fliege fort, fliege fort

Roman

dtv

Mit freundlicher Unterstützung der Kulturabteilung
der Stadt Wien, Literatur.

Von Paulus Hochgatterer ist bei dtv außerdem lieferbar:
Der Tag, an dem mein Großvater ein Held war (14704)
Die Süße des Lebens (21094)
Wildwasser (21151)

**Ausführliche Informationen über
unsere Autorinnen und Autoren und ihre Bücher
finden Sie unter www.dtv.de**

MIX
Papier aus verantwortungsvollen Quellen
FSC® C019821
www.fsc.org

2021 dtv Verlagsgesellschaft mbH & Co. KG, München
Lizenzausgabe mit Genehmigung des Paul Zsolnay Verlags Wien

Umschlaggestaltung: dtv nach einer Vorlage von Anzinger und Rasp,
München unter Verwendung eines Fotos von
plainpicture/Millenium/Matt Sampson
Satz: C.H.Beck.Media.Solutions, Nördlingen
Satz nach einer Vorlage von Nadine Clemens
Druck und Bindung: Druckerei C.H.Beck, Nördlingen
Gedruckt auf säurefreiem, chlorfrei gebleichtem Papier
Printed in Germany · ISBN 978-3-423-14795-8

Die erste Erfahrung, die ein Kind von der Welt macht,
ist nicht die, dass die Erwachsenen stärker sind,
sondern dass es selbst nicht zaubern kann.

Walter Benjamin

DAMALS

Alle sehen ihn. Er läuft schräg über die Wiese, dann den Feldweg entlang. Er stolpert, fällt hin, richtet sich wieder auf. Die Sonne liegt auf ihm, und sein Haar strahlt weiß. Es ist, als würde er durch ein Bild laufen, denkt sie. Manchmal nimmt sie die Dinge wahr, als seien sie nichts als gemalte Bilder. Er läuft kollernd wie ein kleines rundliches Tier. Wie ein junger Bär, denkt sie. Oder wie ein Wombat, nicht in Australien, sondern hier bei uns, mitten im September. Der Sommer war sehr groß, denkt sie, demnächst wird jemand seinen Schatten auf die Sonnenuhren legen, und auf den Fluren die Winde … Rilke-Blabla. Warum sie nicht anders kann, als sich für Pathos schlecht zu fühlen, weiß sie nicht.

Am Himmel bläht sich eine Wolke von Staren, zieht sich zusammen, fächert sich wieder auf. Vor ihr fällt die Wiese steil ab, braun gepunktet von unzähligen Maulwurfshügeln. Dahinter der Wald, ganz rechts der Teich, an der Zufahrt zum Bootssteg in flammendem Rot die beiden Wildkirschbäume.

Seine Arme machen kurze, schaufelnde Bewegungen, während er läuft. Sie erinnert sich, dass die braune Cordhose, die er trägt, dunkelgrüne Aufnäher über den Knien hat und dass sein Hemd hellgelb ist, mit feinen blauen Streifen. Der Rucksack mit seinen Sachen steht noch da, unmittelbar neben dem Eingang zum Speisesaal.

»Er kommt wieder«, sagt die Sozialarbeiterin und setzt

sich an einen der Terrassentische. Sie nimmt eine Flügelmappe mit Gummizug aus ihrer Tasche, legt sie vor sich hin und kramt nach einem Stift. »Er kennt sich hier nicht aus«, sagt sie, »irgendwann wird er müde sein und umkehren.«

Sie sieht das Grau am Haaransatz der Frau, die korallenroten Perlen ihrer Halskette und das rosa-weiße Karo der Bluse. Mit einem Ruck steht sie auf. »Ich werde ihn holen«, sagt sie. Die Sozialarbeiterin hebt den Kopf und blickt sie erstaunt an. »Wie Sie meinen«, sagt sie, »sind Sie neu?«

»Ja«, sagt sie, »ich bin neu.«

Er ist schon ziemlich nahe an der Straße. Das nimmt sie wahr, als sie losrennt. Er läuft in flachen Schlangenlinien, ein wenig x-beinig, manchmal hüpft er, so, als befinde sich ein Hindernis auf dem Weg.

Er ist neuneinhalb Jahre alt, das hat sie sich gemerkt, Geburtstag Anfang Mai, das vierte von sechs Geschwistern, dritte Klasse Volksschule, schlechte Noten in allen Fächern, äußerst unregelmäßige Teilnahme am Unterricht.

»Bleib stehen!«, ruft sie. Er reagiert nicht, zweigt an der Straße nach links ab, nimmt wenige Schritte später den Forstweg in Richtung Wald. Sie läuft locker und merkt, wie der Abstand zwischen ihnen kleiner wird. Sie wird ihn einholen, denkt sie, ihn von hinten umfassen und einfach halten. Er wird sich nicht wehren.

»Du bist eine Romantikerin«, hatte ihr Vater gesagt, als sie ihm erzählte, sie habe beschlossen, das Literaturwissenschaftsstudium aufzugeben. Sie hatte gelacht und gesagt, ja, absolut sentimental. Es gehe ihr schlicht und einfach darum, die Welt ein Stück besser zu machen. Er hatte sie angeschaut, mit den Schultern gezuckt und gesagt, was könne ein Vater schon tun, wenn seine Tochter so etwas sage.

Der Boden ist trocken und weich von den Lärchennadeln vergangener Jahre. »Bleib stehen, ich tu dir nichts!«, ruft sie, obwohl es ihr ziemlich blöd vorkommt. Er schaut sich nach wie vor nicht um. Seine Arme rotieren jetzt, als wolle er sich irgendwo eingraben. Sie ist inzwischen so nahe, dass sie sein Keuchen hören kann. Sie reduziert ihr Tempo. Haare wie helles Stroh, denkt sie. »Bleib doch stehen«, ruft sie noch einmal, »keiner tut dir was.« Er schlägt einen Haken nach links, durchbricht einen schmalen Streifen Fichtensetzlinge und rennt im Zickzack den flachen Hang hinauf. Unmittelbar neben einer jungen Kiefer tappt er in ein Loch und fällt der Länge nach hin.

Sie steht neben ihm, mitten in den Heidelbeersträuchern. Er spricht nach wie vor kein Wort. Als er ihr schließlich das Gesicht zuwendet, weiß sie, dass sie noch nie so eine Art von Verzweiflung gesehen hat, so grenzenlos und so leer. Sie streckt ihm die Hand hin und zieht ihn hoch. Seine Finger sind warm. Was sie auf seinem hellgelben Hemd als Streifen in Erinnerung hatte, sind in Wahrheit Reihen winziger Hirschkäfer.

Ab dem ersten Schritt ihres Rückweges spürt sie das Bedürfnis zu reden. Sie hat keine Ahnung, woher es kommt, sie weiß nur, dass es mit Sonnenuhrschatten oder sonstigem romantischen Zeug nichts zu tun hat.

Sie erzählt von den Dingen, die sie über ihn weiß, aus dem Akt und aus dem Bericht der Sozialarbeiterin im Vorfeld der Überstellung. Sie erzählt davon, dass seine leiblichen Eltern nicht in der Lage gewesen seien, ihn und seine Geschwister zu versorgen. Der Vater habe seine Stelle in der Kunstdüngerfabrik verloren und dadurch noch mehr getrunken als zuvor, die Mutter sei psychisch labil und mit den sechs Kindern so überfordert gewesen, dass sie nicht einmal mehr Windeln für die Kleinsten habe besorgen können. Schließlich seien die Konflikte zwischen den beiden so eskaliert, dass man die Mutter in eine psychiatrische Anstalt einliefern habe müssen. Die zwei Kleinen seien in ein Säuglingsheim gebracht worden. Die Pflegeeltern, zu denen er mit den drei anderen gekommen sei, hätten seit Jahren Kinder aufgenommen. Es habe nie eine Klage gegeben, ganz im Gegenteil, bei den jährlichen Kontrollen durch das Jugendamt habe man stets einen hervorragenden Eindruck gehabt. Es sei wohl auf die einschichtige Lage des Bauernhofes zurückzuführen gewesen, auf das Fehlen eigentlicher Nachbarn, weshalb es so lange gedauert habe, bis die Wahrheit ans Licht gekommen sei, und auch der Umstand, dass jener Futtermittelvertreter bei seinem Besuch die neue Freundin dabeigehabt habe und es sich bei ihr um einen ausgesprochen netten und zugleich ausgesprochen neugierigen Menschen gehandelt habe, könne letztlich nur als eine glückliche Fügung bezeichnet werden. Es sei jedenfalls außerordentlich mutig von seiner Schwester gewesen, dieser fremden Frau den Ziegelrohbau neben dem Wagenschuppen zu zeigen, die versifften Matratzen, die Blechspinde, die Maurerböcke mit der Pressspanplatte oben drauf, die als ihr Tisch gegolten hätten.

Als sie die Straße erreichen, bleibt sie stehen. Sie verstehe, dass er davonlaufen müsse, sagt sie, wie solle er nach diesen Erfahrungen auch in der Lage sein, sich auf irgendjemanden zu verlassen. Trotzdem solle er zumindest versuchen, ihr zu glauben, dass es hier an diesem Ort keine Blechspinde, keine einfach verglasten Fenster und keine Stallarbeit ab Morgengrauen gebe. Ob denn das möglich sei? Der Bub blickt zu Boden und saugt seine Wangen ein. Von den Rändern seiner

Ohrmuscheln schält sich die Haut. Sonnenbrand im September, denkt sie, und zugleich denkt sie, wie kindisch sie sich an etwas Nebensächlichem wie an einer Alliteration freuen könne und dass das wohl auch zu einer Romantikerin gehöre.

Sie gehen am überdachten Fahrradständer, am Schuppen für die Gartengeräte und am Kaninchenstall vorbei. Sie benennt die Dinge, als sei er gerade dabei, eine neue Sprache zu lernen: Fahrradständer, Geräteschuppen, Kaninchenstall. »Was hast du eigentlich in deinem Rucksack?«, fragt sie im Treppenhaus. Er blickt sie überrascht an und sagt nichts. »Entschuldige«, sagt sie und weiß nicht, warum. Sie fragt ihn, ob es ihn interessiere, wo er schlafen werde und wer seine künftigen Bettnachbarn seien. Als Nächstes werde man ihm vermutlich sein Bett zeigen und seine Plätze im Speisesaal und im Lernzimmer; außerdem werde man ihn mit den anderen bekannt machen. Letzteres solle ihn nicht beunruhigen, allen sei klar, dass man zu einem Neuen nett zu sein habe.

Sie durchqueren den Speisesaal in Richtung Terrasse. Draußen am Tisch der Sozialarbeiterin sitzt der Direktor, das ist von innen gut zu sehen. An der Brüstung lehnt der große, dunkelhaarige Erzieher, den sie Jimi nennen, und raucht. Er heißt so, weil er ausschließlich Jimi-Hendrix-T-Shirts trägt und behauptet, er habe eine Fender Stratocaster zu Hause. Als sie auf die Terrasse treten, packt die Sozialarbeiterin ihre Flügelmappe in die Tasche und erhebt sich. »Dann kann ich ja gehen«, sagt sie. Sie schüttelt dem Direktor die Hand. »Ich werde dich besuchen kommen«, sagt sie zum Buben, »obwohl dir ja nichts passieren kann, wenn du so engagierte Leute um dich hast.« Dann geht sie.

Der Bub steht da und starrt auf einen Punkt vor seinen Füßen. Mit dieser Vorgeschichte sei es nur allzu verständlich, dass das Kind in einer Situation, in der alles unvertraut sei, Angst habe, sagt sie. Wenn keiner etwas dagegen habe, werde sie ihn jetzt mitnehmen und ihm die wichtigsten Dinge zeigen, sein Bett, den Kleiderschrank, die Waschräume.

Der Direktor wendet sich dem Buben zu. Er streicht sich mit Daumen und Zeigefinger über den Nasenrücken und schüttelt langsam den Kopf. Es tue ihm leid, aber ganz so einfach sei die Sache leider nicht. Bei einem Heim für Kinder und Jugendliche handle es sich um eine hochsensible Einrichtung, die auf gewisse Arten von Erschütterung viel empfindlicher reagiere, als man sich das als Außenstehender vorstelle. Daher könne vor allem ein Angriff auf die Fundamente unter keinen Umständen unkommentiert bleiben. Noch einmal streicht er sich über die Nase, und plötzlich geht alles sehr schnell. Der Erzieher richtet sich auf, schnippt seinen Zigarettenrest übers Geländer und fixiert den Buben. Der Direktor macht zwei, drei Schritte auf ihn zu, fasst mit der linken Hand an sein Kinn, drückt es nach oben, holt mit der rechten aus und schlägt sie ihm flach ins Gesicht.

»Weglaufen wird hier unter keinen Umständen geduldet«, sagt er, »auch nicht bei Neuankömmlingen. Merk dir das.«

Irgendetwas versackt in ihrem Kopf, gerät durcheinander, und für ein paar Augenblicke gelingt ihr kein klarer Gedanke. Weglaufen werde bestraft, und Weglaufen werde verhindert, sagt der Direktor, auch sie solle sich das einprägen. Dabei lächelt er.

Der Erzieher steht breitbeinig da und sieht den Direktor fragend an.

»Erstens die Glatze«, sagt der Direktor, »zweitens der Einzug in Jerusalem.«

Der Erzieher grinst. »Wird gemacht«, sagt er.

Was werde gemacht, will sie wissen, was bedeute die Glatze und was der Einzug in Jerusalem. Der Direktor sagt, das Leben mancher Kinder verlaufe so, dass man es ab einem gewissen Punkt nur besser machen könne, langsam allerdings, Schritt für Schritt, Maßnahme für Maßnahme.

In diesem Moment hebt der Bub den Kopf und sieht sie an. »Du hast alles falsch gesagt«, sagt er.

»Was habe ich falsch gesagt?«, fragt sie.

»Über mich«, sagt er, »alles. Du weißt nicht einmal, dass mein Vater im Gefängnis sitzt. Für immer.«

EINS

Der Dicke liegt auf der Couch und schnarcht. Er trägt dunkelbraune Bermudashorts, die vermutlich noch nie eine Waschmaschine gesehen haben, ein Captain-America-T-Shirt und Schnürstiefel ohne Bänder – Doc Martens, behauptet er, aber alle wissen, dass das nicht stimmt. Ob echt oder nicht, sei auch völlig egal, sagt Fritz The Cat, in erster Linie sei es wichtig, dass er die Stiefel nicht ausziehe. Fritz hält sich am liebsten in der Nähe des Dicken auf, aus Gründen der emotionalen Sicherheit, sagt sie. Seine hundertzwanzig Kilo hätten etwas Stabilisierendes für die Umgebung, seien sozusagen das Gegenteil von einem Erdbeben. Fritz heißt in Wahrheit Friederike, ist dünn und rothaarig und behauptet, es gebe auf ihrer Körperoberfläche keinen Quadratzentimeter ohne Sommersprossen. Sie sagt, sie sei genderqueer, Subtyp drei b, rapid cycling, was bedeute, alle paar Wochen wechsle ihre Geschlechtsidentität, manchmal noch rascher. Chirurgische Maßnahmen, Hormontherapie oder der Verlauf der innerpsychischen Transformation sind daher kein Thema, und wenn irgendein ahnungsloser Mensch beginnt, von Brustamputation oder Testosteronboostern zu reden, kann es sein, dass sie wirklich böse wird. Dann fliegen Gegenstände, Flaschen zum Beispiel, Sitzmöbel oder die Mobiltelefone anderer Leute. Wenn sich Fritz in einer weiblichen Phase befindet, ist sie freundlich, heiter und ausgesprochen aufmerksam. Vor allem dem Dicken liest sie dann jeden seiner Wünsche von den Augen ab, bringt ihm Coca-Cola und Hotdogs und schnurrt, wenn er ihr seine Patschhand in den Nacken legt. Keiner versteht das. Norbert sagt, das Fundament dieser Beziehung sei vermutlich so etwas wie eine Perversion ohne Sexualität, und Natascha sagt darauf, so ein Blödsinn, im Grunde seien die beiden doch Kinder. Jetzt sitzt Fritz vor der Couch auf dem Teppich, hat die Ohren zugestöpselt und hört Musik vom Handy. Ihre rechte Fußspitze wippt.

Alles ist ruhig. Ich liebe meine Arbeit. – Ab und zu muss sie sich solche Dinge vorsagen. – Ich liebe dieses seltsame Souterrainlokal, das früher einmal eine Gerberei gewesen sein soll, ich liebe die dicken Mauern dieses Hauses, und ich liebe die Jugendlichen, die ihren Irrsinn nirgendwo sonst abladen können. Meine Kollegen liebe ich auch, manchmal. Sie geht in einer Schlangenlinie durch den Fernsehraum und sammelt Getränkeflaschen ein, fettgetränkte Pizzakartons und leere Zigarettenschachteln. Aus dem Casino hört sie das Knallen des Tischfußballs. In Ermangelung eines Gegenspielers schießt Malik einfach aufs Tor. Bis es hinten durch ist, hat er gesagt, als ihn Norbert gefragt hat, wie lang er das denn machen wolle. Sie wirft einen Blick in den Raum, hebt grüßend die Hand und geht wieder. Malik ist ihr unheimlich. Er ist blass, schwarzhaarig, muskulös und trägt einen schütteren Vollbart. Er behauptet, seine Mutter sei Prostituierte in der Ukraine gewesen und sein Großvater Geschäftsmann in Grosny. Bei ihm sei er aufgewachsen, und von ihm habe er seinen Vornamen. Trotzdem habe ihn der Großvater töten wollen.

Sie steckt alles bis auf die Flaschen in den Restmüll und steigt die paar Stufen zur Eingangstür hoch. Oben wendet sie sich um. Der Dicke heißt so, weil er dick ist, denkt sie, das Casino ist ein großer Raum, in dem ein Tischfußballtisch und ein Flipperautomat stehen, in dem also gespielt wird, und Malik wirkt zwar wie die personifizierte Selbstkontrolle, hat aber zu Hause vielleicht doch eine Kalaschnikow im Schrank. Ich mag es, wenn die Dinge klar benannt werden, denkt sie. Das Jugendzentrum selbst heißt *Come In,* ein Name, den sie blöd findet, der ihnen aber bei Gründung von der Stadtverwaltung aufs Auge gedrückt wurde. Sie kann Anglizismen nicht leiden, ebenso wenig Begriffe, die aus einem romantischen Willkommenspathos stammen: Kommt nur, hier darf ein jeder herein – so ein Schmarrn! Für die Namen, die das Team selbst damals wollte, hätte es kein Geld gegeben: *Die Gosse, Kinderzimmer* oder *Saustall.* Jetzt heißt das Ding *Come In,* und das öffentliche Geld wird trotzdem immer weniger.

Der Sommer bricht über sie herein, als sie die Tür öffnet, grell und heiß. Sie tritt auf die Straße, überquert den Körnermarkt, einen schmalen, rechteckigen Platz, geht die Salamander-Apotheke entlang, dann vorbei an Gerrit van Dalens Antiquariat mit seinem vollgeräumten Schaufenster. Sie zweigt links in eine kurze Stichstraße ab und steht nach wenigen Schritten vor dem Altstoffsammelplatz. Aus den Biomüll-Behältern stinkt es. Auf den gelben Bauch des Weißglascontainers hat jemand mit roter Farbe »Mario will be killed« gesprayt und etwas ungelenk einen Totenkopf daneben hingemalt. Graphomotorisch nicht gerade genial, denkt sie. Als sie die letzte PET-Flasche versenkt, merkt sie, wie sauer sie auf ihre Kollegen ist, auf Natascha wegen ihrer Besserwisserei, die sie mit drei Semestern Psychologiestudium rechtfertigt, auf Norbert und auf Iorgos wegen ihrer Macho-Allüren und auf Joseph, weil er ist, was er ist, ein Versager von Gottes Gnaden. In drei Tagen werden sie Supervision haben, da wird sie all diese Dinge zur Sprache bringen, direkt und kompromisslos. Die anderen werden überrascht schauen, und Rosemarie, ihre Supervisorin, wird zufrieden sein. Sie mag es, wenn die Dinge auf den Tisch kommen, das ist in dem Jahr, seit dem sie das Team berät, deutlich geworden.

»Du mit deinen blauen Haaren«, wird sie zu Natascha sagen, »– so, als wärst du selbst erst sechzehn«, und zu Iorgos, dass er sie mit seinem sentimentalen PASOK-Getue und überhaupt mit Griechenland in Ruhe lassen soll. Er solle sich endlich wirklich zuständig fühlen und nicht nur groß daherreden, Norbert, sein Zwilling im Nichtstun, genauso. Joseph Bauer gegenüber wird sie wahrscheinlich wieder einmal den Mund halten. Ein Benediktinerpater, den man ins Streetwork-Team gesteckt hat, weil er selbst einen zumindest genauso großen Knall hat wie die Jugendlichen, die er betreuen soll – was soll man da schon sagen. Er ist da und wird vom Orden bezahlt, aus, fertig, und dass er manchmal versucht, um fünf Uhr früh mit ein paar sechzehnjährigen Halbleichen so etwas wie ein Morgenlob abzuhalten, ändert nichts. »Er spricht mit Gott und bumst eine Volksschullehrerin, halleluja!«, hat der Dicke unlängst gesagt. Das bringt die Sache auf den Punkt. Stella Jurmann, besagte Lehrerin, liebt die Kinder, die sie unterrichtet, und sie liebt Joseph Bauer, irgendwie zumindest. Sie selbst ist sich bezüglich Letzterem ziemlich sicher, denn Stella ist ihre Schwester.

Vor Gerrits Schaufenster bleibt sie stehen. Ganz vorne liegt eine Reihe *Rolf-Torring*-Hefte aus den 1930ern, dahinter ein paar Bände *Jörn Farrow's U-Boot-Abenteuer*. Links am Rand, gar nicht prominent platziert, entdeckt sie eine Erstausgabe von Selma Lagerlöfs *Gösta Berlings Saga*, im schwedischen Original. Achthundertzwanzig Euro. Ein halbes Monatsgehalt, denkt sie, und dann denkt sie, dass Gerrit zwar ein netter Mensch ist, ein kluger Kopf sowieso, der beinahe alle Bücher kennt, die jemals erschienen sind, dass sie aber jedes Mal, wenn sie mit ihm zu tun hat, ein seltsames Gefühl bekommt – so, als sei entweder sein Großvater ein Nazi-Offizier gewesen oder er selbst Sekretär in einem Geheimbund für die Pflege nordischer Runenschrift. Außerdem sind seine Ringfinger beinahe gleich lang wie seine Mittelfinger, an beiden Händen. Ich merke mir die blödesten Dinge, denkt sie.

Als eine Gruppe asiatischer Touristen vorbeigeht, streifen mehrere Leute ihren Rücken. Sie würde sich am liebsten umdrehen und laut schreien. Aus dem Augenwinkel sieht sie breitkrempige Strohhüte und einen aufgespannten schwarzen Regenschirm. Seit vor ein paar Jahren die Reiseveranstalter Furth am See entdeckt haben, werden ab Mitte Mai Busladungen von Menschen durch die Stadt geschleust. Die Stiftskirche, das gotische Viertel, eine Rundfahrt über den See, ein Eiskaffee auf einer der Hotelterrassen – immer dieselbe Route. Mittendrin das *Come In*. Das war nicht so geplant, führt aber regelmäßig zu spannenden Begegnungen. Etwa, wenn Fritz The Cat eine schlechte Phase hat und sich auf die Straße stellt, um sich durch den Blick jedes zweiten Vorbeigehenden diskriminiert zu fühlen. Zuletzt hat sie bei einer derartigen Gelegenheit einer Frau aus Berlin die Sonnenbrille vom Gesicht gerissen und mitten entzweigebrochen. Auf die Frage der Polizei, warum sie das gemacht habe, hat sie geantwortet, sie schaue faschistischen Menschen gern in die Augen. Danach fühle sie sich immer so frei.

Von weitem sieht sie Joseph vor dem Eingangstor stehen und mit beiden Armen heftig winken. »Regina!«, brüllt er. Sie beschleunigt ihren Schritt. »Was ist?«, fragt sie. Joseph trägt

Jeans und ein verwaschenes graues T-Shirt. »Bist du ausgetreten?«, fragt sie. Er schaut sie überrascht an. »Nein, wieso?«, fragt er. Sie deutet auf seine Kleidung.

»Wo ist dein Habit?«

»In der Wäsche«, sagt er.

Drinnen dauert es einige Sekunden, bis sich ihre Augen an die Dunkelheit gewöhnt haben. Dann sieht sie, dass der Dicke nicht mehr schläft, sondern mitten im Raum steht und jemanden von hinten umfangen hält. Es ist Lisbeth. Sie tritt mit den Beinen um sich und brabbelt unverständliches Zeug. Auf der Couch liegt Magdalena, rundlich, blass, tief atmend, die Augen nach oben verdreht. Die anderen stehen rundherum.

Er habe die beiden Mädchen auf dem Rasen des Stiftsparks aufgelesen und in seinem Auto mitgenommen, erzählt Joseph, das sei ihm angesichts ihres offensichtlichen Ausnahmezustandes am vernünftigsten erschienen. Lisbeth habe sich schon dort hypermotorisch verhalten, Magdalena eher apathisch, beide seien jedenfalls ziemlich verwirrt gewesen.

»Und sie sind trotzdem einfach mitgefahren?«, fragt sie.

»*Einfach* stimmt nicht.«

»Sondern?«

Er habe sie vor die Wahl gestellt: entweder ins Kloster oder hierher, und sie hätten sich für hierher entschieden.

Sie schaut ihn ungläubig an. »War das dein Ernst?«, fragt sie.

»Was?«, fragt er zurück.

»Das mit dem Kloster?«

Irgendwie schon, sagt er, etwas Besseres sei ihm nicht eingefallen. Er steht da, in der Hand etwas, das aussieht wie ein Stapel DVDs. »Und, was machen wir jetzt?«, fragt er. Sie mustert ihn von oben bis unten. Wie ein kleines Kind, denkt sie, dann erinnert sie sich an einen Rat, den ihnen Rosemarie in ihrer letzten Team-Supervision für den Umgang mit komplexen Krisensituationen gegeben hat. »Wir wechseln die Ebene«, sagt sie.

Sie bittet Malik, das Blutdruckmessgerät zu holen. Zugleich greift sie nach einem von Lisbeths Handgelenken, um ihr den Puls zu fühlen. Der Dicke, der Lisbeth nach wie vor festhält, grinst. »Mir auch, bitte«, sagt er. »Vergiss es«, sagt sie, »du stinkst!«

Ein paar Minuten später hat sich die Sache beruhigt. Lisbeth und Magdalena sitzen nebeneinander auf der Couch, trinken Eiswasser mit Zitronenscheiben und wirken nicht mehr so, als würden sie demnächst sterben. Auf die Frage, was mit ihnen los sei, schauen sie einander an und bekommen einen kleinen Lachanfall. »Die Hitze«, sagt der Dicke, und Fritz murmelt etwas davon, wie sich eine Kombination von qualitativ hochwertigem Cannabis und MDMA auswirken könne. Malik dreht einen Tischfußball zwischen den Fingern und schüttelt den Kopf. »Was meinst du?«, fragt sie.

»Egal«, sagt er.

»Gar nicht egal«, sagt sie.

Malik schaut ins Leere. »Manchmal ist es die Hitze«, sagt er.

»Was?«, fragt sie.

»Was Menschen durcheinanderbringt.« Manchmal seien es auch die Dinge, die man zu sich nehme, sagt er, und manchmal das, was einem widerfahre. Jetzt schaut er sie an. »Und?«, fragt sie. Manchmal sei es auch das, was man tue, sagt er. Sie denkt an ukrainische Prostituierte und an Maschinenpistolen im Schrank, und dann denkt sie, dass es Dinge gibt, die einfach plausibel sind, wenn die richtigen Menschen sie aussprechen.

Joseph sagt, eigentlich habe er einen gemeinsamen Filmabend vorschlagen wollen – *Der Herr der Ringe,* er habe alle drei Teile mitgebracht. Der Dicke sagt, ja, Teil zwei, die Schlacht um Helms Klamm, das könne er gar nicht oft genug sehen, und Magdalena bekommt erneut einen Lachanfall. »Was ist?«, fragt Fritz. »Aragorn«, sagt Lisbeth, streckt lasziv die Zunge aus dem Mund und prustet dann ebenfalls los.

Während der Vorspann läuft, steht sie auf, in der Absicht, ins Büro zu gehen. Ein paar Rechnungen sind abzulegen, und das Service für die Gastherme ist fällig. Zugleich stellt sie sich vor, wie Viggo Mortensen sie von der Leinwand herab anschaut. Joseph folgt ihr. »Ich habe vorhin etwas vergessen«, sagt er, es sei wahrscheinlich nicht von Bedeutung. Anfangs habe sich im Stiftspark eine dritte Person bei den Mädchen befunden, ein junger Mann, von dem er nicht wisse, ob er auch ins Gymnasium gehe wie die beiden Mädchen, der jedenfalls ab und zu im *Come In* auftauche. Er habe sich lediglich gemerkt, dass sie, Regina, ihn einmal wohlstandsverwahrlost genannt habe. »Dünn, ernst und Brille?«, fragt sie. Ja, dünn, ernst und Brille, sagt er. Sie lacht. »Kaiser Max«, sagt sie, einer, der auch gern wichtig wäre.

ZWEI

Die Amsel sang seit ein paar Minuten. Er war wach geworden, kurz bevor sie begonnen hatte. In den letzten paar Wochen lief es täglich gleich: Er wachte auf, wartete, dann ging es los. Ein Amselmännchen beherrscht vierhundert verschiedene Strophen, hatte er gelesen. Wenn er den Oberkörper ein wenig anhob, konnte er den Vogel auf dem First der Scheune sitzen sehen, schwarz, schlank, sehr entschlossen. Irene würde demnächst ihre Augen öffnen, empört protestieren und sich dann den Polster über den Kopf ziehen. Einstweilen lag sie ruhig da, auf der Seite und von ihm abgewandt.

Er betrachtete sie. Meine Frau wird bunt, dachte Raffael Horn, sie hat immer schon den schönsten Rücken der Welt gehabt, aber in letzter Zeit wird sie auch noch bunt. Rot, braun, sonnengelb, die Haut voller Punkte und Flecken. Wie von Jackson Pollock gemalt, dachte er, zugleich, dass er ihr selbst so etwas nicht sagen durfte. Du kommst mit meinem Alter nicht zurecht – das war ihr Standardvorwurf, und er wusste, dass es sinnlos war, dagegen zu argumentieren. Irene war neunundfünfzig, drei Jahre älter als er. »Du bist die schönste Vierzigjährige, die ich kenne«, sagte er manchmal. Sie verdrehte daraufhin nur die Augen.

Horn schlüpfte vorsichtig aus dem Bett, nahm die Kleider, die er auf einem Stuhl bereitgelegt hatte, und verließ den Raum. Im Badezimmer fiel ihm ein, dass er das Schlafzimmerfenster eigentlich hätte schließen können. Egal, sie würde es selbst tun. Davor würde sie dem jungen Amselherrn ein paar Unfreundlichkeiten zurufen.

Die Sonne stieg hinter den Fichtenstämmen des Wäldchens hoch und tauchte die gegenüberliegende Hügelseite in orangefarbenes Licht. Horn saß vor dem Haus, trank Kaffee und aß Toast mit Zwetschgenmarmelade. Er dachte daran, dass Irene am Morgen länger schlief als er, dass sie gern im Bett frühstückte und er das hasste, und dass sie grundsätzlich zu frieren begann, wenn er den Vorschlag machte, den ersten Kaffee doch im Freien zu trinken. Er fragte sich, ob die Vorstellung, das Funktionieren einer Beziehung hänge von der richtigen Balance zwischen Unterschieden und Gemeinsamkeiten ab, nicht bloße Romantik war und es in Wahrheit auf viel banalere Dinge ankam, auf die Körpergröße zum Beispiel oder auf die Frequenz des Geschlechtsverkehrs. Er sei der einzige Brillenträger, den sie küssen könne, ohne dass eine Kollision mit ihrer eigenen Brille passiere, nur deswegen sei sie mit ihm beisammen, sagte Irene, wenn die Sprache auf die Hintergründe ihrer Beziehung kam, und er sagte darauf, er gehe davon aus, dass sie alle in Frage kommenden Brillenträger durchprobiert habe.

Etwas später überquerte Raffael Horn den Vorplatz des Hauses in Richtung Scheune. Die Sonne stand auf Höhe der Baumwipfel, und der erste Anflug von Tageswärme war zu spüren. Horn blieb stehen und lauschte. Die Amsel war verstummt.

Als er um die Ecke bog, erschrak er. Das Scheunentor stand offen, davor Tobias, eine Axt in der Hand. »Was hast du vor?«, fragte Horn. »Ein paar Leute erschlagen«, gab Tobias zur Antwort, »das macht man doch im Morgengrauen.«

»Du bist in deinem ganzen Leben noch nie um halb sechs Uhr früh aufgestanden.«

»Eben«, sagte Tobias, »haben wir eine Kettensäge?«

»Wofür brauchst du eine Kettensäge?«

Er könne sich nicht vorstellen, dass er das wirklich wissen wolle, sagte Tobias, aber okay, er könne auch zu Michael fahren, der habe erstens in der Firma mit Sicherheit eine Kettensäge und stelle zweitens keine blöden Rechtfertigungsfragen.

Horn hob beschwichtigend die Hand. »Ist schon gut«, sagte er, »komm mit.«

Er machte Licht, ging ins Hintere der Scheune, kramte in einem der beiden Weichholzschränke und holte eine alte Husqvarna-Motorsäge mit kurzem Schwert hervor. Er füllte Kettenöl und Benzin nach und reichte sie Tobias. »Wirf sie aber erst später an«, sagte er, »deine Mutter schläft noch.« Tobias bedankte sich mit einem Nicken. Im Weggehen wandte er sich um. »Haben wir eigentlich irgendwo Katzenfutter?«, fragte er. Horn schüttelte erstaunt den Kopf. »Wieso Katzenfutter?«, fragte er, »Mimi ist vor vier Jahren gestorben.« »Hätte ja sein können«, erwiderte Tobias. Dann verschwand er um die Ecke.

Raffael Horn betrachtete seine ölverschmierten Hände. Es geht nichts über Kinder, dachte er, man rackert sich für sie ab, man sorgt sich, man macht sich dreckig, und zum Dank dafür reden sie erst monatelang nichts mit einem und dann fragen sie nach Kettensägen und Katzenfutter. Er geht mir auf die Nerven, dachte er, ich finanziere sein Leben, er tut seit zwei Jahren nichts, und wenn ich mich erkundige, schnauzt er mich an.

Tobias hatte maturiert, unter anderem mit einer recht passablen Fachbereichsarbeit über den sozialen Wohnbau in Wien, hatte begonnen, in Salzburg Geschichte und Soziologie zu studieren, und war nach einem Semester auf Politikwissenschaften umgestiegen. Das war vor zweieinhalb Jahren gewesen, und kurze Zeit später hatte Irene zum ersten Mal geäußert, sie habe Angst davor, dass mit Tobias etwas Ähnliches passiere wie mit Michael. Michael, der ältere ihrer beiden Söhne, hatte auf Grund einer schweren Legasthenie so früh wie möglich die Schule verlassen und nur wenig später mit der Familie gebrochen, mit Irene genau genommen, von der er sich immer unzureichend unterstützt gefühlt hatte. Er hatte in einem kleinen Betrieb in Mooshaim Zimmermann und Tischler gelernt und war auf Grund seines Gefühls für das Material und auf Grund seiner Präzision innerhalb kurzer Zeit zum ringsum gefragten Spezialisten für Wand- und Deckenvertäfelungen geworden. Seine Rechtschreibung hatte für niemanden mehr Bedeutung gehabt. Die Brüder hielten zusammen. Michael ließ Tobias Gelegenheitsjobs zukommen, Fahrten mit dem Kleintransporter zum Beispiel oder Schiffbodennagelungen, und Tobias kümmerte sich um den Garten, wenn Michael und Gabriele auf Urlaub waren.

Mein Sohn braucht eine Axt und eine Kettensäge, dachte Raffael Horn, er sagt nicht, wofür, und das wirklich Traurige an der Sache ist, dass es mich nicht im Mindesten interessiert. Er soll studieren, dachte er, er soll Vorlesungen besuchen, und er soll Prüfungen machen, ansonsten soll er mich in Ruhe lassen, ganz einfach. Kürze ihm das Geld, hatte Irene gesagt. Mach es doch selbst, hatte er gedacht, aber nichts gesagt und bloß genickt. Meine Söhne, dachte er jetzt – ein Tischler mit Rechtschreibschwäche und ein verkrachter Student. Dann stieg er aufs Rad.

Er folgte der Straße bis zur Kehre, von der aus man zum ersten Mal einen freien Blick auf die Stadt hatte. Die Türme der Stiftskirche, die Stahlschlote des Holzwerks, die alten Hotels, ein Stück vom See. Unmittelbar danach bog er in einen Forstweg ein. Er fuhr erst den Begrenzungsrücken eines Grabens entlang, dann durch den Wald steil bergab. Ein Dachs, dachte er, einmal möchte ich auf dieser Strecke einem Dachs begegnen. Dachse graben Löcher in den Boden, damit sich die Menschen die Beine brechen, pflegte Irene zu sagen, Dachse fressen Igel, und sie stinken. Niemand frisst Igel, sagte er darauf, und sie sagte, doch, der Dachs sei ein abgefeimter Psychopath, der eine Technik entwickelt habe, zwischen den Stacheln an die weichen Bäuche der Igel zu kommen. Er wusste selbst nicht genau, was er an Dachsen so mochte. Sie waren lichtscheu, sie lebten in Familien, und sie hatten keine echten Feinde. Mit ihren Masken sahen sie aus wie Bankräuber. Vielleicht war es das. Wenn er in sich hineinhorchte, hatte ihn die Idee des Bankraubs immer schon fasziniert. Das Paradoxon, dass die Ungerechtigkeit der Besitzverhältnisse gerade im Moment des Rechtsbruchs sichtbar wurde. Der Bankkassier sitzt mit erhobenen Armen da, ein Repräsentant des nackten, zitternden Reichtums, ihm gegenüber der Räuber, immer noch ohnmächtig und immer noch arm, trotz seiner Waffe und seiner geldgefüllten Taschen. Deswegen sterben diese Verbrechen aus, hatte seine Kollegin Leonie Wittmann gesagt. Was stirbt aus?, hatte er gefragt, und sie hatte gesagt: Bankraub, Taschendiebstahl, Mord aus Eifersucht – die ehrlichen Verbrechen. Ehrlich?, hatte er gefragt, und sie hatte gesagt: Ja – ein Motiv, das auf ein gesellschaftliches Gefälle zurückgeführt werden könne, und eine Handlung, die ohne Internet auskomme –, das nenne sie ehrlich. Leonie Wittmann hatte einige Jahre an einer forensischen Klinik in Hamburg gearbeitet, vielleicht erklärte das ihre Haltung. Sie war klein, zart und im Kontakt extrem zurückhaltend – gar nicht das, was man mit Muttermördern oder Kindesmissbrauchern verband. Wenn man sie darauf ansprach, lächelte sie bloß und sagte kryptische Dinge wie: »Verblüffung ist eine ziemlich unterschätzte Interventionsform.«

Er querte eine sandige Zone auf dem Grund des Grabens. Die Reifen drehten kurz durch. Im Mai konnte man hier unter den Lattichblättern Morcheln finden. Jetzt war der Boden staubtrocken. Keine Spur von einem Pilz. Die Wurzeln der Weiden, die sich dort und da unvermittelt hochkrümmten, umkurvte er, ohne das Tempo zu reduzieren. Helm? Er trug nie einen Helm. »Ich habe den Kopf gern frei«, sagte er, wenn Irene mäkelte, außerdem, dass kein Fahrradhelm der Welt einen Genickbruch verhindern könne. Eine Reduktion der Schönheit infolge von Gesichtsverletzungen sei in seinem Alter egal, und wenn er sich den Kopf anhaue und dadurch ein wenig dümmer werde, bedeute das lediglich, dass etwas eintrete, was früher oder später sowieso zu erwarten gewesen wäre. Irene ging mit Fäusten auf ihn los, wenn er so etwas sagte. Er umschlang sie dann und küsste sie, bis sie abklopfte, weil sie keine Luft mehr bekam.

Er würde ihr doch ein E-Bike schenken, dachte er, als er westlich der Biologischen Beobachtungsstation die Bundesstraße erreichte, einzig und allein, um sie dazu zu bringen, hin und wieder mit ihm Rad zu fahren. Der reine Eigennutz, natürlich. Wenig später verwarf er die Idee wieder. Und was mache ich mit dem Cello?! Packe ich es mir auf den Rücken? Oder dir? Oder lade ich es auf einen Anhänger? – Er entkam derartigen Fragen nicht, und wenn er vorschlug, sie solle ihr Instrument doch in der Musikschule lassen, sagte sie: Das meinst du aber nicht im Ernst?! Einmal hatte er aus Gedankenlosigkeit gesagt, es könne doch auch nicht falsch sein, über Alternativen zum Musizieren nachzudenken, etwa für den Fall, dass sie schwerhörig werde. Sie hatte ihn angeblickt, wortlos und mit einem Entsetzen im Gesicht, von dem er augenblicklich wusste, dass er ihm nie wieder würde begegnen wollen.

Die Pappeln in der Zufahrtstraße zum Krankenhaus sahen aus, als hätten sie sämtliche Blätter eng angelegt. Die Rhododendren in den Vorgärten warfen ihre letzten Blüten ab, und die Hortensien ließen sich mit der Ausbildung ihrer Dolden ganz offensichtlich Zeit. Es hatte seit Ostern nicht mehr geregnet. Daran würde sich in den kommenden Tagen nichts ändern. Über der Kammwand standen rot leuchtende Federwolken. Die Dunstschicht, die auf dem See lag, würde spätestens in einer Stunde verschwunden sein. Die ersten Gewitter waren in etwa zwei Wochen zu erwarten, gegen Schulschluss, diese Regel galt seit Jahrzehnten, Klimawandel hin oder her.

Der Bedienstetenparkplatz war halb leer. Der Schichtwechsel des Pflegepersonals hatte noch nicht begonnen. Raffael Horn schloss sein Fahrrad an einen der Stahlbügel. Früher hatte er es ins Büro mitgenommen. Inzwischen war es in einem Alter, das einen Diebstahl eher unwahrscheinlich machte. Die Freaks an seiner Abteilung, Günther und Thomas zum Beispiel, lächelten mitleidig, wenn er von seinen Radfahrten erzählte. Sie selbst nahmen an Amateur-Straßenrennen teil und befuhren in Oberitalien oder in Slowenien Mountainbikerouten, auf die sich ein durchschnittlicher Mensch nicht einmal zu Fuß wagte. Sie besaßen Räder, die so viel kosteten wie ein Gebrauchtwagen, und fanden das völlig normal. Experten, aber Helmträger, dachte Horn – alles hat seinen Preis.

Der Portier streckte Daumen und Zeigefinger in die Höhe, als Raffael Horn an seiner Loge vorbeiging. Zwei Aufnahmen während der Nacht. Horn bedankte sich. In manchen Situationen ging nichts über den Verzicht auf verbale Kommunikation. Wenn er so etwas Irene gegenüber äußerte, sagte sie drauf: »Warum sagst du das mir? Ich bin Musikerin.« Trotzdem fühlte sie sich offenbar angegriffen.

Auf dem Weg zu seinem Büro begegnete er Bertram Ofenauer, dem Chef der Hausarbeiter. Seit kurzem hieß das *Bereichsleiter Facility-Management*. Ofenauer selbst lachte darüber und sagte, jetzt, ein Jahr vor seiner Pensionierung, stehe er somit auf dem Gipfel seiner Wichtigkeit. Horn hob die Hand. »Schon in aller Herrgottsfrüh auf der Suche nach irgendeinem Schaden«, sagte er. »Genau wie Sie«, sagte Ofenauer, »die Tür vom OP II schließt nicht richtig, und der Lift zur Hubschrauberplattform macht bei Ankunft oben ein komisches Geräusch.« Nichts, was ihn betreffe, sagte Horn, und Ofenauer sagte, man könne nie wissen, außerdem – ein komisches Geräusch ganz oben, das klinge schon auch ein wenig nach psychiatrischer Zuständigkeit. Horn mochte den Mann, wegen seiner Zuverlässigkeit und wegen seines simplen Humors. »Ein Hausarbeiter muss die Sicherungen finden, wenn der Strom ausfällt«, sagte Christina gelegentlich, »aber er muss weder Austern essen noch Schopenhauer zitieren können.« Sie hatte hundertprozentig recht, fand Horn, Austern wurden eindeutig überschätzt, Intellektualität sowieso.

»Was werden Sie machen, wenn Sie das einmal nicht mehr haben?«, fragte Horn.

»Wenn ich was nicht mehr habe?«, fragte Ofenauer.

»Klemmende OP-Türen, defekte Brandmeldeanlagen und Ärzte, die noch nie einen Schraubenzieher in der Hand gehabt haben«, sagte Horn. »Die Frage ist eher: Was werdet ihr machen?«, sagte Ofenauer und grinste.

Der Computer war runtergefahren. Horn bewegte die Maus hin und her – nichts. Erst als er auf den Einschaltknopf drückte, wurde der Rechner lebendig. Das passierte ein- bis zweimal pro Monat, und wenn er in der EDV nachfragte, stammelten sie etwas von Systemupdate oder automatischer Abschaltung auf Grund von Spannungsschwankungen. Unsinn. Sie überwachten seine Anwesenheit, da war er sich ganz sicher, sie lasen seine E-Mails, und sie kontrollierten, in welchen Abständen er die Entlassungsbriefe validierte. Manchmal bin ich ein wenig paranoid, dachte er, aber ein Schuss Paranoia wurde der Realität viel eher gerecht als das Vertrauen auf das Gute im Menschen.

Er überflog seine E-Mails, löschte die Einladungen zu Kongressen, von denen er noch nie gehört hatte, und zum Abonnement von Journalen, die gar nicht existierten, außerdem die Werbungen für Bürostühle, Aktenvernichter und Archivierungssysteme. Dann bewilligte er gegen einen gewissen inneren Widerstand den Urlaubsantrag von Anja Fröhlich, der neuen Logopädin. Eigentlich sollte sie hierbleiben. Sie erfreut mein Auge, und sie erfreut mein Herz, dachte er, mit ihrem Lachen, mit ihrer Frechheit und mit ihren knappen Tops. Warum will sie auf Urlaub gehen? Die anderen würden mit ihren Anträgen wieder im letzten Moment daherkommen, alle auf einmal, es war jedes Jahr das Gleiche.

Der Bildschirm flackerte. Er tat in den Einstellungen von Helligkeit und Kontrast herum, erreichte jedoch keine Verbesserung. Manches im Haus war vermutlich von Anfang an Schrott, in großen Mengen eingekauft, Hauptsache, der Preis stimmte. Er stand auf und stellte sich ans Fenster. Der Abflussbereich der Ache, der Schilfgürtel, der See. Zwei Stockentenfamilien paddelten flussaufwärts, zwischen ihnen ein einzelner Haubentaucher. Ich lebe gern hier, dachte Horn. Er hatte zwar erst lernen müssen, Stockenten, Blässhühner und Haubentaucher auseinanderzuhalten, inzwischen hatte er die Grundlagen der Ornithologie aber ziemlich drauf. Die Idylle mit Sommertourismus ist immer noch besser als Sommertourismus ganz ohne Idylle, pflegte Irene zu sagen, wenn er darüber phantasierte, sich vielleicht doch zusätzlich eine Wohnung in Wien anzuschaffen. Sie hasste die Hauptstadt. Brachte Horn diesen Umstand damit in Zusammenhang, dass sie seinerzeit von den Symphonikern abgewiesen worden war, wurde sie böse und sprach von der billigen Masche der Psychoanalytiker, alle Entscheidungen im Leben mit Hilfe früherer Kränkungen zu erklären. Die Suggestion von Leidenszuständen durch die psychoanalytische Mafia sei ein Manöver, das ausschließlich der Erhaltung der eigenen Arbeitsplätze diene, sagte sie, und die Möglichkeit, über eine Kränkung hinwegzukommen, ohne fünfhundert Stunden auf der Couch zu liegen, werde in erster Linie als Geschäftsschädigung betrachtet. »Nicht wahr, Mister Psycho!?«, sagte sie, und ihm blieb angesichts ihrer glühenden Ohren nichts anderes übrig, als auf der Stelle zu kapitulieren. »Stimmt«, sagte er dann, »spiel mir was vor.« Sie holte ihr Instrument und spielte etwas aus den Suiten von Britten oder eines von Mendelssohns *Liedern ohne Worte* in einer Transkription für Violoncello, und er spürte nach wenigen Takten, wie sehr es ihm egal war, an welchem Ort er ihr zuhörte, in Wien, auf dem Mond oder in Furth am See. Ab und zu kam es vor, dass sie keine Lust hatte, zu spielen. Dann biss er sie ins Ohr, und sie gingen ohne Musik ins Schlafzimmer.

Die Station war versperrt. Raffael Horn öffnete die Tür, indem er seinen Transponder ans Lesegerät hielt. Er lauschte. Alles war ruhig. Im Sozialraum saß Christina, die Stationsschwester, und brütete über dem Dienstplan. Ihre Haare werden grau, dachte Horn. Er steckte eine Kapsel in die Espressomaschine, drückte auf den Knopf und wartete, bis der Kaffee durchgelaufen war. »Warum ist die Tür zu?«, fragte er. Christina hob den Kopf. »Wegen Eugen Wild«, sagte sie, »und wegen Katrin.« »Welche Katrin?«, fragte Horn.

»Eine Neue. War noch nie da.«

»Eine Neue?«

»Ja, neu. Und schwierig.«

»Wieso schwierig?«

»Weil sie mich an mich selbst erinnert«, sagte Christina. Katrin Nemecek, ein vierzehnjähriges Mädchen, sei am Vortag nach der Schule mit ihrer Freundin im Strandbad gewesen. Eis, Cola, Sonneliegen – alles sei völlig unauffällig verlaufen, bis drei fremde Burschen auf die Mädchen aufmerksam geworden seien. Katrin sei blond, zart, hübsch jedenfalls, und auf den ersten Blick sei für jemanden, der mit solchen Sachen nicht vertraut sei, ihre autistische Störung nicht zu erkennen. Nicht, dass sie finde, die Neckereien der Jungs gegenüber den Mädchen seien in Ordnung gewesen, aber mit Katrins Reaktion habe niemand rechnen können. Horn zog fragend eine Augenbraue hoch. »Erst hat sie gebrüllt, sie werde die Cola-Flasche zerbrechen und alle töten, dann ist sie mit dem Kopf gegen einen Baumstamm gelaufen«, sagte Christina. »Ups«, erwiderte Horn. Christina zog eine Augenbraue hoch. »Das ist aber nicht sehr professionell«, sagte sie.

»Was?«

»Ups. Das ist nicht sehr psychiatrisch.«

»Tut mir leid«, sagte Horn und rührte eine Löffelspitze Zucker in seinen Kaffee, »hat sie sich verletzt?« Nur eine Schramme, sagte Christina, das sei auch nicht das Problem gewesen, genauso wenig wie die Polizei, die gerufen worden sei, weil man sich nicht anders zu helfen gewusst habe.

»Sondern?«

»Die Mutter.« Deswegen habe sie vorhin gemeint, die Sache erinnere sie an sie selbst. Dolores werde im Übrigen demnächst auch vierzehn. Aber sie laufe nicht mit dem Kopf gegen Baumstämme, sagte Horn. Christina grinste säuerlich. »Na ja, knapp nicht«, sagte sie. Christinas Tochter hatte Down-Syndrom und war mit Abstand das Wichtigste in ihrem Leben, auch wenn sie sie in letzter Zeit immer wieder zum Teufel wünschte. Solle einer noch einmal behaupten, Downies würden nicht pubertieren, sagte sie – sie borge ihm sofort ihre Tochter, für einen Tag oder gern auch länger.

»Was ist mit der Mutter?«, fragte Horn. Christina deutete mit dem Daumen zur Tür.

»Ist sie da?« Christina nickte.

»Wann ist sie gekommen?«

»Sie ist gar nicht gegangen«, sagte Christina. Horn zog die Stirne kraus. Seines Wissens sei die Mitaufnahme von Angehörigen an der Abteilung nicht vorgesehen, sagte er, das gelte auch für Jugendliche. Christina zuckte mit den Schultern. Manche Menschen kümmerten sich einfach nicht darum, was vorgesehen sei, sagte sie. Und nein, Zimmel sei zwar der Unroutinierteste unter den Assistenzärzten, aber ihm könne man das nicht anlasten. Horn legte die Stirn in Falten.

»Du magst ihn nicht«, sagte Christina.

»Wen?«, fragte er.

»Zimmel.«

»Blödsinn. Ich habe ihn eingestellt.«

Lukas Zimmel war insgesamt so, wie er aussah – ausufernd und weich, und Leonie Wittmann sagte, es brauche in einem Team immer auch jemanden, der die Strukturlosigkeit repräsentiere, vor allem in einem überstrukturierten Fach, wie es die Psychiatrie sei. Lukas Zimmel aß zu viel, kam zu spät und hatte Tränen in den Augen, wenn ihm ein manipulativer Patient eine rührselige Geschichte erzählte.

»Wie soll jemand wie Lukas sich gegen eine symbiotische Autistenmutter zur Wehr setzen können?«, fragte Christina.

»Soll er eh nicht«, sagte Horn, »ich mach das schon.«

»Was? Mit ihr reden?«

»Nein, sie rauswerfen«, sagte er, »ist sie wie du?«

Sie überlegte. »Ja, ist sie«, sagte sie schließlich.

»Eben. Dann werfe ich sie raus.«

Christina schaute ihm in die Augen, und Raffael Horn wusste nicht, ob es anerkennend oder strafend war. Nur sie kann so schauen, dachte er, und er dachte, dass das Böse und das Richtige manchmal ganz nahe beisammen lagen.

Im Besprechungsraum duftete es nach Backstube. Renate Mutz, die Sozialarbeiterin, hatte Mohnkronen und Nussschnecken mitgebracht, frisch aus der Bäckerei ihres Vaters. Sie tat solche Dinge manchmal, einfach so, und wenn Horn zu ihr sagte, sie müsse das aber nicht, gab sie zur Antwort, sie hätte auch nicht Sozialarbeiterin werden müssen. Hrachovec, neben Leonie Wittmann der zweite Oberarzt der Abteilung, stopfte ungeniert eine Nussschnecke in sich hinein. Lisbeth Schalk, die neben ihm saß – Psychologin und ansonsten eher skeptisch gegenüber Tätigkeiten, die nicht ihrer Qualifikation entsprachen –, wischte ihm die Krümel von seinem schwarzen Polo. Männer schmutzen, daher sollten sie ab einem gewissen Alter in regelmäßigen Abständen abgestaubt werden. Horn konnte sich nicht erinnern, ob dieser Satz von ihr stammte oder von Leonie Wittmann. Auf Hrachovec hatte man ihn jedenfalls immer schon anwenden können, vor zehn Jahren schon und erst recht jetzt, da er vierzig war. Er trug ausnahmslos schwarze Polos, und die waren immer voller Krümel. Vielleicht liebten ihn die Frauen deswegen.

Lukas Zimmel saß schräg vis-à-vis und blätterte nervös in seinem Notizblock. Dann versuchte er seine Brille zu putzen. Mit solchen Fingern wird das nicht funktionieren, dachte Horn. Christina, die rechts neben ihm saß, trat gegen seinen Knöchel. »Au! Was ist?«, fragte er. »So etwas sagt man nicht!«, zischte sie.

»Was?«

»Über die Finger von jemandem.«

»Hab ich schon wieder …?«

»Ja, hast du«, flüsterte sie. Beinahe drei Jahre lang hatte er Ruhe gehabt; in letzter Zeit war es wieder da. Er dachte Dinge und sprach sie aus, ohne irgendetwas davon zu merken. »Was habe ich gesagt?«, fragte er. »Dass das mit solchen Fingern nicht funktionieren wird«, sagte Christina.

»Hat er's gehört?«

»Nein, aber die anderen.«

Horn schaute sich um. Renate Mutz tratschte mit Natalie Bernert, der Ergotherapeutin, Andreas Thaler, der zweite Assistenzarzt, spielte gelangweilt mit seinem Kugelschreiber, und Linda, die Ambulanzschwester, zupfte an ihrer sonnengelben Seidenbluse herum. Nein, dachte er, keiner hat etwas gehört. Dann trafen sich seine Augen mit denen Leonie Wittmanns, und er wusste, dass er sich geirrt hatte.

Der Nachtdienstbericht Lukas Zimmels handelte überwiegend von der Aufnahme Eugen Wilds. Der Staplerfahrer aus Sankt Christoph, der sie auf Grund seiner schizoaffektiven Psychose seit Jahren immer wieder aufsuchte, hatte sich in der Baufirma, in der er beschäftigt war, mit einem Kabelbinder die Unterschenkel gefesselt, war beidbeinig in die Verladehalle gehüpft, hatte sich vor einen Betonmischwagen gelegt und dem Fahrer aufgetragen, über ihn hinwegzurollen. Vor und zurück, habe Wild gesagt, vor und zurück, bis er ganz flach sei. Die Anordnung komme von ganz oben, habe Wild gesagt, daher habe er, der Fahrer, gar keine andere Wahl.

Von Gott oder vom Erzengel Michael, dachte Horn. »War auch meine Vermutung«, sagte Hrachovec. Horn schaute zu Christina. Sie zuckte mit den Schultern. Wie kriege ich das wieder in den Griff?, dachte er. »Weiß ich nicht«, sagte sie.

Als er an die Abteilung gekommen sei, um das fachärztliche Zeugnis für die Zwangsanhaltung im Rahmen des Unterbringungsgesetzes zu schreiben, habe er Wild gefragt, ob es wie zuletzt der Erzengel Michael mit seinem flammenden Schwert sei, der ihm befehle, sich das Leben zu nehmen, erzählte Hrachovec. Wild habe gesagt, nein, es sei die Frau Ministerin, und als er gefragt habe, welche Frau Ministerin, habe Wild gesagt, die oberste. Die oberste Ministerin bestimme den Wert eines Menschen, und da sich derselbe daran bemesse, was ein Mensch arbeite, sei klar, welches Urteil über ihn gefällt werde. Ein Leben lang Staplerfahrer, habe er gesagt, ein Leben lang Paletten von A nach B, ein Leben lang das Niedrigste vom Niedrigen – was willst du also? »Zwillingsreifen sollen über dich hinweggehen!« Diesen Satz habe die Ministerin mit schneidender Stimme gesprochen, und er habe augenblicklich gewusst, was er zu tun habe.

»Er ist zweiundsechzig, hat eine schwere psychische Erkrankung und steht am Ende eines Arbeitslebens«, sagte Zimmel. Er wischte sich mit dem Zeigefinger über sein rechtes Auge und verschmierte dabei seine Brillengläser endgültig. Horn dachte an Leonie Wittmanns Satz über die Notwendigkeit eines Repräsentanten von Strukturlosigkeit in einer Gruppe. Er fragte sich, was in einer Gesellschaft passiert sein musste, dass für einen Psychotiker eine Ministerin mächtiger war als ein Erzengel. Dann fragte er sich, was passiert sein musste, dass ein Staplerfahrer sich für das Niedrigste hielt. Zwillingsreifen sollen über dich hinweggehen. – Der Satz hallte in ihm nach. Er hielt sich die Hand vor den Mund. Christina nickte anerkennend.

»Und dann noch diese Katrin«, sagte Zimmel. Im selben Augenblick ging die Tür auf. Flora Altenburg stürmte herein und warf sich auf einen freien Stuhl. Sie machte ein Gesicht, als habe ihr jemand den Rückspiegel ihrer Vespa abgebrochen. »Was ist?«, fragte Horn. »Nichts«, sagte sie, »ich bin offenbar nicht gut genug.«

»Für wen?«, fragte Horn.

»Für die Unfallabteilung. Lissoni möchte, dass Sie persönlich kommen und jemanden begutachten. Er wird Sie kontaktieren.«

Horn schaute aufs Display seines DECT-Telefons. Ein Anruf intern. »Hat er schon«, sagte er.

»Das passt«, sagte sie.

»Wozu?«, fragte Horn, und Flora Altenburg sagte: »Zu dem ganzen Getöse.« Die Anforderung des psychiatrischen Konsiliardienstes sei unter höchster Dringlichkeit und mit dem diagnostischen Vermerk »Polytrauma« erfolgt, daher habe sie auch auf die Morgenbesprechung verzichtet und sei gleich rauf in die Unfallabteilung. Dort allerdings habe ihr Leuweritz, der nicht nur ein kompetenter Kollege, sondern auch ein Mensch mit Manieren sei, verständlich gemacht, dass Lissoni seine Finger im Spiel habe, es sich daher um eine Chefsache handle. Also sei sie wieder gegangen.

Horn überlegte kurz. Chefsachen dieser Art konnten warten, dachte er, überhaupt wenn Lissoni involviert war. »Finde ich auch«, sagte Christina.

Sie legten eine Medikation für Eugen Wild fest, Olanzapin plus Valproinsäure, und einigten sich darauf, dass Hrachovec die Gespräche mit Patientenanwaltschaft und Bezirksgericht übernehmen werde. Als Horn danach erneut seine Absicht äußerte, die Mutter der vierzehnjährigen Katrin hinauszuwerfen, hob Leonie Wittmann die Hand. »Überlegen wir doch«, sagte sie. »Was?«, fragte Horn, und sie sagte: »Was wir selbst tun, wenn unsere Liebe ins Leere läuft.« Dann begann sie über die Beziehungssehnsucht der Eltern autistischer Kinder zu sprechen, darüber, was es bedeutete, wenn Signale, die man aussandte, so gar nicht die Reaktion hervorriefen, die man erwartete, und darüber, wie viel Angst eine Mutter um ihr Kind haben musste, dessen Innenwelt für sie auch nach Jahren noch im Dunkeln lag. »Du wirst mit ihr sprechen«, sagte Horn am Schluss. Leonie Wittmann schaute überrascht. »Zur Strafe?«, fragte sie. »Nein, weil du es kannst«, sagte Horn.

Lissoni wartete vor U14, einer der beiden unfallchirurgischen Stationen. Er trug türkisgrüne OP-Kleidung und ein eng anliegendes Stoffhäubchen. Horn musterte ihn. »Schau nicht so«, sagte Lissoni und kam auf ihn zu, »ich weiß sowieso, dass du mich verachtest.« »Stimmt nicht«, antwortete Horn halbherzig.

»Doch. Ihr Psychos verachtet unsere Neigung zur Oberfläche und zur großen Geste. Permanent wollen wir den Eindruck erwecken, als würden wir bei offenem Herzen die Welt retten. Außerdem fahren wir alle Porsche und rennen ständig ins Solarium. Das glaubt ihr doch.«

Horn grinste. »Du fährst Porsche«, sagte er, »aber deswegen hast du mich nicht geholt, oder?«

»Keine Ahnung. Vielleicht doch.«

»Weswegen? Wegen unserer Verachtung?«

»Ja. Weil ihr einen Hang zur Tiefe habt.«

Der Patient, um den es gehe, sei unfallchirurgisch in Wahrheit keine große Herausforderung gewesen. Ein doppelter Schlüsselbeinbruch links, der ziemlich verschoben und daher operationspflichtig gewesen sei, ein eher hoch liegender Wadenbeinbruch rechts, Unterschenkelgips und fertig, und zwei angeknackste Rippen, unverschoben und daher nichts weiter zu tun. Das klinge nach einem Jugendlichen, der sich die Motocross-Maschine des großen Bruders ausgeborgt und zu wenig Ahnung von angewandter Physik gehabt habe, sagte Horn. Lissoni sagte, der Gedanke sei im Prinzip richtig, aber der Mann sei zweiundachtzig, fahre mit Sicherheit nicht mehr Motocross, und auch eine Schlägerei sei als Ursache der Verletzungen nicht zu vermuten.

»So sieht er nämlich aus«, sagte Lissoni.

Horn war verwirrt. »Wie einer, der Schlägereien anzettelt?«, fragte er.

Nein, eher wie einer, der zufällig in eine Schlägerei geraten sei, erwiderte Lissoni. Die Frakturen seien nur der eine Teil der Misere, daneben sei der gesamte Körper des Mannes übersät von Hämatomen, vorne, hinten, oben, unten. »Wie ein Knecht, der unter die Rösser gekommen ist«, sagte Lissoni, und nein, der Mann habe weder eine Störung der Blutgerinnung noch nehme er gerinnungshemmende Medikamente.

»Was erzählt er selbst?«, fragte Horn. Aus diesem Grund habe er an ihn gedacht, antwortete Lissoni, genau genommen wegen einer Sache, die er sich aus der Kinderschutzgruppe gemerkt habe.

Horn zog erstaunt die Augenbrauen hoch. »Aus der Kinderschutzgruppe?«, fragte er, »dort warst du doch nie.«

»Einmal«, sagte Lissoni, »von diesem einen Mal habe ich mir gemerkt, dass man bei einer Diskrepanz zwischen objektivierbaren Verletzungen und behauptetem ursächlichen Ereignis wachsam sein soll.«

»Stimmt. Und welches Ereignis behauptet der Mann?«

»Dass er von der Leiter gefallen ist«, sagte Lissoni, »beim Nachschneiden der Apfelbäume.« Ein Ast habe nachgegeben, die Leiter sei zur Seite gekippt, und er sei aus zirka drei Metern Höhe zu Boden gestürzt. Da der Obstgarten ziemlich abschüssig sei, sei er noch ein Stück gekollert, daher die Blutergüsse. Lissoni hielt den gestreckten Zeigefinger an seinen Hals. »Wenn diese Geschichte stimmt, lasse ich mich da reinstechen.« Außerdem behaupte der Mann, keine Schmerzen zu haben und problemlos jederzeit nach Hause gehen zu können.

Horn wandte sich zur Stationstür. »Wie heißt er?«, fragte er. »Gerhard Stifter«, erwiderte Lissoni, »Stifter wie Adalbert, sagt er selbst.«

»Ein ehemaliger Lehrer?«, fragte Horn. Er habe keine Ahnung, sagte Lissoni.

Vielleicht Alzheimer, dachte Horn, nachdem er sich verabschiedet hatte, manche Demenzen begannen genau so, mit einem reduzierten Schmerzempfinden und mit einer Störung der Selbstwahrnehmung. »Der Typ ist so etwas von nicht dement«, rief ihm Lissoni hinterher. Vielleicht bin ich es, dachte Horn. Er hielt sich die Hand vor den Mund.

Als sich Horn am Nachmittag auf den Heimweg machte, nahm er nicht die Route durch den Wald, sondern beschloss, auf der Straße zu bleiben. Menschen brachen sich die Knochen, egal, ob sie von der Leiter stürzten oder vom Rad. Er spürte den Wind an seinen Ohren und stellte sich vor, wie er Irene klarmachen würde, dass ein Fahrradhelm weder einen Schlüssel- noch einen Wadenbeinbruch verhindern konnte, und wie ihr das völlig egal sein würde.

Das Gespräch mit dem alten Mann ging ihm nicht aus dem Kopf. Bezüglich der Demenz hatte Lissoni jedenfalls recht gehabt – es war nicht eine Spur davon zu merken gewesen. Gerhard Stifter hatte Zeitung gelesen, als Horn ins Zimmer getreten war. Er hatte sie weggelegt und freundlich gesagt, er brauche unter Garantie keinen Psychiater, nicht wegen des Unfalls und genauso wenig wegen seiner psychischen Verfassung insgesamt. Danach hatten sie sich über diverse Mythen des Obstbaumschnitts unterhalten, über alte Apfelsorten und über die Erholung der Bienenvölker während der letzten beiden Jahre. Sie hatten außerdem über das Radfahren gesprochen, ein wenig über die Naturbeschreibungen Adalbert Stifters und darüber, dass auch das Lesen eine gewisse Kondition verlangte. Der Mann hatte sich eloquent präsentiert, im Denken folgerichtig und völlig frei von Verwirrung oder paralogischen Phänomenen. Hinsichtlich seiner Schmerzen hatte er gemeint, ein Mensch, der in den allerersten Jahren ausreichend Härte und Entbehrung erfahren habe, sei in der Lage, für den Rest seines Lebens auf Empfindlichkeiten zu verzichten. Auf die Frage, ob er früher einmal Lehrer gewesen sei – sein Verweis auf Adalbert Stifter lasse so etwas vermuten –, war Stifter ein wenig distanziert geworden und hatte nach kurzem Zögern gesagt, nein, Beamter im Landesdienst. Im Zuge des gesamten Gespräches war Horn, abgesehen vom handtellergroßen Hämatom an der linken Wange des Mannes, nichts Wesentliches aufgefallen. Am Schluss hatte er ihn der Vollständigkeit halber und ohne eine spezifische Absicht aufgefordert, den Hergang des Unfalls noch einmal zu schildern. Der Mann war erst für eine Weile ganz ruhig geworden und hatte durch ihn hindurchgeblickt, dann hatte es von einem Moment auf den anderen ausgesehen, als gerate im Gesicht des Mannes etwas außer Kontrolle, als lösten sich Gefasstheit und Ordnung völlig auf und gäben den Blick frei in einen dunklen, bodenlosen Schlund. Es hatte nur zwei, drei Sekunden gedauert, aber in dieser Zeit hatte ihn aus den Augen des Mannes die nackte Angst angeblickt.

Er hatte daraufhin gar nichts gesagt, denn er hatte das Gefühl gehabt, in seinem Kopf befänden sich nur banale, blöde Sätze. *Psychiater wollen ständig alles wissen* zum Beispiel oder: *Wer erinnert sich schon gern an einen Sturz von der Leiter?* Er war schweigend aufgestanden, hatte dem Mann die Hand gedrückt und war gegangen.

Raffael Horn lehnte sein Fahrrad an die Scheunenwand und setzte sich daneben ins Gras. Der Himmel war wolkenlos. Über dem Further Becken lag frühsommerlich der Dunst. Ein Zitronenfalter landete auf dem Fahrradsattel und klappte die Flügel auf und zu. Horn dachte an die Dinge, die er über das Verschwinden gewisser Insektenarten gelesen hatte, und daran, dass in der Natur Kitsch und Katastrophe manchmal ineinander übergingen. Irene konnte mit Schmetterlingen nichts anfangen. Tagpfauenauge, Schwalbenschwanz, Trauermantel, – nichts als eitle Blender, sagte sie, und wenn er entgegnete, es gebe auch den Bläuling und den Kohlweißling, sozusagen die Insekt gewordene Bescheidenheit, sagte sie, ja, aber im Hinblick darauf gebe es auch die Biene, und die sei ihr tausendmal lieber.

Horn selbst hatte seine Unbefangenheit Bienen gegenüber verloren, als vor einigen Jahren Joachim Fux, pensionierter Briefträger und zugleich jener Imker, bei dem er und Irene über Jahre hinweg Honig eingekauft hatten, einem alten Mann erst die Kehle durchgeschnitten und dann mit Hilfe eines Ambosses den Kopf zermalmt hatte. Um den Verdacht von sich abzulenken, hatte Fux unter anderem einen Großteil seiner eigenen Bienenstöcke zerstört, etwas, das sich letztlich als völlig sinnloses Manöver herausstellen sollte. Die Bienen waren jedenfalls erfroren und Fux mitsamt seiner Frau verschwunden gewesen. Die Leute hatten gemutmaßt, er habe sich selbst und Else wohl etwas Schweres an die Knöchel gebunden und sei dann mit ihr ins Wasser gegangen, am ehesten an einer der Stellen, an denen der See auch bei großer Kälte nicht zufror, an der Mündung des Fürstenaubaches zum Beispiel. Die Polizei hatte tagelang gesucht, auch unter Zuhilfenahme von Tauchern, man hatte die beiden jedoch nicht gefunden.

Ein Traktorengeräusch näherte sich. Horn rappelte sich hoch und ging um die Scheune herum. Von der Rückseite aus hatte man den Blick auf den Güterweg frei, der vom Waldrand direkt aufs Haus zuführte. Martin Schwarz, der Nachbar, saß auf seinem rot-weißen Massey Ferguson, das war gut zu erkennen, ebenso, dass auf dem Anhänger, den der Traktor zog, zwei mittelstarke Baumstämme lagen. Sie ragten hinten ein

Stück über das Ende des Anhängers hinaus und waren mit Eisenklampfen so verbunden, dass sie auf der Ladefläche nicht hin und her rollen konnten. Auf den Stämmen saßen Tobias, schlaksig, in seinem knallblauen T-Shirt, mit wirrer, blonder Mähne, und ein anderer Bursche, kleiner, blass, mit schütterem, schwarzem Vollbart.

Martin Schwarz stellte den Motor ab und hob grüßend die Hand. »Was wird das?«, fragte Horn und zeigte auf das Holz. »Dein Sohn hat sich das so gewünscht«, sagte Schwarz, »Kiefer, drei Meter lang, maximal fünfzig Zentimeter stark, geschält, zwei Stück. Ich schenke sie ihm.«

Tobias stand neben dem Traktor und grinste. »Und was wird das?«, fragte Horn noch einmal. »Das wirst du schon sehen«, antwortete Tobias, »jedenfalls kein Gartenhaus.« Er wies auf den jungen Mann, der neben ihm stand. Das sei übrigens Malik, sein Assistent. »Dein Assistent?«, fragte Horn, und Tobias sagte, ja, sein Assistent.

»Malik«, sagte Horn, »ein ungewöhnlicher Name.« Dann fragte er, woher er denn komme. Aus der *Burg*, sagte Tobias.

Horn musterte die beiden. Mein Sohn ist ein Nichtsnutz, dachte er, aber er hat einen Assistenten.

DREI

»Was tun wir?«, fragte Petra Lindström leise. Florian Lipp fuhr mit dem Finger seine Augenbrauen entlang. »Fotografieren«, erwiderte er schließlich. »Das sagst du immer«, sagte Lindström. Deswegen werde sie im Gegensatz zu ihm auch Karriere machen, sagte Lipp, sie habe ständig originelle Ideen, er nie.

»Blödsinn!«, sagte sie.

Der Anruf war knapp nach dem morgendlichen Schichtwechsel von einer unterdrückten Nummer gekommen. Er sei ein besorgter Bürger, der es vorziehe, anonym zu bleiben, hatte der Mann gesagt. Er habe eine Wahrnehmung gemacht, die er melden wolle. Lindström hatte gefragt, was er beobachtet habe, und der Mann hatte gesagt, beobachtet habe er gar nichts, denn eine Beobachtung beziehe sich immer auf einen Vorgang. Eine Wahrnehmung hingegen beschreibe einen Sachverhalt, einen solchen wolle er melden, mit dem Vorgang dahinter könne er leider nicht dienen, daher habe er ja die Polizei kontaktiert. »Ein Zwangsneurotiker«, hatte Lipp gesagt, als ihm Lindström das Gespräch vorgespielt hatte. Sie hatte bloß mit den Schultern gezuckt.

Jetzt standen die beiden vor der Fassade einer neu errichteten Wohnhausanlage in Furth-Nord und versuchten die neugierigen Leute fernzuhalten. »Fotografierst du endlich!?«, zischte Lindström. Lipp zog sein Smartphone aus der Tasche.

»Mit dem Handy?!«

Ob sie denn glaube, dass er seine Kamera immer dabeihabe, fragte er, und sie sagte, ja, das sei er seinem Ruf schuldig.

»Haben wir ein Absperrband im Wagen?«

Ja, sagte er, aber er fürchte, es sei nichts da, um es zu befestigen, es sei denn, er stelle sich selbst hin, sozusagen als beamteter mobiler Ständer. »Trottel«, sagte sie.

Die Zahl der Menschen ringsherum wurde größer. Eine Frau in mintgrüner Lederjacke drängte sich von hinten an sie heran und fragte, was die Polizei zu tun gedenke. »Zuerst fotografieren wir«, sagte Petra Lindström. Das sehe sie, sagte die Frau, aber das könne doch wohl nicht alles sein. Lindström hatte einen roten Kopf, als sie sich umwandte. Sie solle so freundlich sein und ihre Personalien angeben, forderte sie die Frau auf, danach solle sie alles erzählen, was sie beobachtet habe. Jedes Detail sei wichtig.

»Typisch Polizei!«, sagte die Frau.

»Was ist typisch Polizei?«

»Dass man sofort zur Verdächtigen wird.«

Niemand werde hier zur Verdächtigen. Florian Lipp steckte das Smartphone in die Innentasche seiner Jacke. Da es sich nicht nur um schwere Sachbeschädigung und Besitzstörung, sondern vermutlich auch um einen Verstoß gegen das ARG, das Anti-Rassismus-Gesetz, handle, werde man sowohl die Kollegen von der Kriminalpolizei als auch die Spurensicherung verständigen, sagte Lipp. Beginnen werde man mit einer gründlichen Einvernahme sämtlicher Zeugen. Wer also etwas gesehen habe, solle sich jetzt an sie wenden. Alles andere könne möglicherweise ab sofort als Behinderung einer Amtshandlung gewertet werden. Lipps Blick glitt über die Menge. Er lächelte freundlich.

»Genial«, sagte Petra Lindström, als nach einer Weile etwa zwei Drittel der Leute verschwunden waren, »du wirst doch noch Karriere machen.« Lipp machte eine wegwerfende Handbewegung.

»Nur weil ich manchmal ein gewisses Improvisationsvermögen besitze?«

»Nein, weil du offenbar ein halber Jurist bist. Anti-Rassismus-Gesetz, sage ich nur.«

Lipp grinste. Genau das meine er mit Improvisationsvermögen: Phantasie, Erfindungsreichtum, die Kraft der Suggestion. Lindström schaute ihn groß an. »Willst du damit sagen …?«

»Warum sollte es ausgerechnet bei uns ein Anti-Rassismus-Gesetz geben?«, fragte er. Lindström schloss für eine Sekunde die Augen. »Du kannst so was von arg sein!«, sagte sie.

Die besprayte Fläche maß etwa vier mal zwei Meter, nahm den gesamten Erdgeschosssockel zwischen dem Haupteingang des Hauses und dem Portal eines künftigen Geschäftslokals ein und war in zwei Felder unterteilt. Das rechte zeigte in Sicht von unten, also in perspektivischer Verzerrung, und farblich überwiegend in Gold und Blau, die Hagia Sophia, über ihr den Schriftzug »Gott ist grohs«, das linke ein vor allem in Rot und Braun gehaltenes Porträt des amerikanischen Filmschauspielers Jamie Foxx, über ihm den Satz »Wir sind alle Neger«.

»Aus *Ray*«, sagte Lindström, »vom Plakat.«

»Nein, sicher nicht aus *Ray*.«

Lindström drehte sich um. Ein schmächtiger junger Mann lehnte an einem Motorroller und rauchte. In der Rolle des Ray Charles trage Jamie Foxx eine Sonnenbrille, hier an der Fassade nicht, sagte er. Er tippe auf *Collateral*. »Kenne ich nicht«, sagte Lindström. »Es geht um einen Taxifahrer«, sagte Lipp, »und um Tom Cruise.« »Und um Arbeitsauffassung«, sagte der Mann. Lindström schaute ihn böse an.

Lipp und sie erörterten kurz die Frage, ob eine ästhetisch hochwertige Sachbeschädigung nicht anders als das übliche Geschmiere zu bewerten sei. Außerdem sprachen sie darüber, wie man den Rechtschreibfehler in *grohs* und die Verwendung des Begriffes *Neger* einordnen solle. »Als Provokation und Ablenkung«, sagte der junge Mann, »kein Mensch würde irrtümlich *grohs* schreiben, nicht einmal ein Erstklässler.«

»Wieso mischen Sie sich eigentlich dauernd ein?«, fragte Petra Lindström gereizt.

»Keine Ahnung, vielleicht weil ich im Haus gegenüber wohne.«

Florian Lipp legte seine Hand begütigend auf Lindströms Unterarm. »Können Sie zeichnen?«, fragte er. Der junge Mann lachte laut auf. Nein, weder könne er zeichnen, noch habe er dieses Kunstwerk angefertigt – falls das die Frage hinter der Frage sei. Allerdings sei ihm noch etwas in den Sinn gekommen, vermutlich ebenfalls eine Einmischung. Zwei Straßen weiter wohne in einem Kleingartenhaus Theresia Widrich, eine ältere Frau, die täglich ganz früh am Morgen mit ihrem Hund eine Runde drehe. Er treffe sie manchmal, wenn er nach Hause komme, daher wisse er das. Da man davon ausgehen könne, dass das Gemälde während der letzten Nacht entstanden sei, sei es möglich, dass Frau Widrich etwas gesehen habe. Lipp zog einen Notizblock aus der Tasche. »Theresia Widrich«, wiederholte er, während er schrieb, »wir werden uns darum kümmern.« Dann hob er den Kopf. »Wie heißen Sie eigentlich?«, fragte er. »Max Kaiser«, sagte der junge Mann,

»erstaunlich, dass Sie erst jetzt nach meinem Namen fragen.«
»Manchmal halten wir die Leute hin«, sagte Lipp, »Sie können jetzt fahren.«

»Wieso fahren?« Der Mann richtete sich auf. Lipp wies auf den Motorroller.

»Der gehört nicht mir«, sagte er und ging.

»Ich wette, er war's selbst«, sagte Lindström kurze Zeit später. Dann äffte sie ihn nach: »Erstaunlich, dass Sie erst jetzt nach meinem Namen fragen.« Sie hatte immer noch einen roten Kopf.

»Beruhige dich«, sagte Lipp, »er ist ein Wichtigtuer, sonst gar nichts.« Vielleicht sei er selbst der Anrufer gewesen, das lasse sich aber leicht überprüfen.

»Beobachtung oder Wahrnehmung?«, sagte Lindström.

»Wie?«

»Das hätten wir ihn fragen können.«

»Stimmt«, sagte Lipp, »Vorgang oder Sachverhalt?«

»Die Frau mit Hund?«

»Mit der werden wir reden.«

»Die Spurensicherung?«

Lipp lachte. »Kannst du dir vorstellen, was Mauritz sagen würde, würden wir ihn anfordern?«

Ja, das könne sie, sagte Lindström. Er würde fragen, ob er Fingerabdrücke vom Gehsteig nehmen oder den Straßendreck auf Hämoglobin untersuchen solle – wie er immer reagiere, wenn man etwas von ihm wolle, der Herr Fleißig. »Apropos unendlicher Fleiß«, sagte sie, »was tun wir mit Kovacs?«

»Brauchen wir ihn?«, fragte Lipp.

Ludwig Kovacs saß unter einem blau-weißen Sonnenschirm, hatte müde Beine und fror. Das Bier, das vor ihm auf dem runden Metalltischchen stand, hatte er noch nicht angerührt. Auf der Lehne des Sessels, der ihm gegenüber stand, hockte ein Spatz und schaute ihn erwartungsvoll an. Kovacs streckte den Zeigefinger aus, zielte und sagte: »Peng!« Den Vogel kümmerte das nicht.

»Kommissar, du siehst schlecht aus.« Szarah stand plötzlich neben ihm. »Was man von dir nicht behaupten kann«, sagte er und versuchte zu lächeln. Szarah war groß, schlank und von einer Würde, die einen umhaute. Wie eine Zypresse aus dem Hohen Atlas, pflegte Kovacs zu sagen, und Szarahs Mann Lefti, der Besitzer des *Tin,* sagte darauf, ja, manchen Menschen werde gegeben, ohne dass sie wüssten, warum. Sie stellte eine Schüssel Mangosalat mit Zwiebel und Koriander samt einem Stück Fladenbrot vor ihn hin. »Was ist das?«, fragte er. Ein zweites Frühstück, sagte sie, etwas, das ihm guttun werde, besser jedenfalls als ein Bier mitten am Vormittag. Kovacs drückte ihr das Glas in die Hand. »Du kannst es wieder mitnehmen.« Er bringe sowieso keinen Schluck runter, vielleicht liege es einfach an der Hitze. »Von der Hitze friert man nicht, Kommissar«, sagte sie, außerdem sei es noch gar nicht heiß. »Woher willst du wissen, dass ich friere?«, fragte er, und sie sagte, sie bitte um Entschuldigung, in Wahrheit wisse sie das auch gar nicht.

Als Szarah gegangen war, vibrierte Kovacs' Handy. Lipp. Er drückte den Anruf weg. Seit einiger Zeit gingen ihm seine Kollegen auf die Nerven, Lipp, weil er nicht zur Kripo wechseln wollte, Mauritz, weil er so fett war, Demski wegen seiner Bildungsneurose und Eleonore Bitterle wegen ihrer allumfassenden Souveränität. In Wahrheit ist das alles lächerlich, dachte er, und in Wahrheit bin ich ein Vollidiot. Ich weiß, wie gut sie arbeiten, ich weiß, wie verlässlich sie sind, und ich wünsche sie trotzdem zum Teufel.

Er aß den Salat in winzigen Bissen, Gabelspitze für Gabelspitze. Die Süße der Mango, die Schärfe der Zwiebel, die Frische der Korianderblätter, dazwischen die leichte Säure des Fladenbrots. Er dachte daran, dass Marlene, wenn sie am Abend aus dem Geschäft kam, in der Regel zu müde war, um zu kochen, und dass Charlotte, seine Tochter, zwar bei ihnen wohnte, aber inzwischen ihr eigenes Leben führte.

»Szarah sagt, du siehst schlecht aus.« Ohne dass er ihn kommen gehört hatte, war Lefti da. Er stellte zwei schmale, hohe Teegläser auf den Tisch, setzte sich und schenkte aus einer Tonkanne ein. Minze mit Ingwer, sagte er, das helfe gegen beides, Hitze von außen und Kälte von innen. »Gibt es dazu vielleicht noch irgendein orientalisches Märchen!?«, blaffte Kovacs. »Du bist zornig, Kommissar«, sagte Lefti, »das ist gar nicht gut.« »Ich weiß«, sagte Kovacs.

»Das macht mir Sorgen.«

»Was – dass ich es weiß?«

Nein, dass in letzter Zeit der Zorn so überhandnehme und nun auch seine Freunde erfasse. »Zorn und Hass liegen nahe beisammen, Kommissar«, sagte er, »das macht mir Sorgen.« Sechs, sieben Jahre lang sei das *Tin* ein Ort gewesen, an dem sich alle getroffen hätten, die Alten und die Jungen, die Leute mit sicherem Wohnsitz und die Flüchtlinge, die Klugen und die, die auf Klugheit weniger Wert legten. »So wie ich«, sagte Kovacs, die Polizisten und die Verbrecher habe er übrigens vergessen. Ganz genau, sagte Lefti, x-mal sei er, der Kommissar, mit dem Sheriff an demselben Tisch gesessen, der Sheriff habe darauf geachtet, dass ihm der Cannabis-Markt nicht zur

Gänze ruiniert wurde, und er, Kovacs, darauf, dass das wirklich gefährliche Zeug weit weg von Furth blieb. Seit einem halben Jahr sei alles anders. »Mit dem Sheriff rede ich immer noch«, sagte Kovacs. »So wie früher?«, fragte Lefti. Kovacs sagte nichts. Nein, dachte er, nicht so wie früher.

Lefti hob sein Teeglas, blies auf die Oberfläche und nahm vorsichtig einen Schluck. Spannung sei etwas, das man sehr oft erst merke, wenn es sich entlade, sagte er, leider gelte das für Spannungen innerhalb eines großen Rahmens ganz besonders. »Großer Rahmen, große Spannung, erst merkt man nichts davon, und dann, puff, große Entladung.« Kovacs schaute ihn erstaunt an. »Ist das deine neueste soziologische Hypothese?«, fragte er. »Nein, das ist von Frankie«, sagte Lefti. »Und wer ist Frankie?«, fragte Kovacs. »Ein Freund von früher«, sagte Lefti. Frankie heiße in Wahrheit Hassan und sei der Leiter des seismologischen Dienstes in Rabat. Wenn er darüber spreche, was sich zwischen der afrikanischen und der eurasischen Kontinentalplatte abspiele, gerate er jedes Mal in Verzückung und Verzweiflung zugleich. Frankies mütterliche Großeltern seien im Februar 1960 beim großen Beben in Agadir ums Leben gekommen. Frankie sei damals vier Jahre alt gewesen, gerade alt genug, um sich an sie zu erinnern. Er habe später Geophysik und Ozeanographie studiert, in Montpellier und Paris. Nach dem Studium sei er aus Frankreich zurück nach Marokko gegangen. Es sind die Gräber, die dein Leben bestimmen, habe Frankie gesagt. Er habe die Erfahrung gemacht, dass es keinen Sinn habe, sich dagegen zu wehren.

Der Kies neben ihnen knirschte. Kovacs erschrak. »Muss das sein?«, fragte er. »Muss was sein?«, fragte Florian Lipp zurück. »Dass ihr euch anschleicht – muss das sein?« »Kein Mensch schleicht sich an«, sagte Lipp – ob es vielleicht sein könne, dass er, Kovacs, sich ertappt fühle. Lefti zog den Kopf ein und stand hastig auf. »Ich lasse euch allein«, sagte er, »denk an das, was ich vorhin gesagt habe, Kommissar.« »Ich weiß«, sagte Kovacs, »die Gräber.«

»Und der Zorn«, sagte Lefti, »die Gräber und der Zorn.«

Kovacs nahm einen Schluck von seinem Tee und lud Lindström und Lipp ein, Platz zu nehmen. Ich sage nichts, dachte er, weder von der Wichtigkeit der Denkarbeit im Gastgarten noch davon, wie gut ich mir inzwischen ein Dasein ohne Polizeidienst vorstellen kann. Lefti hatte wahrscheinlich recht. Der Rahmen änderte sich, und schon verschoben sich die Dinge komplett. Vor einem Jahr war er noch jeden Abend aufs Dach gestiegen, hatte sein Fernrohr aufgebaut und in die Sterne geschaut. Jetzt war er müde, bekam schlecht Luft und schnauzte Marlene an. Ab und zu dachte er noch ans Fischen, an den Moment, wenn der Schwimmer zweimal nickte und dann steil unter die Wasseroberfläche gezogen wurde, an seine Jolle, die seit fünfzehn Monaten bei Fred Ley in Waiern auf dem Trockendock lag, und daran, dass er eigentlich den Plan gehabt hatte, sich für das Boot einen Elektromotor anzuschaffen. Marlene sagte, es sei viel besser, wenn er weiterhin rudere, aber sie hatte vom Fischen keine Ahnung.

»Warum kommt ihr hierher?«, fragte Kovacs. »Weil du dein Handy nicht abhebst«, sagte Lipp. Er habe immer noch zurückgerufen, sagte Kovacs, und Lipp sagte, ja, aber wann. Es gebe Dinge, die besäßen eine gewisse Dringlichkeit. Kovacs dachte an Charlotte, die zwar ständig so tat, als habe sie ihr Leben im Griff, in Situationen, in denen es heikel wurde, meistens doch um Rat kam. Sie verwendete dann auch diese Begriffe: Fallhöhe, Risikoabwägung, Brisanz, Dringlichkeit. In Wahrheit brauchen sie alle jemanden, mit dem sie ihre Angst teilen können, dachte Kovacs, und er dachte, dass es wohl eine Alterserscheinung war, wenn es einem plötzlich so vorkam, als verhielten sich die meisten Menschen wie Kinder. Er fragte, worum es sich bei der dringlichen Sache denn handle. Petra Lindström sagte, um ein Diptychon.

»Verstehe – um ein Diptychon«, sagte Kovacs, und Lindström sagte, ja, um eine Art Fresko in zwei Teilen, versehen mit einem politischen Kommentar.

»Mit einem politischen Kommentar.«

»Auch in zwei Teilen. *Gott ist grohs*, mit stummem H und rundem S, und *Wir sind alle Neger*.«

Das klinge eher nach einer Mischung aus blödsinniger Provokation und Teilleistungsstörung als nach einem politischen Kommentar, sagte Kovacs. Grundsätzlich stimme das schon, antwortete Lindström, wer allerdings in der Lage sei, die Hagia Sophia in einem Low Angle Shot und ein Porträt von Jamie Foxx aus *Collateral* in solch einer Qualität an eine Wand zu sprühen, der sei vielleicht provokant, eventuell auch legasthenisch, blödsinnig jedoch mit Sicherheit nicht. »Wie hast du das gerade genannt?« Florian Lipp starrte Petra Lindström groß an.

»Was meinst du?«

»Low Angle Dingsbums. Wie hast du gesagt?!«

»Low Angle Shot. Die Sicht aus einer Position, die tiefer liegt als die Augenlinie.«

Woher sie so etwas wisse, fragte Lipp. Lindström grinste. Sie habe schließlich etwas Vernünftiges gelernt, bevor sie auf die Polizeischule gegangen sei, Fotografin, um genau zu sein. Und nein, sie könne nicht erklären, warum sie gewechselt habe, das werde sie nämlich an dieser Stelle immer gefragt. »Die Sicht von unten«, sagte Kovacs. Lipp fragte, was er damit meine. Nichts Spezielles, erwiderte Kovacs, das sei ihm nur so eingefallen. Er musterte Petra Lindström. Sie hat es drauf, dachte er, sie hat einen weiteren Horizont als die meisten anderen, sie weiß, was Legasthenie und ein Low Angle Shot sind, und sie hat einen Standpunkt. Ähnliches hatte er seinerzeit über Sabine Wieck gedacht. Sabine Wieck hatte nach einer kurzen Zeit als Uniformierte in seine Gruppe gewechselt, und er war immer noch froh darüber. Irgendwie hatte er sich von Anfang an zu ihr hingezogen gefühlt. Das war bei Lindström ein wenig anders. Vielleicht hatte es mit ihrer Statur zu tun. Sie möchte ich nicht in den Arm nehmen, dachte er, aber vor allem möchte ich von ihr keine geknallt bekommen.

Ein paar Tische weiter nahmen zwei große Männer mit glatt rasierten Köpfen und metallgerahmten Sonnenbrillen Platz. Sie trugen schwarze Kleidung und Springerstiefel. Der größere Zusammenhang, den man nicht wahrhaben möchte, dachte Kovacs – die Spannung steigt, und irgendwann macht es rums. »Kennt ihr die schon?«, fragte er. Lipp und Lindström schüttelten den Kopf.

Lefti stellte frischen Tee, Gläser und zwei weitere Portionen Mangosalat auf den Tisch. Kovacs wies mit dem Kopf in Richtung der beiden Männer. »Aktion 18«, sagte er, »der neue Wachdienst in der *Burg* – das passt zu dem, worüber wir vorhin gesprochen haben.« »Worüber habt ihr gesprochen?«, fragte Lipp. »Wir«, sagte Kovacs, »worüber wir gesprochen haben.«

»Über Jamie Foxx?«

»Nein, über Teilleistungsstörungen«, sagte Kovacs.

Lefti schaute besorgt. Ja, Teilleistungsstörungen, damit habe die Sache wohl zu tun. »Woher wollt ihr wissen, dass die eine haben?«, fragte Lipp. Er hatte begonnen, Salat in sich hineinzuschaufeln. Lindström warf die Arme in die Höhe. »Du bist so ein Trottel!«, rief sie. Es sei die *Burg* insgesamt gemeint, diese völlig verrückte Idee, ein ausrangiertes und halb verfallenes ehemaliges Kinderheim als Quartier für sämtliche unbegleiteten minderjährigen Flüchtlinge im Land zu verwenden, sie dort zu konzentrieren, in einer Art Lager, aber Lager dürfe man nicht sagen. Die politische Absicht hinter dieser Aktion könne man nur als das Produkt einer Art Teilleistungsstörung sehen, diese Konzentrationslager-Idee, – aber wahrscheinlich genüge es, dass sie als Polizistin diesen Begriff laut denke, um sie augenblicklich außer Dienst zu stellen. Kovacs schob ihr die Salatschüssel hin. »Da, iss was, das beruhigt«, sagte er, und er dachte, dass sie wirklich einen Standpunkt hatte und wirklich sehr jung war und dass sie noch Flecken am Hals kriegte, wenn sie sich aufregte.

Petra Lindström tunkte ein Stück Fladenbrot in die Salatsoße. »Aktion 18«, sagte sie, »Aktion Arschloch 18.« Lipp setzte für einen Moment die Gabel ab. »Warum eigentlich 18?«, fragte er. Lefti warf einen Blick in Richtung der beiden Männer. Sie hatten die Beine von sich gestreckt und jeweils ein Bier vor sich stehen. Er habe im Lauf der Jahre gelernt, sagte er, dass es gar nichts bringe, paranoid zu sein, aber manchmal könne er nicht anders, als sich vorzustellen, gewisse Leute hätten es auf ihn abgesehen. Daher halte er es für besser, sich jetzt zurückzuziehen.

»Warum 18 und nicht 19 oder 21«, wiederholte Lipp, nachdem Lefti gegangen war. Kovacs hob den Zeigefinger. »Nachdenken und zählen«, sagte er. Zählen, was solle er zählen?, fragte Lipp, und Kovacs sagte, deswegen habe er ja gesagt, man solle erst nachdenken. »Die Buchstaben«, knurrte Lindström, »es geht um die Buchstaben im Alphabet.«

Lipp schien kurz zu überlegen, dann legte er sein Besteck beiseite und wischte sich mit der Serviette über den Mund. »Ich glaube, ich bin zu dumm«, sagte er. Lindström beugte sich vor und fixierte ihn mit den Augen. »Eins und acht, Mister Turbodenker«, sagte sie, »erster und achter Buchstabe. A und H.« »Wie Alfred Hitchcock«, sagte Lipp. Petra Lindström verdrehte die Augen. »Ja, wie Alfred Hitchcock«, sagte sie. Lipp streckte den Rücken durch, grinste und wurde dann plötzlich ernst. »Manchmal bin ich nur ganz kurz ein Trottel«, sagte er. Die Naziärsche gingen ihm auch auf die Nerven, und am liebsten würde er sie irgendwohin verräumen, aber in seiner Arbeit wolle er sich von ihnen nicht behindern lassen. Er erlaube sich daher, darauf hinzuweisen, dass es einen Grund gebe, aus dem er ins *Tin* gekommen sei. »Ein Diptychon samt politischem Kommentar«, sagte Kovacs. Genau genommen seien es zwei Gründe, antwortete Lipp, eine alte Frau mit Hund und etwas, das diese Geschichte leider zur Chefsache mache.

Kovacs merkte, wie die Dinge rings um ihn für eine Sekunde unscharf wurden. Ich will keine Chefsachen, dachte er, ich kann Chefsachen auf den Tod nicht ausstehen. »Es hat übrigens auch mit Buchstaben zu tun«, sagte Lipp.

Petra Lindströms Handy vibrierte. Sie schaute aufs Display und trat dann einige Schritte zur Seite, um zu telefonieren.

Die Recherche nach dem Besitzer dieser Wohnhausanlage sei maximal einfach gewesen, erzählte Lipp, obwohl man niemanden fragen habe können, da es noch gar keine echten Bewohner gebe. An der Haupteinfahrt habe sich eine Messingtafel mit sämtlichen Planungs- und Errichtungsdaten gefunden, auf Hochglanz poliert und zumindest einen Quadratmeter groß.

»Und?«

»Und was?«

»Wo ist die Chefsache?!«

KS-Immobilien, das sei die Chefsache, sagte Lipp, *Bauträger: KS-Immobilien*. Kovacs hatte plötzlich den Eindruck, es gehe ihm unterhalb des Unterkiefers das Gefühl verloren. Er griff sich an den Hals. »Was ist los?«, fragte Lipp. »Nichts«, sagte Kovacs, »gar nichts. Alterserscheinungen.« Lindström kam zurück und schaute die beiden fragend an. »KS-Immobilien«, sagte Kovacs. »Konrad fucking Seihs«, sagte Lindström. Jetzt würde ich sie doch gern umarmen, dachte Kovacs. Konrad Seihs war einerseits Hauptgesellschafter einer Bauträgerfirma, andererseits seit Jahren hochrangiger Funktionär der städtischen Wirtschaftspartei. Seine Position als Stadtrat für Innere Verwaltung und Sicherheit hatte er genutzt, um Einfluss auf die Raumplanung der Gemeinde, speziell auf die Umwidmung landwirtschaftlicher Flächen in Bauland, zu nehmen, das Ganze nicht zum Schaden seiner Firma. Ansonsten hatte er sich mit einer offensiven Law-and-Order-Haltung hervorgetan und vor allem Randgruppen für seine eigene Profilierung benutzt. Obdachlose, Drogenabhängige, Flüchtlinge – sie alle sollten irgendwo sein, nur nicht in Furth, und wenn es drauf ankam, würde er sie eigenhändig wegschaffen. Warum die Polizei von Anfang an einer von Seihs' Lieblingsfeinden gewesen war, wusste in Wahrheit keiner; vielleicht hatte es mit seinem früheren Leben als Berufssoldat zu tun, vielleicht auch mit ganz anderen Dingen. Er nutzte jedenfalls jede Gelegenheit dazu, sie in der Öffentlichkeit als faul und inkompetent hinzustellen, und Philipp Eyltz, der Polizeichef der Stadt, hatte dem nichts entgegenzusetzen.

Als Seihs vor einem halben Jahr in die Landesregierung

berufen worden war und dort das Ressort für Wohnbau und öffentlichen Verkehr übernommen hatte, hatten sie alle für einen Augenblick gehofft, er werde nun seine Aufmerksamkeit den wirklich einträglichen Dingen zuwenden und der Stadt den Rücken kehren. Dann war jedoch klar geworden, dass er nicht im Mindesten vorhatte, die Stadtregierung zu verlassen. George Demski hatte gesagt: »Ich erschieße seinen Pitbull, vielleicht verschwindet er dann«, und Eleonore Bitterle, die im Kommissariat die graue Eminenz war und im Allgemeinen als ein extrem besonnener Mensch galt, hatte geantwortet: »Warum nur den Pitbull?«

Sie einigten sich darauf, zuallererst Mauritz anzurufen und ihn zum Tatort zu lotsen. Sein Geschimpfe über die Ahnungslosigkeit der Kollegenschaft in Bezug auf die Möglichkeiten der Spurensicherung würden sie in Kauf nehmen. Erst danach würden sie entscheiden, ob es überhaupt eine Sache für die Kriminalpolizei werden würde. »Ihr holt euch den Dicken«, sagte Kovacs, »und ich besuche die alte Frau.« »Obwohl du eigentlich noch gar nicht zuständig bist?«, fragte Lindström. »Ich rede lieber mit alten Frauen, für die ich nicht zuständig bin, als mit psychopathischen Landesräten«, sagte Kovacs.

Szarah kam an ihren Tisch, um abzuservieren. Sie musterte Kovacs. »Ist es besser?«, fragte sie. »Ist was besser?«, fragte Kovacs zurück. »Dein Frieren«, sagte sie, »dein Frieren in der Hitze.« »Habe ich jemals gefroren?«, fragte er und grinste. Er fühle sich großartig, was bei ihrer maghrebinischen Fürsorge nicht weiter verwunderlich sei. Das sei erfreulich, sagte Szarah, aber wenn sie auf seinen Hals schaue, sehe sie sein Herz schlagen, und sie wisse nicht, ob es so sein solle: kurz kurz kurz lang – das erinnere sie an Beethoven. Kovacs griff sich an die Kehle. »Beethoven? Quatsch!«, sagte er, und sie sagte, jetzt sei es weg, jetzt sehe sie nichts mehr.

Auf dem Weg zum Ausgang kamen sie direkt an den beiden schwarzgekleideten Männern vorbei. »Hat der Wachdienst in der *Burg* eigentlich Hunde?«, fragte Lipp. »Deutsche Doggen, Deutsche Schäferhunde, Deutsch Kurzhaar«, antwortete Lindström. »Du kannst so was von blöd sein«, sagte Lipp, »ich meine es ernst.« »Ich auch«, sagte sie.

Bevor sie in die Autos stiegen, sagte Lindström, sie habe noch etwas vergessen: Ob es für einen der beiden ein Problem sei, vor oder nach der Besprechung mit Mauritz im Krankenhaus vorbeizuschauen, ganz kurz nur. Lipp machte ein besorgtes Gesicht, und sie sagte, nein, niemand brauche Angst zu haben, es habe gar nichts mit ihr zu tun. Der Anruf vorhin sei von der Sekretärin der Unfallabteilung gekommen. Es gebe da eine Verletzungsanzeige auf Grund eines nicht ganz plausiblen Unfallhergangs. Nichts Dramatisches, eine Routineangelegenheit. Ein alter Mann sei von der Leiter gefallen. Sie müsse mit ihm reden – zwanzig Minuten, länger werde es nicht dauern. Sie habe es zwar nicht verdient, aber er werde sie hinbringen, sagte Lipp, er habe das Krankenhaus schon als Kind gemocht. Was solle das heißen, sie habe es nicht verdient, fragte Lindström. »Eine gelernte Fotografin, die dabei zuschaut, wie ihr ungeschulter Kollege versucht, mit dem Handy einen Tatort zu fotografieren, sollte zur Strafe einen Tag lang zu Fuß gehen müssen«, sagte Lipp. Lindström grinste. Es gebe kaum etwas, das einen innerlich so sicher mache wie ein kleines Geheimnis, sagte sie.

Kovacs steckte den Schlüssel ins Zündschloss, gurtete sich an und saß eine Weile einfach da. Warum fallen alte Männer von der Leiter?, fragte er sich. Er dachte daran, dass er den Birnbaum in Marlenes Garten im Frühjahr wieder nicht zurückgeschnitten hatte, genauso wenig die Buchsbaumkugeln neben dem Eingangstor und die Forsythiensträucher. In der Typologie der Menschen gab es konstante Gegensatzpaare: die Bier- und die Weintrinker, die Marathonläufer und die Gastgartensitzer, die Fischer und die Gärtner. Er war definitiv kein Gärtner.

Kovacs fuhr südlich am Stift vorbei, durch die Walzwerksiedlung, in der seine Wohnung lag, schließlich in einem Bogen über Osten zur Severinbrücke. Er mochte es, durch Nebenstraßen zu fahren, von Häuserblock zu Häuserblock, von Kreuzung zu Kreuzung, so, als wäre er immer noch Streifenpolizist. »Dich kennt hier jeder«, sagten die jungen Kollegen, wenn sie mit ihm unterwegs waren, und er sagte drauf, dass er wohl seinen Beruf verfehlt hätte, würden ihn nach dreißig Jahren die Leute nicht kennen.

Er dachte an Szarah, an ihre kultivierte Art von Aufmerksamkeit, daran, dass Marlene in ihrer Zuwendung viel impulsiver war, zwischendurch tausend Dinge übersah und er sie genau dafür liebte, und an Charlotte, die sich gelegentlich zwar immer noch benehmen musste wie ein Punk, auf der anderen Seite mit einer Zielstrebigkeit in Richtung Solidität unterwegs war, die ihn immer wieder frappant an Yvonne, ihre Mutter, erinnerte. Schließlich fiel ihm Beethoven ein, kurz kurz kurz lang, und er fasste sich erneut an den Hals. Nichts. Alles rhythmisch. Alles regulär.

Er bog ab, passierte das rote Haus und parkte ein paar Autolängen dahinter neben einem verrosteten Maschendrahtzaun. Ich benehme mich wie der schlechte Ermittler in einem amerikanischen Gangsterfilm, dachte er, und zugleich wusste er, dass er das unter Garantie nicht mehr würde ablegen können.

Er zog den Notizzettel aus der Brusttasche seines Hemds und verglich die Adressen. Ich bin hunderte Male an diesem kleinen Haus vorbeigefahren, dachte er, habe es hunderte Male als *das rote Haus* registriert und mich nie gefragt, wer hier wohnt. Er drückte auf die Klingel neben dem Gartentor. Drinnen bellte ein Hund.

Theresia Widrich trug eine ärmellose Kleiderschürze mit Blumenmuster und Gartenpantoffeln aus grünem Kunststoff. Sie war klein, drahtig und weißhaarig. Um ihre Beine strich ein knapp kniehoher, braun-weiß gefleckter Hund. »Ich verkaufe nicht«, sagte sie. Jeden zweiten Tag stehe jemand mit genau so einem Blick am Gartentor, amerikanische Ehepaare, bulgarische Familien, Touristen aus Wien sowieso, es gehe ihr inzwischen total auf die Nerven. »Verkaufen – meinen Sie das Haus oder den Hund?«, fragte Kovacs. Die Frau erschrak. »Warum den Hund?«, fragte sie. Weil er nett ausschaue, freundlich und neugierig, irgendwie auch reinrassig, sagte er, aber in Wahrheit dürfe sie das nicht ernst nehmen, denn er habe keine Ahnung von Hunden. »Darf ich reinkommen?«, fragte er und hielt ihr seinen Ausweis hin. »Sie ist ein Kooikerhund«, sagte sie und öffnete die Gartentür. »Ein was?«, fragte Kovacs. Ein Kooikerhund, sagte sie, eine alte holländische Rasse, in erster Linie Entenjäger. »Entenjäger?«, wiederholte Kovacs, und die Frau sagte, ja, wenn sie mit ihr in der Au spazieren gehe, sei das besonders gut zu bemerken. Ihr Hund heiße übrigens Frida.

Die Terrasse an der Hinterseite des Hauses war winzig und

bot gerade zwei Stühlen und einem runden Tischchen Platz. Sie saßen unter einer weißgepunkteten gelben Markise. Theresia Widrich kredenzte selbstgemachten Ribiselsaft. Sie erzählte, dass ihr verstorbener Mann das Gartenhaus ausgebaut und winterfest gemacht habe. Nach einer Urlaubsreise zum Nordkap vor beinahe dreißig Jahren habe er im Sägewerk eine Ladung gehobelte Lärchenbretter gekauft, außen an die Fassade geschraubt und falunrot gestrichen. »Falunrot?«, fragte Kovacs, und sie sagte, ja, so nenne man es in Schweden. Die Erde rings um die Stadt Falun sei auf Grund ihres Kupfergehaltes blutrot, daher komme der Name. Ihr Mann habe die Farbe an den schwedischen Holzhäusern gesehen und sei ihr sofort völlig verfallen gewesen. Die Proteste aus der Nachbarschaft hätten ihn nicht gekümmert, und als der alte Meinert in einer Quartalsversammlung des Kleingartenvereins gesagt habe, dieses Kommunistenrot sei eine Schande, habe ihr Mann geantwortet, er solle das bitte wiederholen, es tue ihm so gut.

Unterhalb der Terrasse erstreckte sich, begrenzt von einer Hecke aus gemischten Sträuchern, ein kleiner Garten. Der Hund strich in einer Achterschleife um zwei Hortensienbüsche, begann schließlich an einer Stelle hektisch zu graben. »Was sucht sie dort?«, fragte Kovacs. »Wühlmäuse«, sagte Theresia Widrich, »sie ist ganz versessen drauf.« »Und die Löcher im Boden?«, fragte Kovacs. Die schaufle sie wieder zu, sagte sie. Sie wisse, das sei kindisch, aber danach fühle sie sich jedes Mal so richtig gut. »Wenn dir jemand an die Wurzeln geht, musst du dich wehren«, sagte sie. Frida habe das von Anfang an offensichtlich genauso gesehen wie sie. Sie lege ihr die toten Wühlmäuse und Maulwurfsgrillen vor die Füße, jede einzelne; manchmal stelle sie auch noch ihre Pfote drauf wie ein siegreicher Feldherr. Kovacs machte eine entschuldigende Geste. »Ich bin kein Gärtner«, sagte er.

»Sie haben wahrscheinlich auch keinen Hund.«

Nein, sagte er und wies auf Frida, die unverdrossen weiterbuddelte, der Hund sei allerdings schon das Thema.

»Sie wollen wissen, ob ich etwas gesehen habe«, sagte Theresia Widrich. Kovacs blickte überrascht auf.

»Was sollen Sie gesehen haben?«

Das Bild auf dem Haus, sagte sie – alle in der Umgebung wüssten, dass sie zeitig in der Früh mit dem Hund rausgehe, irgendjemand habe das wohl der Polizei gesagt. Und ja, sie habe die Künstler gesehen. »Die Künstler?«, fragte Kovacs. Ja, sagte sie, es seien zwei gewesen, ein großer Blonder und ein Kleinerer, schlank mit dunklen Haaren, sie hätten einen Rucksack dabeigehabt, aus dem sie ihre Spraydosen genommen hätten, und ja, sie sage mit Absicht Künstler, denn es sei ihr in Galerien oder Museen schon wesentlich schlechteres Zeug untergekommen. Drittens, weil er das ja sicher wissen wolle – sie könne sich nicht erinnern, die beiden schon jemals gesehen zu haben. Kovacs schaute der Frau in die Augen.

»Gesetzt den Fall, Sie würden die beiden kennen …«

Theresia Widrich lächelte. »Dann würde ich natürlich ihre Namen nennen, der Polizei gegenüber muss man doch die Wahrheit sagen.«

Die jungen Männer hätten sich ihr gegenüber völlig unauffällig verhalten, erzählte sie, im Grunde genommen so, als wäre sie gar nicht vorhanden, allerdings habe sie auch nichts getan, was die zwei beunruhigen hätte können. Weder habe sie um Hilfe gerufen noch dumme Fragen gestellt. Auch Handy habe sie keins bei sich gehabt, und Frida wisse genau, dass sie auf ihren Morgenspaziergängen nicht bellen dürfe.

Ein großer Blonder, ein kleiner Dunkler und eine alte Frau, die niemanden erkennt, dachte Kovacs – ich befinde mich immer noch in einem amerikanischen Gangsterfilm.

»Haben Sie eigentlich jemals daran gedacht, die Polizei zu verständigen?«, fragte er, bevor er ging. Nein, sagte Theresia Widrich, dafür habe ihr das Bild zu gut gefallen.

Er ließ das Auto in der Seitenstraße stehen. Obwohl es schon warm war und er sich ziemlich lächerlich vorkam, ging er zu Fuß. Ich tue so als ob, dachte er, ich führe ein Leben ohne Bewegung, und ich möchte Absolution dafür. Er dachte an Entenjäger, die sich irgendwann im Leben auf Wühlmäuse umstellten, daran, dass *Kooikerhund* ein nettes Wort war, und an dieses rote Gartenhaus, das einen einhüllte wie eine Wolldecke. Er dachte an Marlene, die immer wieder sagte, die ganze Angelei könne ihr gestohlen bleiben, zum Lachsfischen nach Schweden würde sie ihn aber schon begleiten. Außerdem dachte er an Petra Lindström, die für nicht einmal ein Jahr einen Ehemann gehabt hatte, der aus Göteborg stammte und aussah wie ein Bruder von Ingemar Stenmark, still, sanft und blauäugig. Ein paar Wochen nach der Hochzeit war Lindström zum ersten Mal mit Sonnenbrillen in den Dienst gekommen, in der Folge immer öfter. Ein halbes Jahr später hatte sie sich im Dauerkrankenstand befunden und war nicht mehr arbeitsfähig gewesen. Am Ende hatte erst ein Besuch von Mauritz und von Zoltan Földeny, einem jungen Uniformierten, der ein ähnliches körperliches Format besaß wie der Chef der Spurensicherung, den Herrn aus Schweden motiviert, rasch und unkompliziert der Scheidung zuzustimmen. Ihren Namen hatte Petra Lindström trotzdem behalten. Was kann der Name Lindström dafür, dass auch ein prügelndes

Arschloch so heißt?, hatte sie gesagt. Das fanden alle ziemlich einleuchtend.

Eine Sprayergeschichte – Kovacs war sich sicher, dass wie üblich nichts rauskommen würde. Mauritz' Anstrengungen, verwertbare Spuren zu finden, würden sich in Grenzen halten, der besorgte Mitbürger, der am Morgen angerufen hatte, würde sich hüten, als Zeuge aufzutreten, und sonst würde sich niemand melden. Böswillige Sachbeschädigung, unaufgeklärt. Er würde den Bericht von Lindström und Lipp abwarten, Haken drunter, fertig. So würde es sein.

Als Ludwig Kovacs aus der Mühlaustraße in die Auenbruckerallee einbog, passierten drei Dinge gleichzeitig: Er sah die Kamera, sein Handy vibrierte, und Jamie Foxx blickte ihn an. Er griff in seine Hosentasche.

Es war George Demski. »Geht grad nicht – Fernsehen«, sagte Kovacs. »Muss gehen«, antwortete Demski.

»Was heißt *muss*?!«

»Ein Kind ist verschwunden. Zehn Jahre alt.«

»Kinder verschwinden«, sagte Kovacs, »dann tauchen sie wieder auf. Alle. Hier wird jeden Augenblick Konrad Seihs aus seinem BMW steigen und Unsinn in die Kamera sprechen.«

Was Konrad Seihs in die Kamera spreche, sei ihm so etwas von egal, sagte Demski, er habe die Eltern dieses Kindes im Nacken, eine hysterische Mutter und einen Vater, der auf wichtig tue. Das Mädchen wohne im Süden der Stadt und gehe in die vierte Klasse Volksschule. Bis vor drei Stunden habe die Kleine wie jeden Mittwoch in der Orchesterprobe gespielt – Klarinette, falls ihn das interessiere. Seither sei sie weg.

VIER

Ich habe sie entführt. Es war ganz leicht. Man denkt ein wenig nach, organisiert sich die Unterstützung, die man braucht, und schon funktioniert es. Natürlich setzt du dich mit der Frage auseinander, wie es sich anfühlt, so etwas zu tun. Niemand ist ein geborener Entführer. Irgendwann hörst du dann auf, dich zu fragen, und tust es einfach.

Jetzt sitzt sie hier, mitten in diesem Raum, ein blasses, dickliches Mädchen mit dunkelblondem Haar und pinkfarbener Brille. Sie trägt eine himmelblaue Hose, ein Hello-Kitty-T-Shirt und rosafarbene Sneakers aus Leinen. Sie hat ihren Klarinettenkoffer bei sich, eine Mappe mit Noten und ihren Fahrradhelm. Sie heißt Elvira, genau genommen Elvira Magdalena, sagt sie, und dann sagt sie, dass sie ihre Freunde manchmal Virus nennen. Ich frage sie, ob ich mich vor einer ansteckenden Krankheit fürchten soll. Sie bleibt ernst und sagt, nein, so war es nicht gemeint.

Ich sage ihr, dass ich sie entführt habe, sie fragt mich, warum, und ich sage, weil es so sein muss. Die Tränen steigen ihr in die Augen, dann fragt sie mich, ob ich Geld haben möchte, sie habe vergessen, wie es heiße, aber ich wisse schon, welches. »Lösegeld meinst du«, sage ich, und sie sagt, ja, Lösegeld, ihr Vater verdiene ganz viel Geld, und die Firma verkaufe Sachen bis nach Afrika. Ich sage, nein, um Geld gehe es nicht. Sie ist eine Weile still, dann fragt sie, ob sie der dünne Mann ebenfalls entführt hat, ihn kenne sie nämlich gar nicht, mich habe sie zumindest schon einmal gesehen, und ich sage, nein, der dünne Mann habe nur aufgepasst, dass ihr nichts passiere.

Wir gehen eine Runde durch den Raum. Ich möchte, dass ihr die Dinge vertraut werden. Der Tisch, die drei Stühle, der schmale, weiß lackierte Kleiderschrank, das Regal mit den Büchern, der DVD-Player, der Flachbildschirm, das Bett aus Buchenholz, im hintersten Winkel der Eingang zum Bad. Ich zeige ihr die Handtücher, die Zahnbürste, die Seife, den Kamm. Sie fragt nach einem Föhn, ich sage, ich werde ihr einen bringen, und sie sagt, zu Hause habe sie einen grünen mit einer Biene drauf.

Ich bleibe stehen, fasse an ihre Schulter, drehe sie zu mir und sage, ich hätte gern, dass wir die letzte Stunde noch einmal durchgehen. Sie schaut mich groß an und fragt, warum. Ich sage, weil es wichtig ist, dass man sich gewisse Dinge merkt. »Wie ich entführt worden bin«, sagt sie, und ich denke, dass sie ein pummeliges, aber ziemlich waches Mädchen ist. »Viele Dinge vergisst man von selbst«, sage ich, »und den Rest, weil die anderen es so wollen.« Sie sagt nichts darauf, aber ich weiß, dass sie mich versteht.

Sie steht da und hört mir zu, wie ich damit beginne, dass sie aus der Probe gekommen ist, an der Seite ihrer Freundin Clara, die Querflöte spielt, und dass ich unten an der Treppe gewartet habe. »Clara wohnt auch in der Fürstenaustraße«, sagt sie, und ich sage, ja, in einem Haus mit einem altmodischen Türmchen. Ich erzähle, dass sie beide ein paar Sätze gewechselt und gelacht haben und dass Clara zum Abschied die Hand gehoben hat und auf ihre Mutter zugelaufen ist. »Abgeholt«, sagt Elvira. Ja, abgeholt, sage ich und erzähle, wie sie selbst zum Fahrradständer gegangen ist, das Kettenschloss geöffnet hat und nach Hause gefahren wäre, wenn nicht ich dagestanden wäre. Ich erzähle, wie ich sie freundlich begrüßt habe, ich ihr offenbar bekannt vorgekommen sei, und wie ich gesagt habe, ich hätte da eine Bitte, ich bräuchte ganz kurz ihre Hilfe. »Da hast du gelogen«, sagt sie, und ich sage darauf: »Ja, da habe ich gelogen.« »Warum?«, fragt sie. Ich gebe ihr keine Antwort, sondern erzähle, dass der dünne Mann am Auto gewartet hat und ebenfalls sehr freundlich war, vielleicht auch ein bisschen unheimlich, denn so ist er immer. Er sei vorn eingestiegen und ich hinten, gemeinsam mit ihr, er habe das Auto gestartet, und ich hätte zu ihr gesagt, das sei jetzt notwendig, wegen einer Überraschung, es dauere auch nur ganz kurz, und dann hätte ich ihr das Tuch über die Augen gebunden. Ich hätte ihr gesagt, es gehe um ein kleines Mädchen, das Klarinette spiele wie sie, ihm solle sie etwas zeigen. Das sei auch gelogen gewesen.

»Warum hast du schon wieder gelogen?«, fragt sie. Ich sage, ich weiß es nicht und dass es möglicherweise mit dem Raum zu tun hat, in dem wir uns befinden. »Hier drin ist früher ständig gelogen worden«, sage ich. Sie fragt, wo wir hier eigentlich sind, und ich sage: »Überlege dir, wie weit wir zirka gefahren sind.« Sie denkt eine Sekunde lang nach und sagt dann: »Ich glaube, wir sind in Sankt Christoph.« Ich widerspreche nicht und erzähle davon, was dieser Raum früher einmal war.

Nach einer Weile sagt sie, *Separationsraum* sei ein seltsames Wort, und ich sage, den Rekord habe ein Bub namens Rudolf gehalten, zwölf Jahre alt. Er sei zehn Tage hier drin gewesen, ohne Unterbrechung. »Warum?«, fragt sie. »Weil er ein Wegläufer war«, sage ich. »Woher weißt du das?«, fragt sie. »Er hat es mir erzählt«, sage ich.

»Wer – *er*?«

»Rudolf.«

»Das heißt, er ist nicht tot?«, fragt sie. Ich sage, nein, warum solle er tot sein. Sie sagt, zehn Tage, das sei eine lange Zeit, sie habe gedacht, da sterbe man vielleicht, und ich sage, er habe ausreichend zu essen und zu trinken bekommen. »Naschereien auch?«, fragt sie. Ich schüttle den Kopf. »Nein, Naschereien nicht.« Ich frage, ob sie denn glaube, dass sie hier verhungern werde. Sie überlegt, dann sagt sie, nein, eigentlich glaube sie das nicht. Frau Jurmann, ihre Lehrerin, habe gesagt, es sei nicht so schlecht, wenn man gewisse Reserven besitze.

Ich erzähle, dass wir zirka zwanzig Minuten mit dem Auto gefahren sind, erst geradeaus, dann einige Kurven, und sie nur einmal gefragt hat, ob es noch lange dauert. Wir seien ausgestiegen und auf einem sanft abfallenden Weg ein Stück durch den Wald gegangen, sie an meinem Arm, der dünne Mann vor uns. Am Schluss seien wir neunzehn Stufen hinabgestiegen, möglicherweise habe sie mitgezählt, bis vor eine Eisentür, die uns der Mann aufgesperrt habe. Wir seien einen Gang entlanggegangen und durch eine zweite Tür getreten. Ich hätte das Licht aufgedreht und ihr das Tuch von den Augen genommen. Wir seien hier gewesen.

Sie schaut sich um. Sie sagt; »Ich mag es nicht, wenn in einem Zimmer keine Fenster sind.« »Fenster gehen hier nicht«, sage ich. Sie fragt, warum nicht, und ich sage, weil der Raum unter der Erde liegt. »Und wenn ich schreie?«, fragt sie. Ich zeige ihr die kleine gläserne Halbkugel an der Decke. »Wir sehen dich«, sage ich. Sie schaut mir in die Augen und sagt, ihr Großvater habe ihr einmal eine Geschichte von einer Entführung eines jungen Mannes erzählt. Um zu beweisen, dass sie es ernst meinten, hätten die Entführer dem jungen Mann ein Ohr abgeschnitten, es in ein Polsterkuvert gesteckt und an die Familie geschickt. »So etwas mache ich nicht«, sage ich. Sie fragt, ob das bedeutet, dass ich es nicht so ernst meine, und ich sage, doch, ich glaube, ich meine es ziemlich ernst. Ich sehe ihre Mundwinkel zucken, und ich denke daran, dass wir uns alle keine Vorstellung davon machen, wie viel Kinder aushalten, wenn es drauf ankommt. »Ich werde dir ein paar Geschichten erzählen«, sage ich, »du kannst sie dir merken, wenn du willst. Sonst passiert gar nichts.«

Ich bücke mich, ziehe den Zettel, den ich vorbereitet habe, aus meiner Umhängetasche, falte ihn auf und lege ihn auf den Tisch. »Was ist das?«, fragt sie. »Ich habe eine Aufgabe für dich«, sage ich.

»Welche Aufgabe?«, fragt sie. Sie solle das Gedicht, das auf dem Zettel stehe, auswendig lernen, es sei auch nicht sehr lang.

»Wieso?«, fragt sie. »Für die anderen«, sage ich.

»Welche anderen?«

»Die hier drin waren.«

Ich schiebe ihr den Zettel hin. Sie wirft einen Blick darauf, liest. Dann lehnt sie sich zurück und schüttelt heftig den Kopf. Tränen schießen ihr in die Augen. »Nein!«, sagt sie, »nein!«

»Was – nein?«, frage ich.

»Das merke ich mir nicht«, sagt sie, »das ist hässlich und falsch, ganz falsch! Außerdem ist es kein Gedicht!« Ich ziehe den Zettel heran zu mir. »Ich lese es dir vor, vielleicht ist es dann leichter. Du musst es dir nur anhören«, sage ich.

Ich beginne zu lesen: »*Meine Mutter, die Hur …*«

Sie hält sich die Ohren zu.

FÜNF

Kein anderer kennt die Stelle, nur sie. Jedes Mal, wenn sie sich ihr nähert, spürt sie diese Gewissheit. Die Zufahrt zur Biologischen Beobachtungsstation. Ein Stück östlich davon eine kleine Pannenbucht. Kurz danach Erlen- und Robiniengehölz, im Geäst über eine Strecke von vielleicht dreißig Metern ein dichter Waldrebenvorhang. Sie erhöht das Tempo, lenkt das Rad nach rechts, fährt direkt auf die grüne Wand zu, senkt den Kopf und stößt mitten hindurch. Auf den Pedalen stehend quert sie einen leicht abschüssigen Wiesenstreifen. Sie erreicht einen Pfad, der sich den Schilfgürtel entlang windet, folgt ihm und gelangt seitlich von einer riesigen tellerförmigen Schieferplatte ans Ufer. Sie legt ihr Fahrrad ins Gras, klettert auf den Felsen und schaut sich um. Rechts von ihr, vielleicht vierzig, fünfzig Meter entfernt, stakst ein Graureiher die Wasserlinie entlang. Neben ihm lärmt ein Schwarm Distelfinken in den Büschen. Draußen auf dem See fahren einige Stand-up-Paddler auf ihren Boards langsam von Osten nach Westen, wahrscheinlich eine von Antonios Kursgruppen. Sonst ist niemand zu sehen. Stand-up-Paddeln – eine ziemlich vertrottelte Art, sich auf dem Wasser fortzubewegen, denkt sie, aber die Leute tun im Grunde alles, was man ihnen einredet.

Sie legt Rucksack und Helm ab, schlüpft aus Sneakers, Shorts, T-Shirt und Unterhose, stapelt die Sachen zu einem

Häufchen und beschwert sie mit einem Stück Schwemmholz. Eigentlich blöd, denkt sie, es ist nicht der Hauch von einem Wind zu spüren, aber man macht das halt so. Die Mulde in der Mitte der Platte ist mit Flugsand gefüllt. Sie genießt das winzige Einsinken, geht ganz nach vorn und krallt die Zehen um die raue Kante des Steins. Nackt ist super, denkt sie, und sie denkt, dass es sich manchmal am allerbesten anfühlt, die Dinge in kleine dumme Sätze zu fassen. Dann springt sie.

Schon als kleines Kind hat sie es geliebt, unter Wasser die Augen zu öffnen, jenen Moment, in dem das Sehen plötzlich kühl war, und trüb oder klar, blau oder grün keine Rolle spielten. Wenn sie Stella von ihrem Augapfelgefühl erzählte, sagte die stets: »Du spinnst.« Jetzt spürt sie es jedenfalls auch. Sie sieht die Schwebeteilchen im Sonnenlicht und von unten das perlmuttartige Schimmern der Wasseroberfläche, bevor sie auftaucht. Sie legt sich erst auf den Rücken, schwimmt mit kurzen, wenig auslenkenden Beinschlägen und spürt, wie ihr das Wasser vom Gesicht rinnt. Als sie die Augen schließen muss, weil sie die Sonne blendet, dreht sie sich auf den Bauch. Sie krault mit langsamen, ausgreifenden Zügen. Der Wunsch nach dem perfekten Zug, denkt sie, immer noch. Sie erinnert sich an ihre Entscheidung, mit dem Leistungsschwimmen aufzuhören, unmittelbar nachdem sie Landesmeisterin über zweihundert Meter Lagen geworden war, daran, wie ihr Trainer gefragt hatte, warum, und daran, wie sie gesagt hatte: Weil mir das Falsche wichtig ist. Sie war damals sechzehn Jahre alt.

Als sie das nächste Mal hochblickt, sieht sie, dass aus Richtung Waiern ein Elektroboot herankommt. Ein Mann mit weißer Schirmkappe sitzt am Ruder. Am Heck sind zwei Schleppangeln ausgelegt. Sie taucht ab und wendet. Manchmal mag ich keine Menschen, denkt sie, und sie weiß, dass es nichts damit zu tun hat, dass sie gerade splitternackt ist. Sie spürt die seitlichen Auslenkungen ihrer Wirbelsäule, das Einströmen der Luft in ihre Lungen und das Wasser an ihren Brüsten und Oberschenkeln. Ich habe vor vier Monaten zum letzten Mal gevögelt, denkt sie, jetzt schwimme ich nackt im See, das Wasser nimmt mich in Besitz, und es reicht mir völlig.

Etwas später sitzt sie auf dem Felsen in der Sonne, um sich trocknen zu lassen. Sie denkt an ihre Schwester, an ihre Scheu, ihre tiefdunkle Traurigkeit und an das Leuchten in ihrem Gesicht, wenn sie von ihren Schulkindern spricht. Sie denkt daran, wie sie von einem Tag auf den anderen nicht mehr mit ihr an den See ging und sie dachte, es habe mit Konkurrenz und ihrem Wettkampfschwimmen zu tun. Schließlich denkt sie an jenen Abend, an dem Stella plötzlich das Kleid über den Kopf zog und ihr zum ersten Mal seit Jahren ihren Körper zeigte, und wie sie selbst erst fassungslos dastand und dann zu weinen begann. »Wenn dir ein anderer sagt, dass du nichtswürdig bist, glaub es nicht«, sagte ihre Schwester damals, außerdem, dass sie zu sich selbst lieb sein solle, die Wahrscheinlichkeit, dass das sonst jemand erledige, sei gering. Sie sah die Narben an ihrem Körper, an den Armen, den Beinen und am Bauch, sie sah die frischen Schnitte dort und da, und sie sah Alexander vor sich, Stellas Ehemann, mit seinem blondlockigen Engelsgesicht. Zugleich – sie merkte es anfangs kaum – begann damals irgendwo tief in ihr die Ahnung aufzuglimmen, dass das nicht die ganze Erklärung war.

Die Luft ist klar und warm. Der Wasserfall auf der anderen Seite des Sees wirkt unwirklich nahe. Das Elektroboot mit dem Mann und den beiden Angeln ist verschwunden. Sie schüttelt ihr Haar, fährt mit den Fingern ein paarmal durch und schlüpft in die Kleider.

Sie folgt dem Pfad, auf dem sie gekommen ist, bis er die Uferpromenade erreicht. Auf ihr fährt sie bis knapp vor den Abfluss der Ache, biegt ab und gelangt in einer Schleife auf die Severinbrücke. Die Ausläufer der Kammwand liegen vor ihr, die Dächer der alten Hotels, die Türme der Stiftskirche. Sie stellt sich Joseph Bauer vor, wie er vor dem Altar liturgische Dinge tut, die Arme ausbreitet, die Hostie hochhebt oder das Messbuch küsst, wie er immer wieder das Gesicht verzieht und halblaut seltsame Sachen sagt, »Spirit on the water, darkness on the face of the deep«, zum Beispiel, und dann stellt sie sich vor, wie er vor ihrer Schwester steht und sie so anschaut, wie jeder irgendwann einmal angeschaut werden möchte.

»Was ist denn mit dir passiert?« Norbert steht mit Iorgos und Andrea vor dem Eingang zum *Come In* und grinst. Sie kettet ihr Rad an den Ständer. »Wieso?«, fragt sie. »Deine Haare«, sagt Norbert.

»Ich war schwimmen.«

»Und?«

»Was *und*?«

»War's kalt?«

Norbert ist klein, hat schütteres Haar und eine Wampe. Er spürt, dass er nicht mein Typ ist, denkt sie, und er versucht es trotzdem. »Du brauchst Nachhilfe«, sagt sie. »Ich? Wieso?«, fragt er. Coaching, sagt sie, er brauche ein paar Coaching-Stunden im Anbraten. Auf die *Was-ist-mit-dir-passiert-* und *War's-kalt-*Art werde er es nie zu einer Freundin bringen. Iorgos lacht. »Er will keine Freundin«, sagt er, »er liebt nur dich.« Sie verdreht die Augen. »Ja, ich euch auch«, sagt sie.

Als sie den Fernsehraum betritt, stürzt Lisbeth auf sie zu und hält ihr das Handy unter die Nase. »Wer, glaubst du, war das?«, fragt sie. »Wer war was?«, fragt sie zurück.

Lisbeth trägt eine schwarze Latexhose und einen langen Wollpullover, schwarz mit goldenen Sternen, viel zu warm für die Jahreszeit. Sie heißt in Wahrheit Marianne Elisabeth, hasst aber *Marianne*. Sie tut alles, um wie Lisbeth Salander aus der Stieg-Larsson-Trilogie auszusehen.

»Das da. Wer war das?« Ihre Fingernägel sind schwarz lackiert mit goldenen Halbmonden. An ihrem rechten Mittelfinger steckt ein Silberring mit einem Medusenhaupt. Sie riecht nach Zigaretten und Bier und zittert ganz leicht. Ich mag es, wenn sie neben mir steht, denkt sie, auch wenn sie betrunken oder bekifft ist. Das Display zeigt ein offensichtlich gespraytes Bild mit einer Moschee und einem dunkelhäutigen Männerkopf.

»Du meinst, wer das gesprayt hat. Woher soll ich das wissen?«

»Jakubek war da und hat gefragt, wer von uns das war«, sagt Lisbeth. »Wieso Jakubek?«, fragt sie. »Keine Ahnung«, sagt Lisbeth, »irgendetwas ist wichtig.« Sie sieht den neuen Jugendamtsleiter vor sich, im taubengrauen Anzug, die Sonnenbrille im Haar, wie er sich aufpflanzt und versucht, Druck zu machen. »Jakubek ist ein Trottel«, sagt sie. »Das weiß ich«, sagt Lisbeth, sie selbst habe ihn gefragt, ob sie für ihn ausschaue wie eine, die so ein Bild malen könne, und er habe gesagt, nein, aber man könne nie wissen.

Die Sessel sind schon zu einem Kreis gestellt, das nimmt sie wahr, als sie das Casino betritt. Bauer sitzt da, drei Plätze rechts von ihm Rosemarie. Beide wirken ziemlich entspannt. »Störe ich?«, fragt sie. Rosemarie lacht. »Nein«, sagt sie, »wobei solltest du stören?«

»Ich weiß nicht«, sagt sie, »ihr wirkt so …« »Intim, meinst du?«, fragt Rosemarie. Ja, sagt sie, so zu zweit, wie bei der

Beichte. »Wer bei wem?«, fragt Rosemarie und lacht wiederum. Bauer hebt den Kopf. Er trägt wieder seinen Habit, samt bodenlangem Skapulier. »Hat eure Wäscherei diesmal ausnahmsweise schnell gearbeitet?«, sagt sie. »Nein«, sagt er.

»Ausgeborgt?«

»Nein, nicht ausgeborgt.«

Sie schaut verwirrt. Erst als er die Augen verdreht, kapiert sie. Sie schlägt sich an die Stirn. »Ich bin ein Trottel«, sagt sie. Jetzt verstehe sie etwas nicht, sagt Rosemarie. Das sei auch nicht notwendig, sagt sie, es gehe um die Frage, wer die Wäsche wasche – sozusagen eine Familienangelegenheit.

Sie setzt sich in den Kreis, vis-à-vis von Rosemarie. So möchte ich einmal werden, denkt sie, so selbstbewusst, aufrecht und scharfsinnig. Rosemarie selbst sagt, wenn man sich entschließe, mit Teams und Organisationen zu arbeiten, habe man keine Wahl. Entweder man entwickle Scharfsinn und Selbstbewusstsein, oder man werde geschluckt, sagt sie. Am Anfang zahle jeder Lehrgeld, aber irgendwann müsse man sich entscheiden. Wer weich und manipulierbar sei, werde erst ausgequetscht und dann fallen gelassen.

Fünf Minuten noch. Sie stellt die Füße parallel hin und presst die Sohlen vollflächig gegen den Boden. Manchmal macht sie diese Übungen: Kontakt mit der Erde, fühle den Boden und so weiter. Rosemarie hat die Augen geschlossen, Bauer starrt gegen die Decke. »Hat dir Lisbeth das Bild auch gezeigt?«, fragt sie ihn. »Das Diptychon«, sagt er. »Das was?«, fragt sie. Den Zweiteiler aus der Auenbruckerallee, sagt er, mit Kopf und Moschee, ja, den habe sie ihm gezeigt. Wieso Auenbruckerallee, fragt sie, und er sagt, weil er daran vorbeigelaufen sei, früh am Morgen, vor der Sechs-Uhr-Messe. Leider habe er die Sprayer nicht mehr gesehen. Die Sprayer, sagt sie, warum Plural, und er sagt, zwei Bilder, zwei Sprayer, völlig intuitiv. Stilistisch gebe es seines Erachtens keinen Unterschied zwischen den Hälften, also könne es genauso gut nur einer gewesen sein. Sie mustert ihn. Hager und immer ein wenig unter Spannung. LDR, denkt sie, Long-Distance Runner. So bezeichnet er sich gern, und dann sagt er, man könne nicht früh genug damit beginnen, sich auf die Ewigkeit mit ihren Entfernungen und Zeiträumen vorzubereiten. Zu Stella sagt er manchmal, es gebe zwei Dinge, die ihn davor bewahrten, in tausend Teile zu zerfallen, das Laufen und die Musik. Wenn sie daraufhin beleidigt schaut, sagt er: »Du bist kein Ding.«

Die anderen kommen rein und setzen sich. Ein Platz bleibt leer. Natascha. Rosemarie blickt fragend in die Runde. »Weiß jemand, wo sie ist?« »Dort, wo sie angeblich immer ist«, sagt Andrea, »auf dem Weg.« Und dann sagt sie, dass ihr Nataschas notorisches Zuspätkommen inzwischen total auf die Nerven gehe und sie die Absicht habe, ihr das auch unter die Nase zu reiben, sofern sie ihnen die Gunst ihrer Anwesenheit noch schenken werde. »Vielleicht hat sie etwas Wichtiges zu tun«, sagt Rosemarie, und Andrea sagt: »Ja, hundertprozentig. Die Frau Supervisorin mit ihrer grenzenlosen Verständnisbereitschaft!« Rosemarie grinst. Das gehöre irgendwie zu ihrer Stellenbeschreibung, sagt sie.

Sie sprechen über den harten Kern, die paar Jugendlichen, die fast täglich da sind. Über Lisbeth, die so tut, als habe sie ihr Leben, vor allem ihren Substanzkonsum, im Griff, und dann doch das Spital braucht, weil sie Flammen aus den Steckdosen schlagen sieht oder sich die Seele aus dem Leib kotzt. Über Magdalena, die seit einigen Monaten immer wieder dabei gesehen wird, wie sie das Fernkorn, das eine der beiden alten Seehotels, betritt, meistens spät am Abend, manchmal auch vormittags, wenn sie eigentlich in der Schule sein sollte, und wie sie nach etwa einer Stunde wieder rauskommt. Über den Dicken schließlich, der eigentlich Ossi heißt, fünfzehn ist, seit einem Jahr gar nichts tut und ihren Messungen nach im Schnitt pro Monat zwei Kilo zugenommen hat. Rein körperlich habe der Dicke die Ausstrahlung eines Sumoringers, sagt Iorgos, er müsse nur noch lernen, die Kraft auf den Punkt zu bringen. Andrea sagt, ein Sumoringer, eine Süchtige und jemand, dem es ein Anliegen ist, die Systematik der Transgender-Typologie über den Haufen zu werfen, wie Fritz The Cat: Es sei überhaupt nicht zu verstehen, warum sie alle tagtäglich in ein sogenanntes Jugendzentrum kämen, das in Wahrheit nichts zu bieten habe als denkmalgeschützte Mauern, einen Flipperautomaten, der, wenn es hoch komme, zweimal pro Woche funktioniere, und Betreuerinnen, deren Motivation sich darin erschöpfe, sich die Haare blau zu färben.

Sie schaut zu Rosemarie. Warum sagt sie nichts?, denkt sie. Die Anwesenheit der Jugendlichen in Frage zu stellen geht gar nicht. Wenn die Sache in diese Richtung läuft, sollte ihr als Supervisorin etwas einfallen. In Wahrheit lag das Problem bei Andrea. In Wahrheit war sie falsch in diesem Job. Alle wussten es, und keiner sagte es ihr. Jetzt war sie seit mehr als einem Jahr im Team und hatte immer noch Angst, wenn man sie mit den Jugendlichen allein ließ. Sie merkt, wie Rosemarie ihren Blick sucht. Nein, denkt sie, ich will nichts sagen. Sie will es, aber ich nicht. »Nächsten Donnerstag ist Fronleichnam«, sagt Bauer unvermittelt. Alle schauen ihn an. Sie atmet langsam aus. Er hat mich gerettet, denkt sie, er knallt zwar gleich durch, denkt sie, gleich fängt er an, Kirchenlieder zu singen oder einen Bob-Dylan-Song, aber er hat mich gerettet. »Und?«, fragt Iorgos. Er habe erst an die dicken Mauern des Stiftes gedacht, sagt

Bauer, dann an Transsubstantiation, und plötzlich habe er die Jugendlichen in der Fronleichnamsprozession vor sich gesehen, ganz vorn den Dicken, im Anzug, mit frommem Blick. »Du spinnst«, sagt Iorgos. Das sei bekannt, erwidert Bauer. Außerdem habe er dieses Wort noch nie gehört, sagt Iorgos, Transsubstantiation. Es klinge ein wenig nach Beamen. »Wonach?«, fragt Bauer. Nach Beamen, wiederholt Iorgos, *Raumschiff Enterprise:* Beamen Sie mich hoch, Scotty.

Draußen ist es plötzlich laut. Dann wird die Tür aufgerissen. Es ist Lisbeth. »Entschuldigung«, sagt sie, »Malik – er hat ein Messer.«

Malik steht mitten im Fernsehraum, ist weiß wie die Wand und bebt. Iorgos geht auf ihn zu. Als Malik die Hand hebt, bleibt er stehen. Malik greift nach hinten, zieht ein dolchartig gebogenes Messer aus dem Gürtel und legt es vor sich auf den Couchtisch. Er hebt noch einmal die Hand. »Ich kenne die Regeln«, sagt er. Er blickt sich um, schaut schließlich sie an. »Ich brauche einen Schlafplatz«, sagt er, »heute zumindest.« Keine Waffen, das ist die eine Regel, denkt sie, Notschlafplatz braucht Not, das ist die andere. Sie sieht den Schweiß an Maliks Schläfen und zeigt auf die Fauteuils. »Ich rede lieber im Sitzen«, sagt sie.

Malik bleibt stehen. Die Razzia sei völlig überraschend gekommen, erzählt er. Die Leute vom Sicherheitsdienst hätten die Ausgänge blockiert, unmittelbar danach sei die Polizei vorgefahren, drei Autos, zehn Beamte, vier in Uniform, sechs in Zivil mit Schutzweste. »SEA«, hätten sie gerufen, »Sondereinheit Ausreise.« Sie hätten in ihre Zimmer gehen müssen, dann sei alles durchsucht worden. »Sie haben die Spinde ausgeräumt und gelacht«, sagt Malik, »die Schwarzen haben alles rausgerissen, und die Bullen sind dagestanden und haben gelacht.«

»Welche Schwarzen?«, fragt sie. »Aktion 18«, sagt er, »die Leute vom Sicherheitsdienst.«

Der Dolch gehöre Hüssein. Er habe ihn vor einiger Zeit gestohlen, in Waiern bei *Waffen und Fischereibedarf Steiner.* Er habe sich Angelruten zeigen lassen und als der Verkäufer sich abgewandt habe, um einen Schrank zu öffnen, habe er den Dolch unter sein Hemd gesteckt. Er sei made in Pakistan, aber das sei Hüssein egal gewesen. Er sehe aus wie original aus dem Irak. Da auch mit Leibesvisitationen zu rechnen gewesen sei, sei ihnen nichts anderes eingefallen, als den Dolch außen auf das Fensterblech zu legen. Keiner habe dort nachgesehen. Überhaupt habe alles gut geklappt, bis Hüssein an diesem A18-Typ angestreift sei, zufällig und nur ganz leicht. Der Mann habe gesagt: »Pass auf, du Mufti.« Hüssein sei zwar ein ausgezeichneter Dieb, aber leider kein Diplomat. Er habe gesagt: »Pass selber auf, du Nazi.« Das habe gereicht. Hüssein sei auf den Gang gezerrt, niedergeprügelt und mitgenommen worden, keiner wisse, wohin. Benjamin, der Dritte in ihrem Zimmer, sei dagestanden und habe sich nass gemacht. Ein anderer Mann von A18, der sich plötzlich im Zimmer befunden habe, habe Benjamins Familienfoto von der Spindtür genommen, es betrachtet und gesagt: »Ein schlechtes Bild.« Dann habe er es zerrissen, kreuz und quer, einmal, zweimal, dreimal. Er habe Benjamins nasse Hose gesehen, den Kopf geschüttelt und gegrinst. Am Schluss habe er sich getraut, den A18-Mann nach dem Grund der Razzia zu fragen, und der Mann habe gesagt: »Weil ihr alle Kopfabschneider und Entführer seid.« Er habe gefragt, wie *Entführer* zu verstehen sei, und der Mann habe gesagt, er solle sich nicht blöd stellen, sie entführten doch alles, was sich nicht wehren könne, am liebsten kleine Kinder.

Malik steht da und sagt nichts mehr. »Bist du müde?«, fragt sie. Er nickt. Sie steht auf. »Komm mit«, sagt sie. Auf dem Weg zum Schlafraum passieren sie die Tür zum Casino. Bauer und Rosemarie stehen dort. Bauer summt irgendwas. Rosemarie hat Tränen in den Augen.

SECHS

Sie war nicht da. Er langte noch einmal hinüber, aber es blieb dabei. Er tastete nach der Nachttischlampe, machte Licht und schaute auf die Uhr. Es war kurz vor halb zwei, und ihre Betthälfte war unberührt. Er erinnerte sich, dass er selbst um elf ins Bett gegangen war, ungewöhnlich früh, aber er war müde gewesen. Sie hatte gesagt, sie müsse noch Noten heraussuchen, sie werde bald nachkommen, und er war offenbar sofort eingeschlafen.

Im Stall brannte Licht, das konnte er durchs Schlafzimmerfenster sehen. Sie hatten den Raum, der früher einmal ein Kuh- und Schafstall gewesen war, bis an den Dachstuhl geöffnet und zum Musik- und Lesezimmer umgebaut. *Der Stall* als Name war geblieben. Sehr rasch war er zu dem Ort im Haus geworden, an dem sie sich am liebsten aufhielten, wegen der breiten Fensterbank, wegen des Kaminofens und wegen des Blicks in die Linde. Wegen der Akustik, sagte er manchmal, und Irene pflegte darauf zu sagen, er solle den Mund halten, von Akustik habe er keine Ahnung.

Raffael Horn schlüpfte in die Jeans und das T-Shirt, die er am Abend über die Stuhllehne gehängt hatte. Schuhe? Keine Schuhe. Er nahm den Weg über den Hof. Die Luft war abgekühlt und die Wiese bereits taunass. Aus dem Tal drang das Geräusch eines LKWs herauf. Die Musik hörte er erst, als er die Tür öffnete. Irene saß auf dem alten Bugholzstuhl, auf dem sie üblicherweise spielte. Sie hatte ihr Cello neben sich abgelegt, die Augen geschlossen und lauschte. Cello und Klavier, aus den Lautsprechern, eine schlichte Melodie, jung und voller Sehnsucht.

»Du spielst gar nicht selbst?«, fragte er. Sie schüttelte den Kopf.

»Was hörst du da?« Sie runzelte die Stirn und legte den Finger auf die Lippen. »Ich glaube, ich kenne das.« Sie warf ihm einen bösen Blick zu. »Entschuldige.« Er schaute sich um. Im ganzen Raum waren Noten verteilt, Sammelbände, lose Blätter, auf dem Boden, auf dem Sofa, auf dem langen Tisch aus Tannenbohlen. Vor dem Tisch stand einer ihrer grauen Hartschalenkoffer. Irgendetwas habe ich übersehen, dachte Horn. Er setzte sich in seinen Lesesessel. Mein Körper weckt mich, weil meine Frau nicht neben mir liegt, dachte er, ich stelle mir vor, sie ist gestürzt oder hat einen Erstickungsanfall, und sie sitzt hier, inmitten einer Inszenierung, die wirkt, als wolle sie ausziehen, und hört Musik. Irene Horn hob den Kopf. »Jetzt sei bitte nicht kindisch«, sagte sie. »Ich hab gar nichts gesagt«, sagte er.

»Doch, hast du. Behalte dir deine Vorstellungen. Ich hatte in meinem Leben noch nie einen Erstickungsanfall.«

Sie erhob sich und drehte die Musik leiser. »Was ist das, was du da hörst?«, fragte er. »Das Unerreichbare«, sagte sie, das, wonach man nicht zu greifen brauche, Götter unter sich sozusagen, Emanuel Feuermann spiele Franz Schubert, die Arpeggione-Sonate, wenn er es genau wissen wolle. Ein Komponist, der gerade einmal dreißig, und ein Cellist, der keine vierzig geworden sei. »Ich bin froh, dass ich kein Gott bin«, sagte Horn. »Wegen der Lebenserwartung?«, fragte sie. Ja, nur wegen der Lebenserwartung, sagte er, die Sache mit den jungen Nymphen würde er schon hinkriegen. Sie warf den Kopf hoch und drehte sich weg. Er ging auf sie zu, umarmte sie von hinten und küsste sie auf beide Ohren. »Meine Lieblingslandeplätze«, sagte er. »Ich werde sie mir umoperieren lassen«, sagte sie und tat so, als wolle sie sich ihm entwinden. »Untersteh dich!«, sagte er. Wenn sie das tue, werde er die Scheidung einreichen. Wie sie wisse, habe er sie in erster Linie wegen der Ohren geheiratet. Sie drehte sich um und küsste ihn auf den Mund. Warum sie ihn geheiratet habe, wisse sie nicht mehr, sagte sie. »Hier sieht es jedenfalls so aus, als wollest du mich verlassen«, sagte er und zeigte auf die im Raum verteilten Noten. »Eh nur kurz«, sagte sie.

Horn trat einen Schritt zurück und schaute sie ratlos an.

»Sag mir bitte, was ich übersehen oder vergessen habe.«

Irene Horn schüttelte den Kopf. »Du weißt es wirklich nicht mehr, oder?«, sagte sie. Nein, sagte er, er habe vorhin schon darüber nachgedacht. »Mantua«, sagte sie. Sie werde in zwei Tagen mit einigen ihrer Kollegen aus dem Orchester in den Bus steigen und für fünf Tage nach Mantua fahren, um dort am Konservatorium an einem Kammermusikkurs teilzunehmen. Sie habe es ihm mehrfach gesagt, zum ersten Mal sicher vor einem Jahr. »Nichts hast du mir gesagt«, sagte er, »wie immer, wenn du Schuldgefühle hast.« Außerdem: Wen interessiere schon Mantua? Andreas Hofer sei dort gefangen gehalten worden, das wisse er aus der Tiroler Landeshymne. Mehr falle ihm zu Mantua nicht ein. Und Kammermusik, das sei doch das, was man mit *kleines Ensemble, wenig Publikum* beschreiben könne.

Sie schaute ihm wortlos in die Augen. Natürlich hatte sie es ihm gesagt, er erinnerte sich wieder, und natürlich war er manchmal ein totales Ekel. »Entschuldige bitte«, sagte er. Sie sagte, dass sie schon wisse, wie unfasslich arm er sei, weil er ein paar Tage ohne sie durchkommen müsse. »Was heißt arm? Am Rande des Abgrunds!«, sagte er, und sie sagte, richtig, ein von der Ehefrau im Stich gelassener Psychiater befinde sich zwangsläufig in Lebensgefahr. Sie erzähle ihm jetzt auch nicht, dass sie mehrere Einzelstunden bei der schönsten Cellistin gebucht habe, die man derzeit finden könne, denn sonst komme er noch auf die Idee, mitzufahren. »Du meinst, die zweitschönste«, sagte er. Sie lachte. »Du Heuchler!« Er überlegte. Das könne dann eigentlich nur diese Argentinierin sein, sagte er.

»Nein, die ist es nicht.«

»Die andere geht nicht«, sagte er, »die ist tot.«

Ja, die andere sei tatsächlich tot. Die Argentinierin sei es nicht und die Tote auch nicht. Sie grinste.

Er schaute beleidigt. »Du kannst so gemein sein!«

Sie sei überhaupt nicht gemein – Gedankenlautwerden plus eine Namensfindungsstörung, wenn es um gutaussehende Cellistinnen gehe, wohin das wohl führe.

»Direkt ins Verderben!«, sagte er, »und in so einer Verfassung lässt du mich allein!«

Sie küsste ihn noch einmal. Sol Gabetta und Jacqueline du Pré – die Namen, die er ja sicher gewusst habe, sagte sie. Die Tote sei Jacqueline du Pré. Er legte seine Hände auf ihren Hintern. Multiple Sklerose, dachte er, diese du Pré hat multiple Sklerose gehabt, außerdem einen berühmten Dirigenten als Ehemann, und am Schluss ist sie im Rollstuhl gesessen und war völlig aufgeschwemmt vom Cortison. »Sehr traurig«, sagte Irene und blies warmen Atem in seine Halsbeuge. Die Medizin könne nicht alle retten, sagte er, auch wenn man das von ihr erwarte. Das sei schon klar, erwiderte sie, aber Feuermann umzubringen sei trotzdem nicht notwendig gewesen. Horn drückte seine Fingerkuppen in ihr Kreuzbein. Wie sie das meine: umbringen, fragte er. Emanuel Feuermann, sagte sie, der von vorhin, wahrscheinlich der beste Cellist, der jemals gelebt habe, habe den Gynäkologen seiner Frau gebeten, ihm die Hämorrhoiden zu operieren. Das sei ein Fehler gewesen. Schubert sei an der Syphilis gestorben und Feuermann an einem Frauenarzt, der ihn habe verbluten lassen. Das Schicksal zweier Götter.

»Gehst du mit mir schlafen?«, fragte er. Sie blickte prüfend auf seinen Unterkörper. »Nur, wenn du nicht unbedingt noch Sex haben willst«, sagte sie. Er nahm ihre Hand und legte sie auf seinen halberigierten Schwanz. »Wer will schon Sex haben?«, flüsterte er ihr ins Ohr.

Sie gingen über die Wiese zurück zum Haus. Im Augenwinkel nahm er wahr, dass an der Scheunenecke ein leerer Teller im Gras stand. Er ließ ihn stehen und dachte nicht weiter darüber nach. Vom Waldrand her gurrte eine Taube. »Glaubst du, werde ich vom Baum fallen, während du in Mantua bist?«, fragte er, bevor er die Haustür öffnete. Sie schaute ihn groß an. »Die Gefahr besteht natürlich«, sagte sie schließlich, »deine Fragen werden immer blöder.«

Eine Weile später lag Raffael Horn auf dem Rücken im Bett und lauschte den Atemzügen seiner Frau. Sie war auf der Stelle eingeschlafen. Er dachte daran, dass ihm die Art, in der sie von Musik erfüllt war, nie zur Gänze begreiflich werden würde. Trotzdem liebte er alles, was sie ihn davon sehen ließ, wie kaum etwas sonst, ihre Leidenschaft, ihre Verbissenheit, ihre Sehnsucht und manchmal diese unerbittliche Strenge. Er dachte an Michael, der in der Blasmusikkapelle von Mooshaim Trompete spielte, und an Tobias, den es genauso wenig dazu gedrängt hatte, ein Instrument zu lernen, wie ihn selbst. Er dachte an den rotbraunen Bugholzstuhl, der seit Jahren drohte, auseinanderzufallen, an die Notenstapel im Stall und an den Koffer, der dort stand, und er fragte sich, wie lange eine Busfahrt nach Mantua wohl dauerte.

Andrea Emler legte Horn die Zettel hin, die er zu unterschreiben hatte, einen nach dem anderen. Er hasse Unterschriftsmappen, hatte er ihr gleich am Anfang gesagt, er hasse das Wichtigtuerische an ihnen. Allein die Vorstellung einer Unterschriftsmappe erzeuge in ihm das Bedürfnis, sie ungeöffnet liegen zu lassen. Sie hatte sofort verstanden und die Mappe originalverpackt zurück ins Materialdepot geschickt. Die ärztlichen Überstunden des Vortages, einige Anträge auf Fortbildungsurlaub, die Honorarnote eines Juristen, der einen Vortrag über Familienrecht gehalten hatte, eine Rechnung über Kleinanschaffungen, Tischtennisschläger, ein neues Schachbrett, Schreibmaterialien, eine Schaumkelle für die Trainingsküche. Andrea Emler lächelte zufrieden, als sie den kleinen Stapel durchhatten. Am Schluss klebte sie ihm ein orangefarbenes Post-it auf den Handrücken. *11:30, Opferschutzgruppe* stand drauf. Er strich sich über die Augen. »Mir bleibt auch gar nichts erspart«, sagte er. »Das sind doch arme Menschen«, sagte sie. »Ich bin auch arm«, gab er zur Antwort.

Er erkundigte sich nach Andrea Emlers Tochter, wie es in der Schule so laufe und wie es ihr nach dem Reitunfall gehe, bei dem sie sich vor einem Vierteljahr einen komplizierten Oberschenkelbruch zugezogen hatte. Sie sei Klassensprecherstellvertreterin und sitze schon wieder auf dem Pferd, erzählte Andrea Emler, sie wolle zirka wöchentlich über eine Taschengelderhöhung reden und ständig bei ihren Freundinnen schlafen. Wenn sie zu irgendetwas nein sage, brülle ihre Tochter, sie sei eine verbiesterte alleinerziehende Mutter, renne ins Zimmer und knalle die Tür zu. »Ich fürchte, zwölfjährige Mädchen sind so«, sagte Horn. »Ich fürchte, die Mütter von zwölfjährigen Mädchen sind auch so«, erwiderte Andrea Emler und grinste.

Es war ruhig. Manchmal fiel es ihm auf, wie sehr er sich offenbar akustisch orientierte, wenn er in Richtung Station ging. Kein Schreien, kein Weinen, kein lautstarker Konflikt. Auch keine Grabesstille. Murmeln. Sesselrücken. Schritte. Ab und zu ein Lachen. Die Stationstür unversperrt. So mochte er es.

Der Stützpunkt war ziemlich bevölkert. Günther und Katja schrieben Pflegeberichte, Christina bereitete einen Beutel Sondennahrung vor, und Karl, der Physiotherapeut, lehnte am Medikamentenschrank und erzählte etwas über seinen letzten Blechschaden. Leonie Wittmann stand neben ihm und hätte die Geschichte gern zu Ende gehört, wurde aber in diesem Moment zu einem dringenden Konsiliarbesuch gerufen. Hrachovec und Flora Altenburg hockten vor dem Schirm und kontrollierten die neuesten Laborbefunde. Horn versuchte ihnen über die Schulter zu schauen. »Irgendwas Besonderes?«, fragte er. Hrachovec wandte sich um. »Frau Pfeiffers Leberwerte sind zurückgegangen, der Kaliumspiegel unserer Melanie ist so niedrig wie erwartet, und Herr Wild hat einen ziemlich pathologischen Glukosetoleranztest«, sagte er. »Und Lisbeth Salander hat Kokain und MDMA im Harn, jeweils drei Kreuz positiv, aber das ist nichts Neues«, sagte Flora Altenburg. Horn brauchte eine Weile. »Lisbeth Salander?«, fragte er. »Unsere Lisbeth«, sagte Flora Altenburg, »die kleine Cerny.« Lisbeth Cerny habe sich angeschickt, neben der Severinbrücke zur Ache runterzuklettern, dort, wo der Fluss wirklich stark ströme. Sie habe gerufen, ihr Körper brenne, ob denn das keiner sehe, sie müsse augenblicklich ins Wasser. Zwei beherzte holländische Studenten hätten sie zurückgehalten und sich mit ihr unterhalten, bis die Polizei gekommen sei. Auf der Station sei sie nach wenigen Stunden praktisch symptomfrei gewesen, man kenne das von ihr. Sie sei vor kurzem abgeholt worden. »Abgeholt, von wem?«, fragte Horn. Von einer Betreuerin aus dem Jugendzentrum, sagte Flora Altenburg, groß, grauhaarig, sehr kompetent. Lisbeth habe beim Anblick der Frau ausgesprochen vergnügt gewirkt.

Raffael Horn erinnerte sich, wie sie im Zuge einer ihrer ersten Aufnahmen gemeint hatten, sie müssten auch den Vater Lisbeth Cernys in die Behandlung einbeziehen, und wie dieser storchenbeinige, rotgesichtige Mann auf die Frage, was er an seiner Tochter gut finde, laut gelacht und gesagt hatte, sie gleiche hundertprozentig ihrer Mutter, daher sei das einzig Gute an ihr, dass sie mit ihm nichts zu tun haben wolle. Die Sache mit den Drogen sei bedauerlich, aber wenn jemand wirklich verrecken wolle, könne man ihn ohnehin nicht aufhalten. Herbert, der trotz seiner eins fünfundneunzig und trotz seiner gewaltigen Körpermasse so etwas wie die Inkarnation der Friedfertigkeit im Pflegeteam war, hatte zu dem Mann am Schluss ihres Gesprächs gesagt, es sei günstig, dass er sich mit ihm nicht allein in einem Raum befinde, es sei nämlich schon vorgekommen, dass er sich irrtümlich auf Menschen draufgesetzt habe.

Lisbeths Mutter stand in einer Fabrik, die Kleinteile aus Aluminium herstellte, am Sortierband, hatte auf Grund ihrer Kreuzschmerzen eine Tablettenabhängigkeit entwickelt und war vor allem damit beschäftigt, die beiden jüngeren Halbgeschwister des Mädchens zu versorgen. Lisbeth war gerade erst sechzehn geworden. Sechzehnjährige brauchen Erwachsene, die sich um sie kümmern, dachte Horn, und wenn es da im Jugendzentrum jemanden gab, war das nicht die schlechteste Variante.

Um diese Jahreszeit legte sich am Vormittag die Sonne für einige Stunden in die Räume der Station. Horn mochte das, die Wärme und das weißgelbe Streiflicht, in dem der Staub in der Luft flirrte. Leute wie Raimund setzten demonstrativ die Sonnenbrille auf, aber das war ihm egal.

Die Visite verlief ohne besondere Vorkommnisse. Anna Levcik, die junge Frau, die im Fremdenverkehrsamt von Furth arbeitete, hatte sich von ihrer Panikattacke erholt und begann sich mit der Sinnhaftigkeit einer Medikamentenumstellung anzufreunden. Frau Tumler, ihre Zimmerkollegin, hatte begonnen, der Psychologin davon zu erzählen, dass sie in Wahrheit ihren ersten Limoncello schon zum Frühstück trank und der Alkoholkonsum ihrer Mutter etwas gewesen war, worüber nie jemand gesprochen hatte. Elfriede Pfeiffer war immer noch erschrocken darüber, wie gefährlich die dreißig Kopfwehtabletten gewesen waren, die sie geschluckt hatte, nachdem ihr die WhatsApp-Korrespondenz zwischen ihrem Ehemann und einer seiner Arbeitskolleginnen zugespielt worden war. Natürlich sei es Verzweiflung gewesen, viel mehr aber Empörung über diese Frau, von der sie sich nach mehr als zwanzig Ehejahren in Bezug auf das Genitale ihres Mannes nichts, aber auch schon gar nichts sagen lasse. Nein, vom Sterbenwollen könne keine Rede sein, noch viel weniger davon, dass sie es auf eine Lebertransplantation anlegen habe wollen. Das habe ihr nämlich dieser junge, pummelige Arzt unterstellen wollen. Zimmel, o Gott!, dachte Horn. Christina warf ihm einen strafenden Blick zu. Horn sagte zu Frau Pfeiffer, sie müsse das verstehen, der Kollege sei noch nicht so routiniert und habe sich offenbar große Sorgen um sie gemacht. Flora Altenburg versuchte das Lachen zu unterdrücken und bekam einen Hustenanfall.

Eugen Wild hatte die Außenjalousie runtergelassen und saß allein im Dunkeln. Horn zog sich einen Stuhl heran und setzte sich zu ihm. »Brauchen wir also doch den Richter?«, fragte er. Wild hob den Kopf. »Nein, wieso?«, fragte er. Horn wies zum Fenster. Das sehe nach wie vor nach Abschied von der Welt aus, sagte er, und wenn er mit diesem Eindruck recht habe, bleibe keine andere Möglichkeit als die Zwangsanhaltung. Nein, sagte Wild, er brauche das nicht schon wieder, den Richter und die Wichtigtuer von der Patientenanwaltschaft, er werde freiwillig dableiben, man könne beruhigt sein. Das Bedürfnis, sich unter den Betonmischwagen zu legen, sei verschwunden, und die Idee, das Ganze gehe von der Frau Ministerin aus, heiße doch nur, dem Trampel viel zu viel Bedeutung beizumessen. »Stellen Sie sich vor«, sagte Wild, »Sie haben zwei Söhne, denen stecken Sie immer wieder ein wenig Geld zu, auch wenn sie schon selbst eins verdienen, und sie nehmen es gern, und Ihnen macht es nichts, dass sie sich nur selten bedanken. Irgendwann kriegen Sie mit, dass die beiden, wenn sie nach dem Beruf ihres Vaters gefragt werden, herumdrucksen und nicht in der Lage sind zu sagen: Mein Vater ist Staplerfahrer. Da lässt du schon einmal die Jalousien runter und machst es dunkel.« Günther legte die Hand auf die Schulter Eugen Wilds. »Gehen wir eine rauchen?«, fragte er. Wild nickte. »Soll er aber nicht«, sagte Flora Altenburg. »Ich soll auch nicht«, sagte Günther und grinste.

Draußen auf dem Gang fragte Katja, ob man die Sache mit dem Zucker nicht hätte besprechen sollen. »Welcher Zucker?«, fragte Horn, und Katja sagte, den pathologischen Glukosetoleranztest. Der sei momentan zirka gleich wichtig wie, aufs Rauchen zu verzichten, sagte Horn. Günther nickte. Flora Altenburg schaute böse.

Horn blickte auf die Uhr. »Melanie geht sich nicht mehr aus«, sagte er. »Wieso nicht?«, fragte Christina. »Opferschutzgruppe«, sagte er. Melanie war siebzehn, wog achtunddreißig Kilogramm bei eins siebzig Körpergröße, und er hatte keine Lust auf sinnlose Streitereien, das war die Wahrheit. Sie erbrach auf Teufel komm raus, ließ sich Abführmittel ins Spital bringen und brachte andere Patientinnen dazu, für sie vom Spritzenwagen der Abteilung leere Ampullen zu stehlen, mit deren Hilfe sie dann über die Nasensonde ihren Mageninhalt absaugte. Nachts machte sie im Bett hunderte Sit-ups, um Kalorien zu verbrauchen. Konfrontierte man sie mit diesen Dingen, gab es jedes Mal ein großes Geheule: Ihr seid so gemein, wie soll ich gesund werden, wenn ihr mir nicht vertraut?!

Horn dachte an Irene, an die innige Leidenschaft, mit der sie essen konnte, daran, dass sie sich nach dem Sex manchmal ein Stück Schokolade in den Mund steckte, und daran, dass sie völlig aufs Essen vergaß, wenn sie musizierte. Geschichten über anorektische Patientinnen brachten sie augenblicklich in Rage, das war immer so gewesen, daher erzählte er sie ihr nicht mehr. Er wandte sich an Christina und Flora Altenburg. »Schafft ihr Melanie allein?«, fragte er. Christina warf ihm einen gewollt nachsichtigen Blick zu. »Geh nur zu deinen Opfern«, sagte sie.

Lili Brunner war allein. Sie hatte ihren Laptop zugeklappt, den Kopf auf die Hände gestützt und schaute aus dem Fenster. Horn stellte sich neben sie. »Schön habt ihr's hier«, sagte er. Der Besprechungsraum der neu errichteten Hospizstation lag direkt über dem Abfluss der Ache, über jener Stelle, an der der Schilfgürtel endete und das Gefälle des Flusses zunahm. Man überblickte den See von der Biologischen Beobachtungsstation am Nordufer bis nach Mooshaim am westlichen Ende. »Die Patientenzimmer liegen alle auf dieser Seite«, sagte Lili Brunner, »wer bei uns stirbt, soll dabei nicht in einen Hinterhof schauen.« »Ich will auch einmal bei dir sterben«, sagte Horn.

»Blödsinn, du stirbst bei deiner Frau!«

»Sie verlässt mich gerade.«

Lili Brunner wandte ihm erschrocken das Gesicht zu. »Für fünf Tage«, sagte Horn und lachte. Sie schlug mit der Faust gegen seinen Oberarm. »Du kannst so ein Trottel sein!«, sagte sie. »Ich weiß«, sagte er. Außerdem wisse er, dass man übers Sterben keine Scherze mache, vor allem nicht auf einer Hospizstation. »Falsch«, sagte sie, »wo sonst.« Es gehe nicht ums Sterben, sondern ums Verlassenwerden. Darüber dürfe man sich nicht lustig machen. »Wenn alle weggehen, einer nach dem anderen«, sagte sie, »wenn am Schluss keiner mehr da ist, nur noch dieses Nichts, das schlimmer ist als bloße Einsamkeit, weil klar ist, dass einmal jemand da war« – darüber solle man keine Scherze machen. »Entschuldige«, sagte Horn. Diese kleine runde Frau, die schon als junge Assistenzärztin eine bemerkenswerte Kraft und Sicherheit besessen hatte, war innerhalb des Hauses zu einer Instanz in ethischen Fragen geworden. Selbst Leute wie Matyasek, der Chefarzt der Chirurgie, der von sich selbst sagte, er bevorzuge auch im persönlichen Leben den sauberen Schnitt als Lösung, suchten gelegentlich Rat bei ihr. Manche Leute schien sie aggressiv zu machen. Christina hatte gemeint, das liege daran, dass Heiligkeit eine spezielle Herausforderung sei, und Horn hatte daraufhin gesagt: Apropos Heiligkeit – ihm falle gerade auf, dass er Lili Brunner gegenüber noch nie eine sexuelle Regung gehabt hatte.

Horn saß da und fragte sich, warum sich ein siebzehnjähriges Mädchen an den Tod heranhungerte, warum es alles herauswürgte, was in ihm drin war, ob das Ganze mit Verlassenwerden zu tun hatte und was das Mädchen wohl sehen würde, wenn es hier am Fenster stünde. Irgendwann würde er mit Lili Brunner darüber reden wollen. Er wandte sich ihr zu. »Habe ich vor mich hin gesprochen?«, fragte er. »Nein, wie kommst du darauf?«, fragte sie und grinste scheinheilig.

Es gab nur einen angekündigten Fall. Cejpek, Oberarzt an der Internen, berichtete von einer vierundachtzigjährigen Frau, die unter dem Titel *Verdacht auf Schlaganfall* von zu Hause abgeholt worden sei. Üblicherweise wisse man bei *Verdacht auf Schlaganfall* schon alles: Der genervte Sohn sage zu seiner Ehefrau, mit der Mutter müsse etwas geschehen, ihre zunehmende Immobilität, die Neigung, zu stürzen, und dazu noch die ständige Nörgelei – sie solle doch die Rettung rufen, wozu habe man denn ein Krankenhaus. Die Frau greife zum Telefon – meine Schwiegermutter kann sich nicht mehr auf den Beinen halten, ja, sie fällt hin, immer auf die gleiche Seite, immer nach rechts – und schon stehe es da: *Verdacht auf Schlaganfall, linkshirnig*. Hier sei es anders gelaufen, die Anruferin habe anonym bleiben wollen, habe gesagt, sie beobachte die Sache schon länger. Am Vortag habe sie gesehen, wie die Frau versucht habe, aus dem Rollstuhl aufzustehen, dabei aber ohne jeden Halt zu Boden gerutscht sei. Sie sei dann stundenlang auf der Terrasse gelegen, ein Bild des Jammers, und als der Sohn endlich gekommen sei, habe er zuallererst herumgeschrien. Er habe irgendetwas von Tabletten gebrüllt, vom Anbinden und dass sie daliege wie eine Kröte. Die Anruferin sei ziemlich aufgeregt gewesen, habe man in der Rettungsleitstelle notiert. Der Mann habe die Leute vom Rettungsdienst anfangs nicht ins Haus lassen wollen, sondern gesagt, es müsse sich um einen Irrtum handeln, mit seiner Mutter sei alles in bester Ordnung, sie schlafe bloß. Als die Notärztin daraufhin gesagt habe, wenn das so sei, müsse sie die Polizei verständigen, sei der Mann allerdings auf der Stelle völlig eingeknickt und habe zu weinen begonnen. Die Frau habe sich in einer desolaten Verfassung befunden: Haare, Haut, Zähne, er erspare ihnen die Details, sagte Cejpek. Die Medikamente gegen ihre Herzinsuffizienz habe sie wahrscheinlich monatelang nicht eingenommen, es sei ein Wunder, dass sie überhaupt noch Luft bekommen habe. An den Unterarmen habe man Schnürfurchen gefunden, wahrscheinlich sei sie nachts mit irgendwelchen Tüchern an den Bettrahmen gefesselt worden. »Helft ihm«, unterbrach Lili Brunner Cejpeks Bericht. »Ihm?«, fragte Cejpek überrascht. Ja, ihm, dem Sohn, sagte Lili Brunner. Die Angelegenheit sei als schwere Verwahrlosung zu werten, keine Frage, besitze daher auch einen Misshandlungsaspekt. Das wahre Problem scheine aber das Festhängen des Mannes an seiner Mutter zu sein. »Irgendwann merkst du, sie hat dir nie gezeigt, wie du loskommst von ihr«, sagte sie, »und da fängst du an, sie zu bestrafen.« Cejpek schaute sie groß an. »Du denkst jetzt, ich bin eine Täterversteherin«, sagte sie. Er überlegte, dann nickte er. »Irgendwie schon«, sagte er. Loskommen sei das Wichtigste im Leben, sagte Lili Brunner, das werde oft übersehen. »Wenn dich etwas nicht loslässt, musst du es amputieren«, sagte sie, »und wenn es die eigene Mutter ist.« Sie klinge wie eine böse Chirurgin, sagte Cejpek, und Lili Brunner erwiderte, sie versuche das als Kompliment zu nehmen, auch wenn es aus dem Mund eines Internisten komme.

Sie einigten sich darauf, über den sozialen Stützpunkt eine tägliche Heimhilfe und die mobile Krankenpflege zu aktivieren und dafür zu sorgen, dass der Mann eine kompetente Ansprechperson erhielt. Auf eine Verständigung der Polizei oder des Pflegschaftsgerichtes wolle man verzichten.

Horn war dabei, über die eigenartige Dialektik von Loskommen und Verlassenwerden nachzudenken, über Söhne, die nichts weiterbrachten, und über Ehefrauen, die nach Italien abhauten, um angeblich Kammermusik zu machen, als die Tür aufschlug und Leonie Wittmann hereinstürmte. »Hier ist Opferschutzgruppe«, sagte Cejpek streng. »Ich weiß«, sagte sie und setzte sich an den Tisch, »deswegen bin ich da.«

Sie sei auf die Intensivstation gerufen worden, erzählte sie, zu einer einundneunzigjährigen Frau, einer Klosterschwester, die seit einiger Zeit mit zwei annähernd gleich alten Kolleginnen im Pensionistenheim in Waiern wohne. Von dort habe man sie am Vorabend akut ins Krankenhaus gebracht, graublau im Gesicht und kaum noch atmend. Man habe zuerst an eine Lungenembolie gedacht, doch dann rasch gesehen, dass es sich um eine massive Aspiration von Mageninhalt, also von Nahrung, gehandelt habe. Man habe großkalibrig abgesaugt und jede Menge von dem Zeug aus Mund, Rachen und Luftröhre befördert. Danach sei es der Frau deutlich besser gegangen, körperlich zumindest. Sie habe spontan geatmet, die

Alveolarbelüftung habe gepasst, und von der zu erwartenden Lungenentzündung sei noch nichts zu merken gewesen. Geschlafen habe sie allerdings nichts. Sie sei die ganze Nacht hindurch mit weit aufgerissenen Augen im Bett gelegen und habe abwechselnd laut gebetet und Dinge von sich gegeben, die man auf Grund der Sauerstoffmaske nicht verstanden habe. Sie habe gewirkt wie die personifizierte Angst, vor allem, sobald sich jemand ihrem Bett genähert habe. Schließlich habe man beschlossen, den Psychiater zu holen. Vielleicht gebe es etwas zur Beruhigung, etwas, das auch eine Neunzigjährige vertrage.

Dass die Frau sie angeschaut habe, als sei sie der Teufel persönlich, habe sie auch mit der Maskenpflicht an der Intensivstation in Zusammenhang gebracht, erzählte Leonie Wittmann, daher habe sie verbotenerweise den Mundschutz abgenommen und sich ans Bett gesetzt. Nach einer Weile habe die Frau nach ihrem Arm gegriffen und begonnen, stereotyp einen Satz zu sagen: »Ich hab genug. Ich hab genug. Ich hab genug.« Auf die Frage, wovon sie genug habe, habe sie nicht geantwortet. Auch sonst habe sie kein Wort von sich gegeben, nicht einmal ihren Namen. Sie, Leonie Wittmann, sei einfach sitzen geblieben, zehn Minuten lang. Sie habe keine Fragen mehr gestellt. Am Schluss habe sie den Eindruck gehabt, die Frau habe sich ein wenig beruhigt.

Von Nala Prinz, der ärztlichen Leiterin der Intensivstation, habe sie erfahren, dass die Frau Notburga heiße, Schwester Notburga, außerdem, dass es im Zusammenhang mit der Aspiration zwei bemerkenswerte Details gebe. Erstens habe man bei der Inspektion nach der bronchoskopischen Absaugung in der Mundhöhle der Frau, an den Wangeninnenseiten, am Gaumen und an der Rachenhinterwand, Schleimhautblutungen entdeckt, so, als sei dort jemand mit einem harten Gegenstand zugange gewesen, mit einem Spatel zum Beispiel oder einem Löffel, kräftig jedenfalls. Zweitens sei im Heim an diesem Abend Fenchelrisotto serviert worden. Das Material, das man aus der Frau herausbefördert habe, sei unspezifisch breiig gewesen. Es habe keinen Fenchel enthalten und auch kein einziges Reiskorn. Es habe eigenartig gerochen, aber das tue bald einmal etwas, das sich im Magen eines Menschen befunden habe.

»Warten«, sagte Lili Brunner, nachdem sie eine Weile nachgedacht hatte, »einfach warten. Der Schrecken wird verblassen, und sie wird reden.« Sie wird nicht reden, dachte Horn, zumindest nicht das, was wir von ihr wollen. Sie wird lächeln, fromm die Hände falten und sagen, es sei in Wahrheit doch gar nichts passiert. »Warum glaubst du das?«, fragte Leonie Wittmann. Die Angelegenheit erinnere ihn an jemanden, sagte Horn, derjenige habe allerdings mit Klosterschwestern und Aspirationszwischenfällen nichts zu tun. »Sondern?«, fragte Leonie Wittmann. Mit einem Sturz vom Baum, sagte Horn, und eben damit, dass doch eigentlich gar nichts passiert sei. Nala Prinz sei das offenbar egal, sagte Leonie Wittmann. Sie, eine bekanntermaßen sehr entschlossene Kollegin, habe die Sache auf der Stelle angezeigt. Daher werde sich auch die Polizei mit dem Schweigen der Schwester auseinandersetzen müssen. Mit dem Zeug aus ihrer Luftröhre übrigens auch. Das habe sie nämlich an die Gerichtsmedizin geschickt.

Cejpek stand auf, um sich zu verabschieden. Er habe noch eine ganz banale Frage, bevor er gehe, sagte er. Weshalb wohne diese Frau eigentlich in einem Seniorenheim und nicht in einem Kloster. Nala mit ihrer Konsequenz habe das in der Direktion des Altenheimes recherchiert, erzählte Leonie Wittmann. Der Orden, irgendeine x-te Kongregation der Franziskanerinnen, sei in Österreich kaum noch vertreten, könne daher die Betreuung der betagten Nonnen selbst nicht mehr übernehmen, habe es geheißen. Daher habe man das auf diese Weise arrangiert. Außerdem habe man die Ordensfrauen im hohen Alter nicht aus ihrer gewohnten Umgebung reißen wollen. Alle drei hätten über Jahrzehnte in einem Kinderheim in der Nähe von Mooshaim gearbeitet, ein Heim, das eigentlich nur für Buben bestimmt gewesen sei. Allerdings habe es da ein Nebengebäude gegeben, in dem eine Zeitlang auch Mädchen gelebt hätten. Man habe es das *Schlösschen* genannt.

»Die *Burg* und das *Schlösschen*«, sagte Horn. Das klinge romantisch, sagte Lili Brunner, und Leonie Wittmann erwiderte, sie wisse nicht, ob romantisch das richtige Wort für ein Kinderheim sei. Der Assistent meines Sohnes lebt in der *Burg*, dachte Horn. Er griff sich intuitiv an den Mund und bereitete sich darauf vor, dass ihn eine der beiden Kolleginnen fragen werde, wofür sein Sohn einen Assistenten brauche. Es kam jedoch nichts.

Das rechte Hinterrad des Volvo lief unrund, das war in den Kurven, die zum Haus hinaufführten, deutlich zu spüren. Die Schaltung hakte, am ärgsten zwischen drittem und viertem Gang, und die Öldrucklampe leuchtete auf, wann es ihr grad passte. Gib die alte Schrottkiste endlich her, forderte Irene in regelmäßigen Abständen. Er sagte drauf, er denke nicht daran, der Wagen sei erst zwölf Jahre alt, für einen Volvo sei das gar nichts, außerdem – wo finde man heutzutage schon ein Auto, das vier Handkurbeln für die Fenster besitze, aber auf der Autobahn locker zweihundert gehe, ganz ohne Bleifuß.

Sie verdrehte die Augen, sagte, sie werde sich einen Liebhaber mit einem Ferrari oder einem fetten Mercedes suchen, und er sagte drauf, am besten vielleicht gleich einen Autohändler, er kenne da ein paar besonders sympathische Exemplare.

Das eiernde Motorengeräusch, das in der Luft lag, als er aus der Garage trat, war ihm vertraut. Trotzdem brauchte er eine Sekunde, um es richtig zuzuordnen. Eine Mischmaschine. Er querte den Vorplatz, ging die Scheune entlang bis an ihr Ende und bog um die Ecke.

Er sah, dass zwei Löcher in die Wiese gegraben worden waren, beide in einer gedachten Verlängerung der Scheunenfirstlinie, das eine geschätzte fünf, das andere zehn Meter von der Stirnseite der Scheune entfernt. Die Öffnungen waren quadratisch mit ungefähr einem Meter Seitenlänge und jeweils bis zwanzig Zentimeter unter die Bodenkante mit Rollschotter gefüllt. Ein Stück dahinter stand Tobias an der Mischmaschine. Er war dabei, aus einem aufgerissenen Sack Zement in die rotierende Trommel zu schaufeln, und kehrte Horn dabei den Rücken zu. Horn trat an die Maschine und schaltete den Motor ab. Tobias wandte sich erschrocken um. »Was machst du da?«, rief er. »Das Gleiche könnte ich dich fragen«, sagte Horn. »Du siehst genau, was ich mache«, sagte Tobias.

»Du scheinst zu arbeiten«, sagte Horn, »das ist der erfreuliche Teil der Antwort.«

»Und der unerfreuliche?«

»Du gräbst Löcher in meine Wiese und hast offenbar vor, sie mit Beton zu füllen!«

Tobias stieß die Schaufel in den Sandhaufen, der neben der Mischmaschine aufgeschüttet worden war. »Wie meinst du das?«, fragte er. Er habe Beton in der Wiese nicht so gern, antwortete Horn. Er meine etwas anderes, sagte Tobias, Horn habe *meine Wiese* gesagt. Ob er jetzt vorhabe, seine väterliche Macht über Besitzverhältnisse auszuspielen. Horn tat einen Schritt nach vorn und drückte auf den Kippschalter der Mischmaschine. Die Trommel begann sich lärmend zu drehen. Ja, dachte er, ich bin für Besitzverhältnisse, und noch mehr bin ich für die Ausübung väterlicher Macht.

Irene packte. Horn stand in der Tür zum Schlafzimmer und schaute zu, wie sie Unterhosen und T-Shirts zusammenfaltete und in den Koffer legte. »Du fehlst mir jetzt schon«, sagte er. »Übertreib nicht«, antwortete sie. »Doch«, sagte er, »wenn ich mir dich in dieser silbergrauen Unterhose mit den kleinen schwarzen Punkten vorstelle, fehlst du mir.« Sie ergriff ein Paar Socken und warf es nach ihm. »Du Heuchler«, sagte sie.

Er fragte, ob sie gesehen habe, was Tobias hinter der Scheune mache. Kunst, sagte sie – so behaupte er zumindest, und für Kunst gebe es von ihrer Seite leider jedes Verständnis. Horn fragte, um welche Art von Kunst es sich handle, wenn man Löcher in eine Wiese grabe und danach mit Schotter und Beton fülle? Irene zuckte mit den Schultern. Tobias habe gesagt, er habe ein Projekt, sagte sie, und Horn erwiderte, das sei ihm schon klar – den Vater in den Selbstmord zu treiben, um dann vom Erbe zu leben. Irene legte einen dunkelblauen Pulli mit Strassbesatz und einen grauen mit einem Snoopy-Porträt nebeneinander aufs Bett. Horn zeigte auf den blauen. »Warum den?«, fragte sie. Weil er den mit dem Snoopy den Italienern nicht gönne, sagte er.

»Tobias hat vor, sich an einer Kunstuniversität zu bewerben«, sagte sie.

»Das meinst du jetzt nicht im Ernst.«

Doch, im Zusammenhang mit Kunst meine sie immer alles ernst. Tobias habe ihr zwar nicht gesagt, wo er sich bewerben wolle, sehr wohl jedoch, dass er es mit einem zweiteiligen Projekt tun werde. Es solle Elemente von Kunst im öffentlichen Raum und von klassischer Skulptur enthalten. So habe es ihm sein Lehrer geraten. »Welcher Lehrer?«, fragte Horn. Sie kenne ihn nicht, sagte Irene, sie glaube, er heiße Malek.

Horn setzte sich auf den Stuhl, der neben seiner Bettseite stand. Mein Sohn spinnt, dachte er, mit zehn hat er Comics gezeichnet, mit sechzehn hat er sich gegen den Zeichenunterricht entschieden, und jetzt spricht er von *Kunst im öffentlichen Raum*. »Du traust ihm nichts zu«, sagte Irene, und er dachte, dass sie wahrscheinlich recht hatte. Er hatte ihm noch nie etwas zugetraut.

Irene Horn klappte den Koffer zu. Er brauche nicht in Panik zu geraten, sagte sie, sie sei mit der Packerei noch längst nicht fertig. Ihr sei übrigens eingefallen, dass sie zuletzt vergessen habe, ihm den Namen der Cellistin zu verraten, bei der sie in Mantua Einzelstunden nehmen werde. Die Frau heiße Anne Gastinel und komme aus Lyon. Er solle sie ruhig googeln und sich am besten auf YouTube ihre Aufnahme der Cellosuiten von Bach anhören – eleganter habe man sie seit Pierre Fournier nicht gehört.

Horn saß da und betrachtete den Koffer, der geschlossen auf dem Bett lag. »Du bist in Gedanken ganz woanders«, sagte Irene. Er hob den Kopf. »Stimmt«, sagte er. Sie solle ihn nicht für blöd halten, sondern versuchen, sich für einen Augenblick eine neunzigjährige Klosterschwester vorzustellen. Die Frau liege auf dem Rücken im Bett, mit schreckensgeweiteten Augen und vollkommen stumm. Wovor könne sie solche Angst haben. Irene blickte an die Wand hinter ihm. »Vor der Hölle«, sagte sie, »wovor sonst?«

SIEBEN

Es war halb drei, als er erwachte. In letzter Zeit war es jede Nacht so. Er spürte die Enge um den Hals und die Atemnot. Sein Herz raste, stolperte, raste wieder. Jetzt war auch noch dieses Ziehen im linken Arm. Normalerweise gelang es ihm, den Zustand wegzuatmen, diesmal funktionierte es nicht.

Ludwig Kovacs stieg aus dem Bett und schlüpfte in seinen alten Bademantel. Marlene sagte immer wieder, er solle den türkisen Fetzen endlich weggeben und sich einen neuen kaufen. Er hatte es noch nicht getan. Jetzt lag sie da, schnarchte, und es war völlig egal, in welchen Klamotten er steckte.

Als er die Treppe zur Dachterrasse hochstieg, merkte er, dass sein Herzstolpern einen Rhythmus bekommen hatte: drei Schläge regulär, ein Extraschlag, drei regulär, einer extra … Seine Beine waren schwer. Er öffnete die Blechtür am oberen Ende der Treppe und trat ins Freie. Früher hätte er in dieser Situation sein Fernrohr bei sich gehabt, wäre nach vorn bis zur Brüstung der Terrasse gegangen, dorthin, wo es am dunkelsten war, und hätte das Stativ aufgebaut. Momentan machte er diese Dinge nicht mehr. Er schaute sich um. Jupiter stand tief im Süden und würde demnächst hinter der Kammwand verschwinden. Die Venus war überhaupt schon weg. Weiter östlich, ein gutes Stück oberhalb des Horizonts, war das Sommerdreieck zu sehen: Atair im Adler, Deneb im Schwan und Wega in der Leier. Marlene hatten die Sterne nie interessiert. Einmal hatte er ihr Deneb gezeigt und gesagt, der Stern sei zweihundertmal so groß wie unsere Sonne. Er werde in ein paar Millionen Jahren explodieren und zu einer Supernova werden. Sie hatte verständnislos geschaut und gefragt: Was würde sich an unserem Leben ändern, wüssten wir das nicht? Dass der Stern seit vielen Jahrhunderten als die Schwanzspitze eines Schwans angesehen werde, sei in ihren Augen noch das Bemerkenswerteste.

Er reckte die Arme in die Höhe, atmete tief durch, reckte die Arme noch einmal. Nichts änderte sich: drei Schläge regulär, einer extra, drei regulär. Das Ziehen im Arm war auch noch da. Hör auf!, hatte Marlene gesagt, lass dich eine Weile krankschreiben, dann schmeiß den Krempel hin. Mit einundsechzig?, hatte er gefragt, und sie hatte gesagt, ja, gerade mit einundsechzig, vier weitere Jahre Polizeiarbeit werde er nicht überleben. Er hatte gesagt, sie übertreibe wieder einmal heillos, außerdem habe er eine Tochter, die noch in der Ausbildung stehe, und die bloße Vorstellung, zu Hause zu sitzen oder in ihrem, Marlenes, Secondhandladen die Regale zu reparieren, bringe ihn ins Grab. Zugleich war ihm bewusst gewesen, dass Charlotte in einem Jahr mit ihrem Ergotherapie-Studium fertig sein und höchstwahrscheinlich bald ihr eigenes Geld verdienen werde und Fred Ley es mit seinem Angebot, er könne jederzeit bei ihm in der Bootswerft einsteigen, immer ernst gemeint hatte. Eine Pause, dachte er, vielleicht brauche ich nur eine Pause. Länger schlafen, angeln, Bootsrümpfe lackieren, vielleicht einfach so.

Er stieg runter in die Wohnung, ging ins Badezimmer und ließ Wasser in die Wanne laufen. Zuletzt hatte er das getan, als er vor einem Jahr eine Gallenkolik gehabt und gedacht hatte, er müsse irgendwo runterspringen, bevor es ihn innerlich zerreiße. Damals hatte die Methode gewirkt, er hatte sich ins heiße Wasser gelegt, und nach ein paar Minuten war der Spuk vorüber gewesen. Brenner, sein Internist, hatte ein paar Stunden später im Ultraschall vergeblich nach einem Stein im Gallengang gesucht, den Kopf geschüttelt und etwas von der relaxierenden Wirkung von Wärme auf die Duodenalpapille gemurmelt.

So heiß wie möglich und reichlich Schaumbad, so mochte er es. Kovacs saß in der Wanne und sah zu, wie sein Schwanz, seine Knie und die Haare auf Bauch und Brust nach und nach im Schaum verschwanden. Er dachte an das kleine rote Haus in Furth-Nord, das er jetzt auch von innen kannte, an schwarze Uniformen, an Akronyme und an Erdbeben. Schließlich fragte er sich, wie es passieren konnte, dass einige wenige Menschen die Stimmung in einem Land völlig veränderten, einfach so.

Marlene stand über ihn gebeugt da und redete aufgeregt auf ihn ein. Wenn es ihm schlecht gehe, solle er sie gefälligst wecken und nicht irgendwelche Experimente machen. Er wäre nicht der erste ältere Mensch, der in der Badewanne ertrinke. Er spürte, dass das Wasser ausgekühlt war. »Bin ich eingeschlafen?«, fragte er. »Natürlich bist du eingeschlafen«, sagte sie. Er öffnete den Ablauf und hievte sich hoch. Sie reichte ihm ein Badetuch und fragte, was los gewesen sei. Er sagte, er sei auf die Terrasse gestiegen, um den Sternenhimmel zu betrachten, ganz wie früher. Dabei sei ihm kalt geworden, und er habe sich eine Wanne eingelassen.

»Lügner!«, sagte sie, »kalt geworden – es hat beinahe zwanzig Grad.« Er lächelte halbherzig. Es gehe ihm gut, das sei nicht gelogen, Ehrenwort. Sie schaute skeptisch.

»Hast du übrigens vorhin *älterer Mensch* zu mir gesagt?«,

fragte er. Nein, sagte sie, so etwas würde ihr zu ihm niemals einfallen.

Im Kommissariat fühlte er sich zu Hause. Das war vermutlich ein Teil des Problems. Er mochte die Gänge und die Büros, er mochte seinen Schreibtisch, er mochte den Besprechungsraum mit dem Whiteboard. Die Filterkaffeemaschine mochte er nicht, nicht die Form der Kanne, nicht das Glucksen des einströmenden Wassers, schon gar nicht den Geruch. Nachdem der De'Longhi-Espressoautomat, den sie sich vor Jahren gemeinsam geleistet hatten, unter hysterischem Blinken den Geist aufgegeben hatte, und Eyltz, der Polizeichef, nicht davon zu überzeugen gewesen war, ihnen einen neuen zu finanzieren, war Christine Strobl, die Sekretärin, mit dem Filterding aufgekreuzt. Sie habe zwei davon, hatte sie gesagt, Filterkaffee sei sowieso gesünder. Demski hatte geantwortet, das sei deshalb richtig, weil kein Mensch das Gebräu runterkriege. Eleonore Bitterle hatte etwas über die Notwendigkeit des Nicht-Perfekten gesagt, und Kovacs hatte gewusst, dass das sein Gefühl der Beheimatung auf den Punkt brachte.

»Es richtet dich zugrunde«, hatte Marlene gesagt, bevor er am Morgen weggegangen war, »du spürst es, und man sieht es dir an.« Entweder gehe er zum Arzt, oder sie kaufe ihm ein Blutdruckmessgerät, hatte sie gesagt, und er hatte nicht gewusst, was ihm lieber war. Er blickte sich um. Wahrscheinlich war genau das das Wesen von Arbeit: Wenn man Glück hatte, mochte man sie, und sie machte einen trotzdem kaputt.

Kovacs trat ans Whiteboard, nahm einen Stift und zog zwei waagrechte und zwei senkrechte Linien. Neun Felder – ich teile mir den Tag ein, dachte er. »Spielst du Tic-Tac-Toe?« Er erschrak heftig. Mauritz stand hinter ihm. »Was tust du schon hier?«, fragte er, »und wie schaffst du es, so leise zu sein?« Behutsamkeit sei keine Frage des Körpergewichts, sagte Mauritz. Außerdem sei er derzeit auf unter einhundertfünfzig. Seine Frau schaue drauf, und Nikolaus, sein Sohn, sei auch eine permanente Motivation. Zuletzt habe er im Kindergarten gesagt, er glaube nicht, dass sein Vater auf Elternausflug mitfahren könne, er passe ja nicht in den Autobus. Mauritz hielt ihm einen Zettel hin. »Was ist das?«, fragte Kovacs. »Manche Dinge gehen schnell«, sagte Mauritz. Kovacs warf einen Blick auf das Blatt. »Lies nur die Zusammenfassung«, sagte Mauritz.

»Überwiegend Acryl-Prepolymere, fein disperses Aluminium, Aceton, Spuren von Toluol.« Er solle ihm doch bitte verraten, wovon hier die Rede sei, bat Kovacs. Vom Doppelkunstwerk in der Auenbruckerallee, sagte Mauritz, das sei die chemische Analyse der Farbproben. Das Ergebnis entspreche im Übrigen den Erwartungen – Sprühfarbe, gute Qualität, eher vom Künstlerbedarf als aus dem Baumarkt. »Farben Pinsel Leinwände Bünker«, sagte Kovacs und schrieb es ins rechte untere Feld seines Rasters. Wenn man hier so etwas kaufe, gehe man zu Bünker. »Und warum schreibst du es dorthin?«, fragte Mauritz. Intuitiv, sagte Kovacs. Rechts und unten – irgendetwas sage ihm, Dinge, die mit Konrad Seihs zu tun hätten, gehörten dorthin.

Apropos Seihs, sagte Mauritz, während er sich zum Gehen wandte: Ursprünglich habe er natürlich nicht im Traum daran gedacht gehabt, dieses Graffiti kriminaltechnisch zu untersuchen. Er fürchte, das habe er Petra Lindström auch ziemlich unmissverständlich mitgeteilt. Kurz danach habe er allerdings ein Radiointerview mit Konrad Seihs gehört. Seihs habe von »letztklassigen Schmierereien« gesprochen und davon, dass man heutzutage alles ruinieren dürfe. Die Polizei schaue systematisch weg wie immer. Dann habe Seihs Mutmaßungen zur Herkunft des Gemäldes angestellt und den Begriff *Black-Muslim-Bewegung* verwendet. Er wisse, es klinge ein wenig lächerlich, aber das habe dazu geführt, dass er doch seinen Zauberkasten geholt habe.

George Demski kam mit Schwung in den Raum, kippte die beiden Fenster, legte sein Notebook auf den Tisch und setzte sich. »Hast du im Lotto gewonnen?«, fragte Kovacs, »du wirkst so vergnügt.« »Nein, ich war schwimmen«, sagte er, das hebe bei ihm zuverlässig die Laune, abgesehen davon, dass es gesund sei. Er habe einen Bekannten bei der städtischen Park- und Straßenreinigung, der ihn ins Seebad reinlasse, wenn dort zwischen sechs und halb acht der Putztrupp zugange sei. Er sei dann der Einzige im Bad. Das mache ihn fröhlich. Kovacs musterte Demski. »Du bist schon ein Freak«, sagte er. Demski lachte. »Besser ein Freak als nur brav«, sagte er.

Kovacs spürte, wie sein Handy vibrierte. Eine SMS. *m sagt es geht dir schlecht gehst du selbst zum arzt oder muss ich kommen lg chdt.* »Du lachst?«, fragte Demski. Kovacs nickte. Ein Reflex. Jedes Mal, wenn Charlotte *chdt* schreibe, müsse er lachen. chdt – Charlotte, deine Tochter. Er selbst habe vor ein paar Jahren am Schluss einer SMS einmal geschrieben: *Dein Vater*. Das habe sie so peinlich und gleichzeitig so überzeugend gefunden, dass sie *chdt* einführen musste. »Darf ich kurz zurückschreiben«, fragte Kovacs. »Tu nur«, sagte Demski, »Kinder haben Vorrang.«

ich kann das selbst bin schon groß lg dv.

»Gehst du eigentlich zum Arzt?«, fragte er. Demski schüttelte den Kopf. Bis jetzt sei das nicht nötig gewesen, sagte er, er habe seine Frau. Ihren Hang zur Hypochondrie weite sie regelmäßig auch auf ihn aus. Gesundes Essen, wenig Salz, täglich auf die Waage, Körperfett berechnen, Blutdruck messen – er entkomme diesen Dingen nicht. Noah, sein Sohn, werde jetzt dreizehn und habe sich vor kurzem freigestrampelt. Er habe zu seiner Mutter gesagt, wenn sie beschlossen habe, hirnkrank und magersüchtig zu werden, sei das ihre Sache. Er selbst habe anderes vor. Seine Frau sei daraufhin zutiefst beleidigt gewesen und habe von ihm verlangt, seine väterliche Autorität dem pubertierenden Frechdachs gegenüber auszuspielen. Er habe kurz überlegt und dann gesagt, es tue ihm leid, aber wo er recht habe, habe er recht. Seither rede sie nichts mehr mit ihm und tue so, als habe sie die Absicht, sich scheiden zu lassen Zuletzt habe sie ihm die Ausdrucke mehrerer Artikel über die Auswirkungen der zunehmenden Fettleibigkeit in den USA, in Italien und in Mexiko auf seinen Schreibtisch geknallt. Das klinge allerdings nicht so richtig nach Scheidung, sagte Kovacs. Nein, sagte Demski und grinste, er wisse das. Er habe zwar keine Ahnung, womit er es verdient habe, aber offenbar liebe sie ihn wirklich.

Kovacs dachte an Marlene, daran, dass seine Beziehung zu ihr als rein sexuelles Bedürfnisbefriedigungsabkommen begonnen hatte und sie inzwischen diejenige war, die sich voller Sorge über ihn beugte, wenn er in der Badewanne einschlief. Er dachte an ihre langen, kräftigen Finger, an die Sommersprossen auf ihren Unterarmen, an ihre schönen Brüste und daran, wie sie auf seine Frage, was sie denn an ihm möge, gesagt hatte, genau könne sie das nicht erklären, aber es hänge irgendwie mit dem Körper zusammen. Dass Sex etwas primär Körperliches sei, leuchte den meisten Menschen ein, aber dass auch Liebe in erster Linie zwischen zwei Körpern stattfinde, werde gern übersehen. Er hatte gesagt, sein Körper sei doch nichts anderes als eine Akkumulation von Verschleißerscheinungen, und sie hatte gesagt, das sei für die Besitzerin eines Secondhandladens genau das Richtige.

Ein paar Minuten später saßen alle im Besprechungsraum. Mauritz fehlte. »Wo ist der Dicke?«, fragte Eleonore Bitterle. Sie war so etwas wie die Koordinatorin der Gruppe und sagte von sich selbst, sie sei alt genug, um für ihr Bedürfnis nach Pünktlichkeit kein schlechtes Gewissen mehr haben zu müssen. »Im Zweifelsfall frühstückt er«, antwortete Demski. Man solle nicht ungerecht sein, sagte Kovacs, Mauritz sei bereits vor einer Stunde da gewesen und habe seinen ersten Bericht abgeliefert. Außerdem stehe er gewichtsmäßig bei unter hundertfünfzig. »Welchen Bericht?«, fragte Bitterle, und Kovacs sagte, über Acryl-Prepolymere und fein disperses Aluminium. »Verstehe«, sagte Demski, »das Diptychon, die Farbanalyse.«. Die anderen schauten groß, und Kovacs fragte, woher er das wisse. Er habe einen dreizehnjährigen Sohn, der sich für Graffiti interessiere, sagte Demski, und da er nicht wolle, dass er auch noch toxisches Zeug einatme, wenn er diese bösen Dinge tue, habe er sich kundig gemacht, was in den Dosen so drin sei. Acryl-Prepolymere zum Beispiel, nicht direkt gesund, aber auch nicht sehr giftig. Eleonore Bitterle spitzte den Mund und zog die Augenbrauen in die Höhe. Demski brauchte eine Sekunde, dann hob er abwehrend die Hand. »Nein!«, sagte er, »nein, er war's nicht.« Bitterle grinste, und Christine Strobl sagte, schade, das hätte ihr gefallen – der Sohn eines Kriminalbeamten verziert dem arroganten Politikerarsch den Neubau.

Sie besprachen die Notwendigkeit, bei *Farben Pinsel Leinwände Bünker* vorbeizuschauen, und Kovacs erzählte von seinem Besuch bei Theresia Widrich und ihrem Kooikerhund. Die Frau habe von zwei Personen gesprochen, einem großen Blonden und einem Kleineren mit dunklen Haaren, es sei allerdings frühe Morgendämmerung gewesen, und dass bei Bünker genauso gut die Schwester des Blonden oder der Onkel des Dunklen die Dosen gekauft haben könne, brauche er nicht zu betonen. Demski meldete sich für die Recherche in der Farbenhandlung. Als Vater eines Graffiti-Experten werde das wohl von ihm erwartet. Niemand machte ihm die Sache streitig.

Sabine Wieck warf einen Blick auf ihren Notizzettel und hob die Hand. Nur der Vollständigkeit halber: Zwei Dinge seien erledigt beziehungsweise aktuell nicht mit Arbeit verbunden. Die Bankomatsprengung in der Abt-Reginald-Straße sei mehr oder minder im Vorbeigehen aufgeklärt worden. Im bayerischen Traunstein habe man drei Italiener direkt bei der Präparation eines Geldautomaten erwischt. Sie seien in einem mit Seilwinde und Schwenkarm ausgestatteten LKW unterwegs gewesen. Auf Grund des Handlungsmusters und der vorgefertigten Sprengsätze, die man in dem Fahrzeug gefunden habe, sei es möglich gewesen, ihnen eine Reihe derartiger Taten nachzuweisen. Das Geld habe man in einer Pension am Chiemsee, in der sie eingemietet gewesen seien, sichergestellt, beinahe zur Gänze, von der Schadenssumme hätten etwa dreieinhalbtausend Euro gefehlt. Bei den Vespa-Diebstählen sei man leider nicht weitergekommen. Inzwischen stehe man bei vier in der Region verschwundenen Motorrollern, und die einzige Spur, das Foto eines rumänischen Kleintransporters, habe sich als unbrauchbar erwiesen, da das

Kennzeichen des Fahrzeugs offensichtlich gefälscht gewesen sei. Dass sich jemand als rumänischer Dieb ausgebe, finde sie persönlich übrigens nicht besonders originell. Demski lachte. »Garantiert ein Italiener«, sagte er, »wahrscheinlich der Cousin des Bankomatsprengers.« Sabine Wieck schaute ihn missbilligend an. »Alles kehrt wieder«, sagte Demski, »die Nächsten werden die Polen sein, ihr werdet sehen. Gebt auf eure Autos acht!« Sabine Wieck zeigte ihm den Vogel. »Entschuldigung«, sagte Demski, »das hat sich irgendwie angeboten.«

Jetzt wird sie ihm eine Standpauke halten, dachte Kovacs, sie wird ihm etwas davon erzählen, dass Empirie und Vorurteil nichts miteinander zu tun haben und dass es nicht notwendig sein sollte, das einem Kriminalpolizisten vor Augen zu führen. Sie wird es in dieser glühenden Ernsthaftigkeit tun, die nur sie besitzt, ich werde es wunderbar finden, und Demski wird den Kopf einziehen. Im Grunde funktioniert er ganz ähnlich wie sie, dachte Kovacs, er weiß es, aber manchmal muss er so tun, als wäre das nicht so.

Es klopfte. »Der Dicke«, sagte Eleonore Bitterle. Der Dicke klopft nicht, dachte Kovacs. Im nächsten Augenblick steckte Petra Lindström den Kopf in den Raum. »Drei Minuten?«, fragte sie. »Ich werde auf die Uhr schauen«, sagte Demski und grinste. Lindström blieb an der Tür stehen. Es gehe um eine Anzeige des Krankenhauses, erzählte sie, ein alter Mann, der angeblich vom Apfelbaum gefallen sei – diverse Verletzungen, Knochenbrüche, Hämatome, et cetera. Er, Kovacs, habe den Anruf mit Sicherheit in Erinnerung. Sie sei jedenfalls hingefahren, und der Mann sei auch noch stationär gewesen. Er sei stur bei seiner Version geblieben, auch als sie ihn damit konfrontiert habe, dass die Geschichte vom Apfelbaum von den Unfallchirurgen für nicht sehr plausibel gehalten werde. Der Mann habe gesagt, Plausibilität hin oder her – die Körper achtzigjähriger Menschen seien einfach nicht für Stürze aus mehreren Metern Höhe gebaut. Dagegen gebe es kein Argument. Daher habe sie beschlossen, die Verschuldensfrage als irrelevant zu betrachten und einen Haken unter die Sache zu setzen. Als sie aus dem Zimmer auf den Gang getreten sei, habe sie immer noch das Lächeln des Mannes vor ihrem inneren Auge gesehen und sich gefragt, wie er es während des gesamten Gesprächs durchhalten habe können. Mit der Ehefrau habe sie nicht gerechnet gehabt. Sie sei plötzlich vor ihr gestanden, so, als habe sie auf sie gewartet. Die Frau sei auf sie zugekommen, habe sie am Oberarm gefasst und gesagt, sie müsse noch etwas loswerden. Sie wisse, es klinge seltsam und ihr Mann scheine sich auch gar nicht zu erinnern, aber ihr gehe die Sache nicht aus dem Kopf. Sie sei am Abend, an dem es passiert sei, im Wohnzimmer damit beschäftigt gewesen, alte Fotos in Schachteln zu ordnen, da sei er plötzlich in der Terrassentür gestanden, bleich, zitternd, mit hängender Schulter. Er habe ganz flach geatmet und stereotyp einen Satz von sich gegeben: »Ich will die Decke nicht, ich will die Decke nicht!« Dabei sei eine Angst in seinem Gesicht gestanden, die sie an ihm noch nie gesehen habe. Die Decke?, habe sie gesagt, es sei warm, er brauche doch keine Decke. Er jedoch habe sich nicht beirren lassen und erneut den Satz gesagt: »Ich will die Decke nicht!«, sicher noch fünf-, sechsmal. Die Frau sei völlig ratlos gewesen, und ihr, Lindström, sei auch nichts Vernünftiges eingefallen. Schließlich habe sie gesagt, nach einem derartigen Ereignis könne es schon passieren, dass ein Mensch verwirrt und voller Angst sei. Es sei ihr gleich ziemlich blöd vorgekommen.

Petra Lindström schaute in die Gesichter der Kollegen. »Und?«, fragte Demski.

»Und was?«

»Was willst du von uns?«

»Keine Ahnung. Vielleicht nur eine Bestätigung«, sagte sie. »Welche Bestätigung?«, fragte Demski. »Dafür, dass ich nichts übersehen habe«, sagte Lindström – die Fotos seien leider auch ausgesprochen unscharf. Welche Fotos, fragte Bitterle, und Lindström sagte, die Fotos von der Erstbegutachtung des Mannes in der Unfallambulanz. Mit ein wenig Phantasie habe der Bluterguss an seinem Unterschenkel ausgesehen wie der Abdruck eines Schuhabsatzes und die geldstückgroßen blauen Flecken am Brustkorb so, als könnten sie von Fingerknöcheln stammen. »Mit ein wenig Phantasie?«, fragte Demski, »so, als könnte …?« Ja, sagte Petra Lindström, sie habe eh längst gemerkt, dass sie ihrem eigenen Mitschwingen mit der Sorge der Ehefrau auf den Leim gegangen sei. Der Ehemann fällt von der Leiter, ist schockiert und redet wirres Zeug – das dürfe einen schon ängstigen, der Umstand, der eigentlich dahinterstecke, dass er nämlich alt sei, erst recht. Eleonore Bitterle hob den Kopf.

»Es ist besser, du irrst dich, weil du mit der Sorge von jemandem mitschwingst, als deswegen, weil du dazu nicht in der Lage bist«, sagte sie.

Kovacs dachte an den verwahrlosten Birnbaum in Marlenes Garten, an die alte Regel, durch eine Obstbaumkrone müsse man einen Hut werfen können, und daran, dass Marlene ihm unlängst von einer akkubetriebenen Astsäge mit Teleskopstiel erzählt hatte. Er hatte die Vorstellung eines derartigen Geräts augenblicklich gehasst. Er fragte sich, wann er selbst zuletzt auf eine Leiter gestiegen war, und dann, ob er nach seinem morgendlichen Erwachen in der Badewanne eigentlich auch wirres Zeug geredet hatte.

Petra Lindström bedankte sich, Demski fragte, wofür, und sie sagte, dafür, dass man ihr drei Minuten lang beim Denken geholfen habe. Demski sagte, es sei tatsächlich keine Sekunde länger gewesen, er habe auf die Uhr geschaut. Sie sagte: »Ja, ich liebe dich auch«, zeigte ihm den Mittelfinger und ging.

»Halt!«, rief Christine Strobl hinterher, doch Lindström war schon weg. »Was ist?«, fragte Kovacs. Die Sekretärin winkte ab. Nichts Besonderes, sagte sie, es sei nur zufällig am Vorabend eine weitere Anzeige aus dem Spital reingekommen, und sie habe gedacht, wenn Lindström schon so im Fluss sei … »Noch einer, der vom Baum gefallen ist?«, fragte Kovacs. Nein, eher nicht, sagte Strobl, die Frau, um die es gehe, sei einundneunzig, außerdem scheine es sich um eine Klosterschwester zu handeln. Kovacs zog die Stirne kraus.

»Hast du ein Problem mit Klosterschwestern?«

Nein, antwortete Kovacs, er habe sich bloß gefragt, weshalb eine simple Verletzungsanzeige schon wieder bei ihnen gelandet sei, ob ein System dahinterstecke und irgendjemand vorhabe, nach Sachbeschädigungen auch Verletzungsanzeigen in die Zuständigkeit der Kriminalpolizei umzuleiten. Christine Strobl zuckte mit den Schultern und schob ihm ein Blatt Papier hin. »Was ist das?«, fragte er. Der Ausdruck der Anzeige, sagte sie, System hin oder her, hier stehe etwas von Tötungsabsicht.

In diesem Moment läutete das Telefon. Strobl nahm ab und lauschte kurz. »Moment«, sagte sie und reichte den Mobilteil an Kovacs weiter. »Eyltz«, sagte sie halblaut. Kovacs verdrehte die Augen. Nach nicht einmal einer halben Minute legte er auf und warf den Hörer auf den Tisch.

»Und?«, fragte Demski. »Das Kind«, sagte Kovacs, »Elvira Helbich, das abgängige Mädchen.« Eyltz scheine wieder einmal durchzudrehen. Er habe zuerst gesagt: Die Stadt kocht, und dann nur noch im Befehlston gesprochen, wie immer, wenn ihm jemand im Nacken sitze: Priorität, öffentliches Interesse, die Polizei müsse endlich lernen, beweglich zu sein, und die Menschen wollen Antworten.

Kovacs erhob sich ächzend aus seinem Stuhl. »Na, dann wollen wir.« »Was?«, fragte Eleonore Bitterle. »Beweglich sein und Antworten finden«, sagte Kovacs, »hilfst du mir?«

»Warum ich?«, fragte sie. »Du beruhigst mich«, sagte Kovacs, »die Stadt kocht, und du hältst mich im Zaum.« In der Tür fragte Bitterle, ob sie mit dem Beruhigen gleich beginnen solle. Kovacs fragte, warum, und sie sagte, weil er so blass ausschaue.

Sie nahmen die Seestraße in Richtung Westen, bogen vor den Hotels auf die Sankt Vinzenz ein und folgten ihr, bis sie in einer lang gezogenen Linkskurve in die Fürstenaustraße überging. Der See lag im hellen Blaugrün des Vormittags rechts unter ihnen. Obwohl sich die Luft kaum bewegte, waren einige Segelboote draußen, offenbar auf der Suche nach Wind. Das Linienschiff hatte den Anleger vor kurzem verlassen und zog einen flachen Bogen in Richtung Sankt Christoph. Das Außendeck war dicht besetzt, das konnte man gut erkennen. Garantiert lauter Chinesen, dachte Kovacs. Charlotte hatte zuletzt gesagt, sie wisse nicht, ob sie einen Rassisten als Vater haben wolle, und er hatte geantwortet, er sei zu alt, um sich mit den Schlitzaugen noch anzufreunden. Sie hatte daraufhin gesagt, er solle aufpassen, es gebe da einen ausgesprochen netten koreanischen Mitstudenten, der sich für sie interessiere, und er hatte gesagt, solange er seine Familie zu Hause lasse, sei es kein echtes Problem.

Eleonore Bitterle saß neben ihm und tippte auf ihrem Smartphone herum. »Helbich Austria GmbH«, sagte sie schließlich, »Erzeugung von Standard- und Sonderprofilen aus Aluminium und Spezialstahl. Drei Standorte, einer in Tschechien, zwei in Österreich, vierhundertfünfzig Mitarbeiter, Jahresumsatz fünfundneunzig Komma zwei Millionen Euro, Gewinn vor Steuern vier Komma sieben Millionen. Hauptgesellschafter Markus Helbich siebzig, Veronika Helbich zweiundzwanzig Prozent.« Nur damit er wisse, wohin ihre Fahrt gehe.

»Ich hasse reiche Menschen«, sagte Kovacs. Das sei ihr schon klar, antwortete Bitterle, das Mädchen könne aber nichts dafür.

Das Haus lag am oberen Ende der Fürstenaustraße, auf einem Absatz in den auslaufenden Hängen der Kammwand. Ein schlichter Vorgarten mit einer gestaffelten Buchsbaumhecke, einer Reihe von Rhododendronbüschen, zwei jungen Kirschbäumen. Der Bau selbst war ein flacher, mit hellgrauen Steinplatten verkleideter Quader mit großen Fensterflächen zum See hin. Hinter dem Haus ragten Kiefern auf. »Geld wird nicht sympathischer, wenn es sich in Zurückhaltung zeigt«, sagte Kovacs und drückte auf die Klingel.

Der Mann, der das Gartentor öffnete, war groß, weißhaarig und vermutlich in den Siebzigern. Er wirkte strapaziert. Er heiße Richard Schnabel und sei Elviras Großvater. Eigentlich wohne er in Waiern. Jetzt sei er da, um seiner Tochter beizustehen. Sie sei völlig durcheinander, kein Schlaf, keine ruhige Minute, seit dem Vortag nichts als Ausnahmezustand. Das sei verständlich, sagte Kovacs, es sei trotzdem notwendig, mit ihr zu reden. Der Mann nickte und tat einen Schritt zurück, um sie reinzulassen.

Sie folgten einem kiesbestreuten Weg, der zwischen Immergrün und anderen Bodendeckern ums Haus herumführte. Eleonore Bitterle ging langsam, wandte sich nach links und rechts, bückte sich, schien etwas aufzuheben. Sie verhält sich, als befänden wir uns an einem Tatort, dachte Kovacs, es ist seltsam, aber es beruhigt mich.

Die Frau kniete vor einem Kräuterbeet auf dem Rasen und bohrte mit einem Setzholz Löcher in den Boden. Sie hatte ihr blondes Haar zu einem Knoten gebunden und trug eine Gartenschürze. Als sie sich erhob und umdrehte, sah man, dass sie geweint hatte. Sie wischte sich die Erde von den Händen, dann stand sie eine Weile wortlos da. Sie war annähernd gleich groß wie ihr Vater. Es sei völlig sinnlos, was sie da mache, sagte sie schließlich, sie habe nicht einmal ausreichend Pflanzen, aber sie wisse nicht, was sie sonst tun solle. Üblicherweise helfe ihr Elvira bei der Gartenarbeit. »Ich auch.« Der Bub, der plötzlich neben ihr aufgetaucht war, war weißblond und hielt ein Plastik-Lichtschwert in der Hand. »Ja, du auch«, sagte die Frau. »Leg das weg«, sagte sein Großvater. Der Bub schüttelte den Kopf. »Die Herrschaften sind von der Polizei. Die mögen es nicht, wenn man Waffen trägt.«

Der Bub richtete das Lichtschwert auf Eleonore Bitterle. »Das sind keine Polizisten, das sieht ein Baby«, sagte er. Bitterle hob beide Arme. Er habe völlig recht, sagte sie, sie sei in Wahrheit ein verkleideter Sith-Lord, eine enge Vertraute des Imperators. Ihr Lichtschwert liege blöderweise in dem dunkelblauen Passat-Raumkreuzer, der vor dem Haus auf dem Parkplatz stehe, daher habe er jetzt gewonnen. Der Bub trat auf sie zu und hielt das Lichtschwert in Richtung Eleonore

Bitterles Hals. »Gefangen oder tot?«, fragte sie. »Tot«, sagte der Bub.

»Das ist Jonas, Elviras Bruder«, sagte die Frau. »Wie alt bist du?«, fragte Kovacs. »Sieben«, sagte der Bub, »eigentlich siebeneinhalb.«

»Welche Klasse?«

»Zweite. Aber heute nicht.« Seine Mutter habe gesagt, heute sei eine Ausnahme, und sein Großvater habe gesagt, er bleibe von der Schule zu Hause, bis Elvira wieder da sei. In der Klasse werde sowieso nur blöd geredet. »Nimmst du dein Lichtschwert auch in die Schule mit?«, fragte Eleonore Bitterle. »Darf ich nicht«, sagte der Bub. »Nein, darf er nicht«, sagte der Mann hastig, aus pädagogischer Sicht sei das Ganze überhaupt höchst fragwürdig – Waffen, töten, vernichten, und die Altersfreigabe sei auch für all diese Filme ab zwölf. Sein Schwiegersohn sei allerdings der Meinung, man könne nicht früh genug ein *Star-Wars*-Fan werden. Er lasse sich in dieser Hinsicht von niemandem etwas sagen, am allerwenigsten von ihm. »Wo ist Ihr Mann eigentlich?«, fragte Eleonore Bitterle in Richtung der Frau. »Geschäftlich«, sagte der Bub rasch und schaute zu seiner Mutter. Sie zuckte kurz mit den Schultern und versuchte zu lächeln. »Stimmt, geschäftlich«, wiederholte sie.

Sie saßen auf der Terrasse und sprachen über Elvira, über ihr knallgelbes Fahrrad, den Fahrradführerschein, den sie vor einigen Monaten gemacht hatte, und ihre Vorliebe für Hello-Kitty-Sachen, über Methusalem und Kleopatra, die beiden Kaninchen, die nach einem Jahr Fütterung durch Elvira aussahen wie zwei kleine Hängebauchschweine, und über ihr Zimmer, für das seit neuestem immer wieder ein Betretungsverbot ausgesprochen wurde. Sie sprachen über Stella Jurmann, Elviras Klassenlehrerin, die von allen als Glücksfall angesehen wurde, und über Elviras Freundinnen, eine Gruppe von fünf, sechs Mädchen, die seit der ersten Klasse ziemlich konstant geblieben war. Clara war eine Ausnahme. Sie war im Vorjahr in Elviras Klasse gekommen, und die beiden waren von der ersten Sekunde an ein Herz und eine Seele gewesen.

»Clara ist blöd«, sagte Jonas Helbich. »Clara ist gar nicht blöd«, sagte seine Mutter. »Sie hätte besser aufpassen sollen«, sagte der Bub. »Wir hätten besser aufpassen sollen«, sagte sein Großvater, »wir hätten sie nicht allein mit dem Fahrrad fahren lassen sollen.« Mit dem Fahrrad habe das gar nichts zu tun, sagte Veronika Helbich. Erstens sei Elvira die sicherste Radfahrerin, die man sich nur vorstellen könne, und zweitens sei das Rad noch da, Elvira aber nicht. »Ich hätte sie abholen sollen«, sagte der Großvater, »vielleicht hätten wir ihr doch schon ein Handy kaufen sollen.«

»Hör endlich auf damit!«

Die Vehemenz, mit der die Frau plötzlich aufsprang und losbrüllte, kam überraschend. Er solle doch endlich mit diesem vollkommen schwachsinnigen Was-wäre-gewesen-wenn aufhören, Elvira sei weg, weg, weg, keiner habe gesehen, wie es passiert sei, und das Einzige, worauf sie in Wahrheit warte, sei eine Lösegeldforderung. Sie starre aufs Handy, sie laufe ums Haus, sie schaue in den Postkasten, aber es komme nichts.

»Es kommt nichts! Verstehst du: Es kommt nichts!«

Die Frau wandte sich Kovacs und Bitterle zu, und mit einem Mal war sie wieder wie vorhin, bleich, hohläugig, die Finger in ständiger Unruhe. »Ist sie tot?«, fragte sie. Eleonore

Bitterle beugte sich vor und berührte ihren Unterarm. »Nein«, sagte sie, »sie ist nicht tot. Von allen Kindern, die in der westlichen Welt abgängig gemeldet werden, stirbt nicht einmal ein Prozent. Verstehen Sie? Nicht einmal eins von hundert!« Selbst wenn man eine Entführung ins Kalkül ziehe, was angesichts der Vermögenssituation der Familie nicht ganz abwegig sei, ändere sich an der Wahrscheinlichkeit nicht viel. »Entführer wollen Geld und keine toten Menschen«, sagte Bitterle, »verstehen Sie?« Die Frau nickte. Sie solle trotzdem so nett sein und nicht von toten Menschen reden, sagte der Mann, und die Frau fragte, wie sie das mit der westlichen Welt gemeint habe. »In Mexiko ist es nicht ein Prozent«, sagte Kovacs, »so hat sie es gemeint.«

»Kommen die Bösen auch aus Mexiko?«, fragte der Bub. »Sei still, es gibt keine Bösen!«, sagte die Frau. »Doch«, sagte der Bub. Kovacs fragte ihn, wen er damit meine, und der Bub sagte, sein Vater habe gesagt, wer in seinem Leben genug Böses erfahre, Bomben und Kopfabschneiden, werde selbst auch böse. Das könne man zum Beispiel an den Leuten aus der *Burg* sehen. »Sei still!«, sagte der Mann und versuchte den Arm um ihn zu legen. Der Bub schüttelte ihn ab. Einer der Bösen habe Elvira entführt, sagte er, das wisse er ganz sicher. Er habe sie eingesperrt, gebe ihr nichts zu essen und wolle eine Million. Kovacs fragte, ob seine Schwester schon einmal mit den Bösen zu tun gehabt habe, ob sie ihm zum Beispiel erzählt habe, dass sie angesprochen worden sei, oder ob ihr jemand etwas geschenkt habe. Der Bub sagte, nein, mit diesen Leuten habe Elvira nie geredet. »Du wirst sehen, die Sache wird gut ausgehen«, sagte Kovacs. Der Bub schaute zu seinem Großvater und sagte: »Ja, und wenn sie wieder da ist, kriegt der Entführer den Siegelring.« Das sei vielleicht ein bisschen übertrieben, sagte der Mann, und als Kovacs fragte, welchen Siegelring, hielt ihm der Mann seine rechte Hand hin.

Der Ring war ein wenig klobig und zeigte auf schwarzer Platte in Silber eine Tanne und einen Turm. Er habe ihn vor Jahrzehnten verliehen bekommen. Er sei damals Vorsitzender eines Vereins gewesen, der sich in der Region sozial engagiert habe. Inzwischen sei das alles weit weg, und den Ring trage er nur noch aus Gewohnheit. »Der Böse kriegt den Siegelring«, sagte Jonas Helbich noch einmal und nickte sich selbst Bestätigung zu. Der Böse werde in erster Linie Geld haben wollen, sagte sein Großvater, und der Bub sagte, das sei ganz egal.

Auf der Rückfahrt sprachen sie über die Energie, die Veronika Helbich aufgewandt hatte, um die Fassung zu bewahren, über die Schuldgefühle von Elviras Großvater und darüber, wie groß die Angst um die Enkelin wohl war, die hinter diesen Schuldgefühlen stand. Außerdem sprachen sie über die Abwesenheit von Vätern, über die Art und Weise, in der sie ihre Neigung zu einfachen Lösungen an die Söhne weitergaben, und darüber, dass Schmuck bei Männern immer mehr mit Macht zu tun hatte als mit Schönheit. »Der Mann an sich hat mehr mit Macht zu tun als mit Schönheit«, sagte Eleonore Bitterle. »Herzlichen Dank!«, sagte Kovacs. »Gern.« Bitterle lächelte. Sie ist auch nicht wirklich schön, dachte Kovacs, aber mit ihrer hageren Gestalt und mit der Art, in der sie ihre stahlgrauen Haare trägt, strahlt sie eine Würde aus, die einen manchmal einfach umhaut. Er dachte an ihre Gelassenheit und ihre Präzision im Denken und daran, dass ihm ihre Anwesenheit in letzter Zeit noch mehr Sicherheit gab als früher. Schließlich dachte er an den Umstand, dass sie darüber, was der drohende Verlust eines geliebten Menschen bedeuten konnte, gar nicht gesprochen hatten, und dass das kein Zufall war. Eleonore Bitterles Ehemann war vor neun Jahren an Knochenkrebs gestorben. Er war die Liebe ihres Lebens gewesen. Über gewisse Dinge brauchten sie miteinander nicht mehr zu reden.

»Was denkst du?«, fragte Kovacs, kurz bevor sie auf die Seestraße einbogen. »Keine Ahnung«, sagte Bitterle, das Mädchen beginne offenbar zu pubertieren. »Vielleicht versteckt sie sich irgendwo und findet es lustig, die Eltern zu ängstigen.« Er meine, was sie wirklich denke, sagte Kovacs. Eleonore Bitterle schwieg. »Ich verstehe«, sagte er, »laut Statistik stirbt aber nur ein Prozent. Woher hast du das überhaupt?« »Erfunden«, sagte Bitterle. Kovacs starrte sie an. Er solle bitte auf die Straße schauen, sagte sie.

»Und die Sache mit Mexiko?«

»Das hast du gesagt.« Es gebe keinen Grund, schockiert zu sein, das Ganze habe nur der Beruhigung der Familie gedient. »Erst machst du eine geringe Häufigkeit glaubwürdig, indem du ihr den Anstrich von Wissenschaftlichkeit gibst.«

»Dann nimmst du den Restzweifel ernst und sagst, ja, es könne schon mehr sein, aber nur ganz, ganz weit weg.«

»In Mexiko.«

»Genau, zum Beispiel in Mexiko.«

Kovacs stellte den Passat vis-à-vis vom Kommissariat ab. »Und wie ist es jetzt wirklich?«, fragte er. Freundinnen befragen, Hundestaffel, warten – so sei es jetzt wirklich, sagte Eleonore Bitterle.

Unmittelbar nachdem sie ausgestiegen waren, wandte sich Kovacs noch einmal um. Sie seien doch auf das Haus der Helbichs zugegangen, vorne dieser Mann, dann er, Kovacs, am Schluss sie. Sie habe sich gebückt und etwas aufgehoben. Er wolle wissen, was das gewesen sei.

Eleonore Bitterle lachte. Ein Schneckenhaus, sagte sie.

ACHT

Sie sitzt da und löffelt Fruchtjoghurt. Ich habe gefragt, was sie zwischendurch essen möchte, und sie hat gesagt, Fruchtjoghurt mit Erdbeergeschmack. »Essen Kinder heutzutage noch Fruchtjoghurt mit Erdbeeren?«, habe ich gefragt. Sie hat mich strafend angeschaut und gesagt, was denn sonst. »Hättest du Waffeln oder Hohlhippen gewollt?«, frage ich. Sie schaut mich noch einmal streng an und sagt, Waffeln oder Hohlhippen gehören zu Eis und nicht zu Joghurt, das wisse doch jeder.

»Es scheint dir zu schmecken«, sage ich, und sie sagt noch einmal, was denn sonst. Sie finde es seltsam, dass Erwachsene so eine Freude daran hätten, wenn es Kindern schmecke. »Wenn du fertig bist, werde ich dir etwas erzählen«, sage ich. Sie schaut in ihren Becher und sagt: »Ich will aber nicht.« »Es muss sein«, sage ich. Sie sagt: »Ich weiß ja nicht einmal, wie du heißt«, und ich sage: »Ich bin dein Entführer.« Tränen steigen ihr in die Augen. »Namen sind nicht so wichtig«, sage ich, »ich bin dein Entführer, und der dünne Mann ist der dünne Mann. Das muss genügen.« Ich denke an das Haus in der Fürstenaustraße, hoch über dem See, an den großen Garten, an Urlaube am Roten Meer und in den französischen Alpen und daran, dass manche Kinder Eltern mit einer Firma haben, die Aluminiumprofile herstellt. Sie sagt, vor dem dünnen Mann habe sie Angst, sie sei sich sicher, dass er ihr das Ohr abschneiden werde. »Er ist in manchen Dingen sehr genau«, sage ich, »aber nicht bösartig.« Ich warte darauf, dass sie mir sagt, das sei sicher wieder gelogen.

Der Schlafsaal, sage ich – das Haus habe mehrere wichtige Räume gehabt, der Separationsraum sei einer davon, die Schlafsäle seien auch wichtig gewesen. Sie hebt den Kopf und sagt, sie wisse nicht genau, was das sei, ein Schlafsaal. Ich erzähle ihr, dass es in jedem Stockwerk einen Schlafsaal gegeben habe, mit jeweils zweiunddreißig weiß lackierten Stahlrohrbetten, vier Reihen zu je acht, mit beige-weiß gestreiften Matratzen, die älteren mit Federkern und Rosshaarfüllung, die neueren aus Schaumstoff. An der einen Wand des Saals seien die Spinde gestanden, für jedes Kind einer, aus Blech, wie beim Militär. Sie fragt, was ein Spind sei, und ich sage, etwas für die Kleidung. Sie zeigt auf den Kleiderschrank und fragt: »So etwas?« Ich sage, im Prinzip ja, aber kleiner. »Noch kleiner?«, fragt sie, und ich sage, ja, noch kleiner, die Kinder hätten damals nicht so viele eigene Sachen gehabt. Die Leintücher seien weiß gewesen – man habe in die Ecken einen Knoten gemacht und sie über die Matratzen gespannt –, die Decken- und Polsterbezüge hell türkis mit feinen weißen Streifen. »Das ist fad«, sagt sie, sie selbst habe eine Hello-Kitty-, eine Mond- und Sterne- und eine Pocahontas-Bettwäsche. Pocahontas sei altmodisch, aber ihre Mutter sage, das mache nichts.

Der Bub habe das erste Bett in der zweiten Reihe gehabt, gleich neben der Tür, erzähle ich. Sie fragt, welcher Bub, und ich sage, Otto. »Ein komischer Name«, sagt sie. Ich sage, damals habe man den Kindern andere Namen gegeben als heute, vielleicht habe auch sein Vater Otto geheißen, oder es sei ihnen kein besserer Name eingefallen, denn in Ottos Familie hätte schon eine Handvoll Kinder gelebt. Der Bub sei in die erste Klasse Hauptschule gegangen, sei also ein wenig älter gewesen als sie. Eines Tages habe nach dem Unterricht ein Polizeiauto vor der Schule gehalten. Der Bub habe einsteigen müssen, und die anderen Schüler hätten gesagt, endlich, dafür, wie dreckig er sei, sei es hoch an der Zeit, dass man ihn einsperre. Er sei auf die Bezirkshauptmannschaft gebracht worden. Dort habe ihm die Sozialarbeiterin des Jugendamtes erzählt, der älteste seiner Brüder sei auf dem Polizeiwachzimmer aufgetaucht und habe erzählt, was sein Vater mit ihm und seinen Geschwistern mache, wenn er zornig oder betrunken sei. Die Sozialarbeiterin habe ihn, Otto, gefragt, ob er kurz sein Hemd hochziehen wolle. Sein Bruder habe das auch getan.

Das Mädchen schaut mich mit großen Augen an. »Und?«, fragt es. Er habe es gemacht, sage ich. Danach habe man den Buben ins Heim gebracht, einfach so und ohne noch einmal zu Hause vorbeizufahren. Im Heim habe man ihn gefragt, ob er Bettnässer sei. Er habe ratlos geschaut, daher habe man ihm erklärt, ein Bettnässer sei jemand, der nachts das Leintuch nass mache. Als er daraufhin den Kopf gesenkt und keine Antwort gegeben habe, habe man ihm das Bett gleich neben der Tür zugeteilt.

»Hat er es nass gemacht?«, fragt sie. Ich sage, ja, aber das sei nicht das Hauptproblem gewesen. »Sondern?«

Schon am zweiten Abend habe er versucht wegzulaufen, sei aber noch vor dem Tor des Heimgeländes von einem Erzieher eingefangen und zurückgebracht worden. Man habe ihm gleich den Kopf geschoren. »Wieso?«, fragt sie. Um ihm das Ausreißen schwerer zu machen, sage ich, ein Kind mit Glatzkopf falle überall auf. Es habe allerdings nichts genützt. Der Bub habe es schon wenige Tage später wieder probiert und danach wieder und wieder. Am Schluss habe er es geschafft, in Furth in einen Schnellzug zu steigen und bis nach Graz zu kommen. Danach – es habe sich um seinen sechsten Versuch gehandelt – sei der Einzug in Jerusalem beschlossen worden.

Sie schaut verwirrt. »Du kennst es vielleicht aus der Kirche oder aus dem Religionsunterricht«, sage ich, »Jesus auf dem Maultier und links und rechts die Leute, die Palmzweige schwenken und ihm zujubeln.« Sie nickt.

»Otto haben sie auch zugejubelt«, sage ich. Sie fragt, wer, welche Leute, und ich sage, die anderen Kinder. Sie hätten nach dem Abendessen im Mittelgang des Schlafsaals Aufstellung genommen und ein Spalier gebildet, links und rechts. Ob sie wisse, was ein Spalier sei. Sie nickt erneut. »Wie bei der Hochzeit«, sagt sie, und ich sage, ja, wie bei der Hochzeit. Jeder habe eine zirka zwei Meter lange Weidenrute in die Hand gedrückt bekommen. Jimi habe die Ruten am Tag zuvor zum Einweichen ins Hofbrunnenbecken gelegt gehabt. Jimi sei der Weidenrutenspezialist unter den Erziehern gewesen, Mannstein der Kommandant. Mannstein habe den Buben angewiesen, sich bis auf die Unterhose auszuziehen. Als der Bub nackt neben ihm gestanden sei, habe Mannstein einen Blick auf seine Schultern und seinen Rücken geworfen. Er habe eine Augenbraue hochgezogen, gegrinst und gesagt, es scheine so, als habe er mit gewissen Dingen schon ein wenig Erfahrung. Die beiden seien nebeneinander in der Schlafsaaltür gestanden, bis Jimi mit der Rutenverteilung fertig gewesen sei. »Ein Lied!«, habe Mannstein gerufen, und sie hätten alle ein fröhliches Lied angestimmt – »Ein Vogel wollte Hochzeit halten«. In diesem Moment habe Mannstein dem Buben einen Schubs gegeben. Der Bub sei nach vorn gestolpert, in das Weidenrutenspalier hinein. Mannstein habe gerufen: »Hände vors

Gesicht!«, und der Bub habe die Unterarme vor sein Gesicht gehoben. Nach zwei, drei Schritten seien die ersten Schläge auf ihn niedergesaust. Pro Strophe einmal hin und her, so sei es gewesen, sage ich, während der Strophenzeile in die eine Richtung, während des Refrains in die andere. Der Sperber, der Sperber, der war der Hochzeitswerber, fiderallala, fiderallala, fiderallalalala. »Die Gänse und die Anten«, sage ich. »Das war'n die Musikanten«, sagt sie. »Der Uhu, der Uhu«, sagt sie. »Der macht die Fensterläden zu«, sage ich.

Wir schweigen eine Weile, dann fragt sie, ob es ihm ein wenig Spaß gemacht habe. Ich sage, nein, es habe ihm gar keinen Spaß gemacht. Sie fragt noch, wie dick die Ruten waren. Ich sage, so dick wie ihre Finger. »Wie der kleine?«, fragt sie, und ich sage, ja, manche so dick wie der kleine. Sie betrachtet ihre Hände. »Wenigstens hat er aufgehört«, sagt sie schließlich. »Womit hat er aufgehört?«, frage ich. »Mit dem Weglaufen«, sagt sie. »Nein, hat er nicht«, sage ich. Sie schaut mich groß an. »Ist er tot?«, fragt sie. Ich sage, nein, er sei nicht tot, warum sie das glaube. »Einfach so«, sagt sie.

Ich erzähle, dass der Bub noch einige andere Dinge bekommen habe, die Decke zum Beispiel. Welche Decke, fragt sie, und ich sage, es sei im Grunde ganz ähnlich gewesen wie beim Einzug in Jerusalem: der Schlafsaal, der breite Mittelgang, die anderen in einem Kreis um den Buben. Er habe sich auf den Boden kauern müssen, die Arme um den Kopf gelegt. Die anderen hätten ein paar Decken über ihn geworfen, Mannstein habe das Kommando gegeben, und die anderen hätten mit den Fäusten auf ihn eingeprügelt. Manche hätten auch die Füße verwendet. Sie fragt, welches Lied sie gesungen hätten. Ich sage, dass ich nicht wisse, ob bei der Decke überhaupt gesungen worden sei. »Mannstein war der Oberste«, sagt sie.

Ich sage: »Nein, Mannstein war der Kommandant.« »Und wer war der Oberste?«, fragt sie. Ich sage: »Der Direktor.«

Ich stehe auf und sage, dass ich jetzt ihr Gedicht holen werde. Sie schaut an die Wand hinter mir. Das Gedicht, sage ich noch einmal, vielleicht habe sie es schon auswendig gelernt. Jetzt schaut sie mich an. »Wenigstens hat er nichts gesehen«, sagt sie. »Wer?«, frage ich. Der Bub, sagt sie, unter der Decke.

NEUN

Wenn die Sonne scheint, ist meine Schwester so richtig schön, denkt sie. Sie sitzt gegenüber vom Treppenaufgang zur Stiftskirche auf einer der halbrunden Bänke, die das Fremdenverkehrsamt dort unter den Linden platziert hat, und schaut zu, wie sich der Fronleichnamszug formiert. Stella steht mit den Kindern ihrer Klasse nahe an der Treppe. Sie trägt ein blassgrünes Kleid mit dunkelblauen Tupfen, blaugraue Pumps und eine Sonnenbrille, die sie sich erst vor kurzem gekauft hat. Die Spitzenärmel eines weißen Unterziehshirts bedecken ihre Arme. Es passieren Dinge im Leben, für die brauchst du Ärmel, sagt Stella manchmal, und wenn man sie fragt, was sie den Kindern in der Klasse erzählt, wenn sie neugierig sind, gibt sie keine Antwort. Jetzt schiebt sie den Mädchen die Stirnreifen zurecht, zupft an den Hemdkrägen der Buben herum und spricht zwischendurch mit der einen oder anderen Mutter. Sie ist in ständiger Bewegung und wirkt zugleich total routiniert. Meine Schwester geht mit ihren Schulkindern zur Fronleichnamsprozession, schläft mit einem Priester und liebt ihn vermutlich auch, denkt sie, ich kann mir aber nicht vorstellen, dass sie an Gott glaubt.

»Komm mit«, hat Stella zu ihr gesagt, »komm bitte mit, du musst auch gar nichts tun.« »Wofür brauchst du mich dann?«, hat sie gefragt, und Stella hat gesagt: »Du beruhigst mich. Es reicht, wenn du da bist.« Sie könne mit Kirche nichts anfangen, hat sie gesagt, weder mit der Institution noch mit Kirchen als Gebäude. Stella hat gesagt, das sei egal, es gehe einzig und allein um die Prozession, irgendetwas daran beunruhige sie. Es hänge höchstwahrscheinlich mit Elvira und der Sache mit der Entführung zusammen. Eine Klarinettenstunde und eine Fronleichnamsprozession hätten zwar nichts miteinander zu tun, aber trotzdem. Sie brauche nicht zu beten, nicht mitzusingen, nicht einmal besonders freundlich dreinzuschauen, sie solle einfach mit ihr gehen. »Was zieht man zu so etwas an?«, hat sie gefragt, Stella hat gesagt, etwas, womit sie dem lieben Gott gefallen wolle. Sie hat Stella den Vogel gezeigt, und sie haben beide gelacht.

Sie blickt sich um. Auf dem gesamten Areal – Kirchenvorplatz, Rathausplatz und Stiftsallee, so weit man sie einsehen kann – zählt sie sechs Polizisten. Am Beginn der Weyrer Straße, am hinteren Ende des Rathausplatzes und an der Stelle, an der die Sebastianstraße in die Stiftsallee mündet, stehen, jeweils zu dritt, Männer in schwarzen Uniformen, offenbar von einem privaten Sicherheitsdienst. Einen der Männer meint sie zu kennen, aus einer der Bürgerversammlungen, die seinerzeit gegen das *Come In* organisiert worden waren.

Die Musikkapelle, die sich auf dem Plateau oberhalb der Treppe zusammengedrängt hat, beginnt zu spielen. Im Kirchentor erscheinen erst die Ministranten, der erste mit einem silbernen Vortragekreuz, dann, getragen von vier Männern, der purpurne Tragehimmel, unter ihm, eine große goldene Monstranz in Händen, Clemens, der Abt, hinter ihm der Konvent. Sie erkennt Philipp, den dicken Mönch, der aussieht wie ein irischer Schafzüchter, Anselm, der perfekt Russisch spricht und von dem es heißt, er werde demnächst für ein Jahr nach Sankt Petersburg gehen, und Joseph. Ob Joseph seine Ohrhörer trägt, kann sie nicht sehen. Manchmal tue er es noch, erzählt Stella, manchmal höre er noch *Modern Times* oder *Highway 61 Revisited*, seine Bob-Dylan-Lieblingsalben. Zuletzt habe er einen ganzen Tag lang *Bird on the Wire* von Leonard Cohen gehört, auch während des Beichtdienstes, und als eine ältere Frau irritiert reagiert habe, habe er sie mithören lassen und gesagt, es gebe nichts, was einen direkter zu Gott führe.

Sie steht auf und überquert die Straße. Stella winkt, als sie sie kommen sieht, und Manuel, den sie aus dem Haushaltswarengeschäft seiner Eltern kennt, geht auf sie zu und sagt: »Hallo, Gina.« Sie sagt: »Hallo, Django«, wie immer. Sie lachen, obwohl sie beide keine Ahnung haben, wie es zu Gina und Django gekommen ist.

»Du bist hübsch«, flüstert ihr Stella zu. »Blödsinn!«, sagt sie. Stella sagt, doch, die Hose, die Bluse, beides neu, sie werde sie mit einem Mönch verkuppeln. »Mit dem rothaarigen«, sagt sie, und Stella sagt, leider nein, schwul, Stufe drei. »Stufe drei?«, fragt sie. Stella sagt, ja, das habe Joseph erfunden, in einer seiner manischen Phasen, aber das müsse ja niemand wissen. »Woher weißt du, dass meine Sachen neu sind?«, fragt sie. »Du bist meine Schwester«, sagt Stella, »ich weiß, wenn du etwas Neues trägst.« Sie gibt Stella einen winzigen Kuss auf die Wange. Zugleich denkt sie, dass auch Schwestern manchmal irren, dass sie diese wadenlange Hose aus taubengrauem Leinen und die weiße Bluse mit dem zarten Waffelmuster, die eigentlich ein Herrenhemd ist, im Secondhandladen gekauft hat und dass sie ihr das jetzt nicht sagen wird.

Sie blickt sich um zu den Erwachsenen, die hinter den Kindern in der Reihe stehen. »Wie ist die Stimmung?«, fragt sie.

»Was meinst du?«

»Unter den Eltern?« »Angst«, sagt Stella, »bei allen.« Entführung, Gewaltverbrechen oder Unfall – das sei im Grunde nicht so wichtig. Es sei immer die Angst vor dem einen Moment: »Es kommt jemand mit ernstem Gesicht bei der Tür herein und sagt: Sie ist tot.« Das tote Kind sei im Normalprogramm des Menschen nicht vorgesehen. Da helfe weder die Polizei noch A18. »Was ist A18?«, fragt sie. »Die schwarzen Typen mit den Kurzhaarfrisuren«, sagt Stella. Nach Bekanntwerden von Elviras Verschwinden habe Konrad Seihs kurzerhand den Sicherheitsdienst der *Burg* für die Prozession angefordert. Sie sind da, sie sind entschlossen, und sie kennen den Keim des Verbrechens. – So habe Seihs dem Konvent und den Medien gegenüber argumentiert. Joseph habe in der Konventsitzung gesagt, nur über seine Leiche, aber Clemens sei seinem Namen wieder einmal gerecht geworden – mild bis zum Abwinken. Zu Hause habe Joseph gemurmelt, ihm werde schon etwas einfallen, und sie habe ihn daraufhin gefragt, ob er vergessen habe, seine Medikamente zu nehmen. Das habe ihr auf der Stelle leidgetan.

Die Musik spielt ein Lied, das ihr bekannt vorkommt. Der Zug setzt sich langsam in Bewegung. »*Ein Haus voll Glorie schauet*«, sagt Stella. »Der totale Kitsch«, sagt sie. Ja, antwortet Stella, aber guter Kitsch.

Abgesehen von zwei Kondensstreifen, die nahezu parallel laufen, ist der Himmel wolkenlos. Mauersegler umkreisen kreischend die Türme der Stiftskirche. Man merkt, dass die Luft wärmer wird. Sie denkt an Malik, an den Dolch made in Pakistan, der eigentlich Hüssein gehört, daran, wie Malik von den Schwarzen erzählt hat, und daran, wie müde er gewesen ist.

Sie gehen die Weyrer Straße nach Osten, biegen in die Abt Reginald ein und folgen ihr bis zu ihrem Ende. Die Straßen sind gesäumt von jungen Birken. »Warum eigentlich Birken?«, fragt sie. Stella zuckt mit den Schultern. »Fronleichnam und Birken ist wie Ostern und Eier«, sagt sie.

Während sie durch die Seestraße ziehen, reden sie über den kommenden Schulschluss, über den Ehrgeiz gewisser Eltern, ihre Kinder unbedingt ins Gymnasium zu bringen, und über Stellas Abschied von ihrer Klasse. Das Verschwinden Elviras habe die Dinge angehalten wie bei einem Erstarrungszauber, so, als sei man in die große Pause gegangen, und danach sei die Glocke ausgefallen. »Was ist sie für ein Mädchen?«, fragt sie. Stella schaut ihr eine Sekunde lang direkt in die Augen. Dann sagt sie: »Ganz ehrlich: Ist das die Frage, die du mir stellen wolltest?« Sie schüttelt langsam den Kopf. »Nein, ist es nicht«, erwidert sie.

»Sondern?«

»Was war sie für ein Mädchen? Das wollte ich fragen.«

Auf dem Parkplatz vor der Sparkasse ist der erste Altar aufgebaut, ein Bild des auferstandenen Christus in pompösem Barockrahmen, rundherum Wolken von dunkelroten und rosafarbenen Pfingstrosen. Ein älterer Mann in Anzug und Krawatte liest etwas vor. Mikrophon und Lautsprecher sind schlecht abgestimmt, daher versteht man ihn kaum. Einer der älteren Ministranten dreht an den Tonreglern herum, danach kommt Clemens unter seinem Tragehimmel hervor, stellt die Monstranz auf den Altartisch und liest die Geschichte von der Speisung der Fünftausend.

Sie blickt sich um. Direkt neben dem Eingang der Sparkasse lehnt ein schlaksiger Polizist mit Brille. Wenige Häuser weiter, unter einem Erker mit Rundbogenfenster, stehen mit verschränkten Armen zwei der A18-Typen.

»Sie isst gern«, sagt Stella plötzlich, »Pizza, Eiscreme, süße Sachen.« Ansonsten sei sie ein ziemlich normales Mädchen. Sie liebe Pferde, Hello-Kitty-Zeugs und vierzehnjährige Internet-Stars, von denen Menschen der Generation davor sowieso keine Ahnung hätten. Ihre Mutter sei nett, das wisse sie aus den Lehrersprechstunden, ihr Vater sei nie zu Hause, und mit ihrem Großvater unternehme sie viel – Wanderungen, Radtouren, Städtereisen. Er lebe seit längerem allein und scheine den Kontakt zur Familie seiner Tochter ganz bewusst zu pflegen. »Manche Großväter tun das«, sagt sie. Stella wendet sich ab und sagt nichts mehr. »Was ist?«, fragt sie nach einer Weile. »Nichts«, sagt Stella. Sie fasst ihre Schwester am Oberarm. »Was ist los?«, fragt sie noch einmal. Stella schaut sie an. In ihrem Gesicht ist eine schmale, leere Traurigkeit. Bevor sie nachfragen kann, hebt Stella abwehrend die Hand. »Später«, sagt sie, »wenn es einmal passt.«

Ihre väterlichen Großeltern kommen ihr in den Sinn, die in derselben Straße gewohnt haben wie sie, die Großmutter, die in ihren letzten Jahren schwer parkinsonkrank war, und der Großvater, der das phasenweise ganz schlecht ausgehalten hat. Hin und wieder hat er sein Fernglas vom Haken genommen, bei ihnen geklingelt und Stella gefragt, ob sie ihn auf den Berg begleite. Stella hat gesagt: »Jagd ohne Gewehr«, und ist mitgegangen.

Wenn sie ein paar Stunden später zurückgekommen sind, haben sie von ihren Anblicken erzählt, von Rehen und Gämsen, von Auerhähnen und einmal von einem Steinbock. Sie betrachtet ihre Schwester von der Seite, die Sonnenbrille, das getupfte Kleid, die Spitzenärmel, und fragt sich, ob sie sich auch manchmal die Ohren zustöpselt und *Desolation Row* hört oder *Bird on the Wire*.

Der Erste, den sie sieht, ist der Dicke. Er trägt eine auf Falte gebügelte schwarze Hose mit Nadelstreif und ein weißes Hemd. Wie ein Monument, denkt sie. Fritz The Cat lehnt an ihm, in einem nachtblauen Anzug mit Metallglanz, rosafarbener Bluse und einer Krawatte mit wildem Blumenmuster. Direkt vor dem Eingang des *Come In* stehen Magdalena und Lisbeth, beide in Jeans und T-Shirt, unmittelbar neben ihnen, in einem goldfarbenen Plisseerock und einer schwarzen Lederjacke, Rosemarie. Was macht sie hier?, denkt sie, an einem Feiertag? Was tut sie mit meinen Leuten? Unmittelbar nachdem der geistliche Block mit Ministranten, Tragehimmel und Mönchen vorbei ist, gibt Rosemarie ein Zeichen, und die Jugendlichen reihen sich in die Prozession ein. Ein durchgeknallter Benediktinerpater verbündet sich mit unserer Supervisorin, denkt sie. Gemeinsam bringen sie ein paar genauso durchgeknallte Jugendliche dazu, beim Fronleichnamsumzug mitzugehen. Dass der Mönch zufällig der Geliebte meiner Schwester ist, tut nichts zur Sache. Sie stößt Stella mit dem Ellbogen an. »Hat dir Joseph etwas erzählt?«, fragt sie. Stella kapiert nicht gleich. »Wovon?« »Davon, dass er vorhat, meine Schützlinge in die Prozession einzuschleusen.« »Hat er nicht. Deine Schützlinge? Ich kenne die Leute nicht einmal«, sagt Stella. Sie beschließt, ihr zu glauben. »Er hätte Sozialarbeiter werden sollen«, sagt sie. »Egal, was – nur Benediktiner war falsch«, sagt Stella und grinst. Rosemarie ist neben dem Eingang des *Come In* stehen geblieben. Sie winkt ihnen zu, als sie vorbeigehen. Sie ist eine alte Rote, denkt sie, hört die Signale, Gemeinschaft ist wichtig, und die Kirche ist der Feind.

An der Abzweigung zu den Wohnhöfen der Alten Brauerei steht im Schatten einer vorspringenden Hausecke Kaiser Max. Als er sie sieht, dreht er sich um und verschwindet. »Warum schüttelst du den Kopf?«, fragt Stella. »Keine Ahnung«, sagt sie, »Kaiser Max – er ist wie ein Gespenst, eine halbe Sekunde da und im nächsten Augenblick weg.« Sie habe so ein Mädchen in der Klasse, sagt Stella, Friederike; über weite Strecken nehme man sie kaum wahr, dann sei sie plötzlich präsent wie nur was und sage allen, was richtig und was falsch sei. Sie sei überzeugt, dass man solche Gespenster brauche. Sie schüttelt immer noch den Kopf. »Sei mir nicht böse«, sagt sie, »aber Max ist einfach das verwöhnte Kind zweier Lehrer, selbstgewiss bis zum Abwinken und zugleich ständig darauf bedacht, wohlwollende Beurteilungen zu kriegen.« Warum er nach wie vor so regelmäßig ins *Come In* komme, wisse sie in Wahrheit nicht. Oft da und trotzdem immer am Rand, sagt sie. »Wie alt ist er?«, fragt Stella. »Siebzehn.«

Deinem Heiland, deinem Lehrer – eine Strophe nach der anderen. Dort, wo der Körnermarkt sich wieder verengt, ist die Akustik so gut, dass man jedes Wort versteht. Preis nach Kräften seine Würde, da kein Lobspruch, keine Zierde seiner Größe gleichen kann. Die drei Mädchen aus der dritten Klasse, die vor ihnen gehen, vergleichen ihre Kleider und Schuhe und lachen. Johanna Schimek, ihre Lehrerin, dreht sich um und findet die Sache offenbar nicht so lustig. Stella neigt sich zur Seite. »Sie ist fürchterlich«, sagt sie, »bis vor kurzem hat sie an Lichtnahrung geglaubt.« Lichtnahrung?, fragt sie. Stella sagt, ja, Lichtnahrung, und gleichzeitig habe sie ihr die Hälfte von ihrem Pausenbrot weggefressen, ganz sicher sei sie es gewesen.

Der Zug stockt, kommt schließlich ganz zum Stillstand.

An der Stelle, an der sich die Seestraße weitet, bevor sie an die Promenade stößt, befindet sich an der Auffahrt zum Hotel Weitzer der zweite Altar. Die Menschen reihen sich zu einem Bogen. Als die Männer an den Stangen des Tragehimmels im Pulk feststecken, tritt einer der A18-Typen vor und teilt die Menge mit seinen Armen. Clemens nickt ihm dankend zu. Der Himmel nimmt die Kurve und wird vor dem Altar abgestellt. Ein nächstes Christusbild, das Letzte Abendmahl. Seitlich davon gelbe und blaue Schwertlilien. Die Handglocken der Ministranten, das Weihrauchfass. Unser Lob soll laut erschallen und das Herz in Freuden wallen, denn der Tag hat sich genaht.

Der Mann in Schwarz steht mitten auf der freien Fläche zwischen Altar und Menge, offenbar zufrieden mit sich, zugleich unschlüssig. Er schaut zu seinen Kollegen an der kupferfarbenen Hoteltafel, lässt den Blick über die Leute im Halbrund streifen. Die Musikkapelle, die Geistlichen, der Dicke, Lisbeth, Magdalena. Der Mann trägt eine Sonnenbrille. Wie in einem Mafiafilm, denkt sie. Joseph tritt vor den Altar, hebt das Messbuch, öffnet es. In diesem Augenblick blüht an der kahl rasierten Schläfe des Mannes eine winzige Rose auf. Sein Kopf geht zur Seite wie nach einem Schlag. Der Mann versucht die Arme zu heben, taumelt, geht in die Knie und kippt schräg nach vorn. Leute schreien, ein Hund bellt. Sie denkt, dass sie keinen Schuss gehört hat. Ein Kind hinter ihr sagt: »Ich will heim.« Sie schaut nach links. Stella hat die Augen weit aufgerissen und sagt nichts.

Der Mann versucht den Oberkörper zu heben und kippt wieder nach vorn. Seine Sonnenbrille ist verrutscht, das ist gut zu erkennen. Joseph hält das Mikrophon in der Hand, hebt es zum Mund. Sie sieht den weißen Stöpsel in seinem Ohr.

Leonard Cohen, denkt sie. Evangelium unseres Herrn Jesus Christus nach Johannes. Amen, ich sage euch: Wer den Schafstall nicht durch die Tür betritt, sondern anderswo einsteigt, ist ein Dieb und ein Räuber.

Like a drunk in a midnight choir, denkt sie, das ist das Einzige, was mir jetzt einfällt.

ZEHN

Die Heckklappe wippte in letzter Zeit auffällig, wenn man sie hochhob, rauf runter rauf runter. »Irgendwann wird sie dir auf den Kopf knallen«, hatte Irene schon mehrmals gesagt. Es gebe einen schlimmeren Tod, als von der Heckklappe eines alten Volvo erschlagen zu werden, gab er zur Antwort.

Raffael Horn schob den bordeauxroten Cellokoffer in den Kofferraum, danach Irenes Reisegepäck. Sie stand daneben und beobachtete jeden seiner Handgriffe. »Keine Sorge, ich passe schon auf«, sagte er. »Ich weiß«, sagte sie.

»Warum schaust du dann so?«

Erstens schade es nichts, wenn man den Ehemann kontrolliere, sagte sie, und zweitens sei es nett, zu sehen, wie vorsichtig er mit den Dingen umgehe, die ihr viel bedeuteten. »Das nächste Mal machst du es selber«, sagte er. Sie warf ihm eine Kusshand zu.

Er schloss die Klappe. Danach lehnten sie nebeneinander am Auto und schauten in den Nachthimmel. »Welches Sternbild soll ich dir erklären?«, fragte sie nach einer Weile. »Die Ziege«, sagte er.

»Die Ziege?«

»Ja. Kennst du sie nicht?«

Sie schüttelte den Kopf. »Chinesisch«, sagte er, »oder den Tintenfisch.« Den kenne sie auch nicht. »Dann den Maulwurf«, sagte er. »Du kannst so was von blöd sein«, sagte sie.

Die Cellospielerin, sagte er, das sei sein Lieblingssternbild, vor allem die Ohren, jedes Ohr ein eigenes Sternchen. Sie boxte ihn in die Seite. Er fasste ihren Oberarm, neigte sich zu ihr und küsste sie. »Welcher Trottel hatte denn die Idee, um drei Uhr nachts abzufahren?«, fragte er. Reinhold Haberfellner, sagte sie, der junge Posaunist, der den Bus lenken werde. Seinem Onkel gehöre das Transportunternehmen, daher werde sie die Fahrt, abgesehen vom Treibstoff, auch nichts kosten. Ein Posaunist, der gern im Finsteren fährt, sagte er, und sie sagte, ja, im Übrigen ein ganz hervorragender Posaunist.

Auf der Uferstraße kamen ihnen zwei LKWs entgegen, ansonsten gab es keinen Verkehr. Der See lag spiegelglatt vor ihnen. »Susanne fährt jetzt doch mit«, sagte Irene. »Welche Susanne?«, fragte Horn. »Susanne Munch«, sagte sie, »unsere erste Klarinette.« Susanne sei die Instrumentallehrerin von Elvira Helbich. Die Entführung der Kleinen habe sie sehr mitgenommen, und sie habe überlegt, zu Hause zu bleiben. Das bringe das Mädchen auch nicht zurück, sagte Horn. Er finde es im Übrigen bemerkenswert, dass man mit einer derartigen Sicherheit von einer Entführung ausgehe. »Was meinst du?«, fragte sie. »Keine Ahnung«, sagte er.

»Du glaubst, sie ist tot, oder?«

Er wisse nicht, was er glauben solle, sagte er, das, was man spurlos nenne, erzeuge zwangsläufig ein ungutes Gefühl. »Ihr Ärzte denkt immer gleich an den Tod«, sagte sie. Er nickte und gab sonst keine Antwort.

»Wirst du die Blumen gießen?«, fragte Irene Horn, als sie auf den Stiftsparkplatz einbogen, »die Rhododendren, die Fuchsien, den Hibiskus?« Er zog erst die Augenbraue hoch, dann grinste er und sagte: »Nein, natürlich nicht.« »Entschuldige«, sagte sie, »aber ich muss diese Fragen stellen. Wirst du die Erdbeeren ernten?« »Ich werde die Erdbeeren verfaulen lassen«, sagte Horn, »ich werde darauf achten, dass die Blumen verdursten, vor allem die Fuchsien, die mag ich nicht, wie du weißt, und die Milch wird sauer werden, weil ich vergessen werde, sie in den Kühlschrank zu stellen.« Sie schaute ihn schuldbewusst von unten an. Jetzt sei sie beruhigt, sagte sie. Eins habe er vergessen, sagte er, »unseren Sohn werde ich verhungern lassen«, aber das sei ihr sicher klar gewesen. Das habe sie selbst schon mehrmals mit aller Kraft versucht – zumindest wenn man Tobias glaube –, sagte sie, und nie sei es ihr gelungen. Sie wisse nicht, von wem er die Fähigkeit habe, aber Tobias sei ein Meister der Selbstfürsorge.

Eine Gruppe von Leuten stand neben einem kleinen Mercedes-Bus mit abgedunkelten Scheiben. »Bitte, bleib nicht bis zur Abfahrt!«, sagte sie, bevor sie aus dem Volvo stiegen. »Warum nicht?« Das Gewinke sei ihr immer schon peinlich gewesen, sagte sie, und er sagte, sie benehme sich wie eine pubertierende Zwölfjährige.

»Was werdet ihr dort eigentlich spielen?«, fragte er, während er den Cellokoffer auslud. Vor allem Vivaldi, sagte sie, wie es sich in Italien gehöre, eine der Orchestersuiten von Bach, eventuell Haydn. Vivaldi sei doch auch Arzt gewesen, sagte er – wenn man seine Musik höre, sei der Tod gar nicht zu spüren. »Du spürst vielleicht den Tod nicht, wenn du Vivaldi hörst«, sagte sie. Nebstbei sei Vivaldi Priester gewesen und nicht Arzt. »Und wer von denen ist der Posaunist?«, fragte er halblaut. Irene zeigte auf einen untersetzten jungen Mann mit schwarzem Pferdeschwanz. »Da bin ich schon beruhigt«, sagte er. Wieso, fragte sie, und er sagte, weil der Mann garantiert nicht ihr Typ sei. Sie fragte, ob er dazu neige, sich von Posaunisten gefährdet zu fühlen, und er sagte, tendenziell fühle er sich von allen Männern gefährdet.

»Immer noch? Nach mehr als dreißig Jahren?«

»Ja, immer noch«, sagte er, wenn man sich für eine schöne Frau entschieden habe, höre das nie auf. Sie lachte und tupfte ihm mit dem Zeigefinger auf die Nase. »*Rigoletto* spielt in Mantua«, sagte er. »Woher weißt du das?«, fragte sie. »Ich habe nachgelesen«, sagte er, »die Geschichte eines traurigen alten Mannes.«

Sie gingen zum Bus, begrüßten die Leute und schoben Cello und Koffer ins Gepäckfach. »Legst du dich noch einmal ins Bett?«, fragte sie, nachdem sie einander zum Abschied umarmt hatten. Er blickte in Richtung See. Über der Kammwand war ein heller Dämmerungssaum zu sehen. »Ich glaube, ich werde auf den Berg gehen«, sagte er. »Um drei Uhr nachts?«, sagte sie, »du spinnst.« Ja, vielleicht, sagte er, andererseits sei es untertags dafür eindeutig zu heiß.

Eine Stunde später stieg Raffael Horn durch den Buchenwald oberhalb von Sankt Christoph bergan. Er hatte schon einiges an Höhe gewonnen und befand sich an jener Stelle, an der ein kleiner Felsrücken überstiegen werden musste, bevor es auf der anderen Seite in mäßiger Steigung weiterging. Auf einem schrofigen Vorsprung wuchsen ein verkrüppelter Ahornbaum und eine Schwarzkiefer. Horn mochte den Platz. Dort und da brauchte man ein wenig Kitsch im Leben. Seit einiger Zeit fühlte er sich alt genug, um sich dagegen nicht mehr wehren zu müssen.

Er war zum Bahnhof gefahren und hatte sich am Automaten eine Flasche Wasser und zwei Müsliriegel gekauft. Das musste reichen. Er hatte auf der Grazer Straße die Stadt verlassen und war nach ein paar Kilometern am Alten Mauthaus nach Westen abgebogen. Im Kammwandtunnel war ihm – unmittelbar vor der Ausfahrt – ein einziges Auto entgegengekommen. Er hatte die Kehren runter nach Sankt Christoph eher verhalten genommen, das Zentrum durchquert und war der Uferstraße in Richtung Mooshaim bis zu einem Reitstall gefolgt. Danach war er auf einem ausgewaschenen Güterweg nach Süden gefahren, hinein in den Ameringgraben, bis an einen Schranken mit Vorhängeschloss. Er hatte den Volvo neben einem Blechcontainer der Forstverwaltung abgestellt, den kleinen Rucksack, den er immer im Auto hatte, aus dem Kofferraum geholt und war losgegangen. Die Uhr hatte zehn vor vier gezeigt, und es war bereits so hell gewesen, dass er von Anfang an keine Taschenlampe gebraucht hatte.

Der Weg umging im Bogen eine sumpfige Mulde, überwand mittels einiger Kehren eine kurze Steilstufe, erreichte einen annähernd horizontal verlaufenden Rücken und führte auf dessen Scheitel zwischen alten Fichten bis an die Fläche einer aufgelassenen Alm. Horn setzte sich auf einen Baumstamm. Er schaute ins Tal und keuchte. Kaum ist meine Frau weg, mache ich Sachen, die ich sonst nicht mache, dachte er, außerdem gehe ich zu schnell. Er nahm einen Schluck aus der Wasserflasche. Eine Tannenmeise rief unentwegt, und die Baumwipfel am Waldrand begannen gelb aufzuleuchten. Er dachte an den jungen Posaunisten, der den Bus lenkte, an die feinen Äderchen, die sich in letzter Zeit auf Irenes Wangen zeigten, und an jenen Moment beim Sex, wenn sie auf ihm saß, die Augen schloss und zu summen begann. Er dachte daran, dass die Liebe im Lauf der Zeit nicht einfacher wurde, ganz im Gegenteil, dass sie nach dreißig Jahren sehnsuchtsvoller war und mehr wehtat denn je, und dass er jetzt schon spürte, wie es am Ende nur noch eins geben würde: die Angst, den anderen zu verlieren. Er dachte an Christina, die ohne Zweifel eine Frau zum Heiraten war, sich aber wegen ihrer Tochter Dolores auf rein sexuelle Beziehungen zu Röntgenassistenten und OP-Gehilfen mit unsicherem Leumund beschränkte, und an Leonie Wittmann, über deren Privatleben auch nach Jahren kaum etwas bekannt war. Manchmal erwähnte sie ihre Tochter, die Künstlerin war und in Hamburg lebte, und manchmal Schopenhauer, ihren Graupapagei. Über ihn hatte sie zuletzt erzählt, *Die Welt als Wille und Vorstellung* sei ihm inzwischen langweilig, daher habe sie begonnen, ihm Sigmund Freuds Persönlichkeitsmodell beizubringen. Der Satz »Wo Es war, soll Ich werden« scheine ihm gut zu gefallen. Schließlich dachte Horn an die Klosterschwester, von der Leonie Wittmann berichtet hatte, an die Verletzungen im Rachen, an die Panik und daran, dass die Frau gesagt hatte, sie habe genug. Mit neunzig darf man genug haben, dachte er, und dann dachte er, dass an der Geschichte etwas war, von dem einem übel wurde.

Er stieg im Zickzack zwischen Fichten und Lärchen bergauf, immer entlang einer schmalen Schneise, die man offenbar erst jüngst geschlagen hatte. Die Äste lagen noch zwischen den Strünken, die Stämme hatte man schon abtransportiert. Er drosselte das Tempo und achtete darauf, dass sein Puls nicht zu schnell wurde. Die beiden Male, die er mit Irene und den Söhnen da gewesen war, lagen ewig zurück. Irene hatte sich sehr geplagt, und Michael hatte überhaupt sofort gemeint, er finde es öd, mit den Eltern auf die Berge zu gehen. Ein Kolkrabe flog über seinem Kopf von Wipfel zu Wipfel und tat krächzend seinen Unmut kund. »Ist schon gut«, sagte Horn, »ich bleibe nicht lang.«

An der Kante zum Oberen Pfarrboden trat der Weg in die Sonne. Am Rand der freien Fläche bewegten sich äsend einige Gämsen. Sie hoben ihre Köpfe, als sie ihn wahrnahmen, ließen sich aber nicht wirklich stören. Er stand eine Weile da, betrachtete die Wiesen, die gelb waren von Trollblumen, und folgte einem seichten Hochtal, das zwischen Latschen und Krummerlen bis knapp unter den Kammscheitel führte. An einem Steinmann wandte sich der Pfad nach Westen, immer den Grat entlang. Geröll, Kalkblöcke, zwei, drei einfache Kletterstellen, dann war er oben.

Er schaute auf die Uhr. Zwanzig nach sechs. Die Morgenbesprechung um acht würde sich nicht ausgehen. Er holte sein Handy aus dem Rucksack. Christina hob ab. Er war überrascht. »Was machst du schon dort?«, fragte er. »Meine Leute beruhigen«, sagte sie.

»Wieso?«

»Wegen Benjamin.«

»Welcher Benjamin?«

Benjamin sei sechzehn und habe versucht, sich an einem der Kastanienbäume im Stadtpark zu erhängen, gewissermaßen in aller Öffentlichkeit, um elf Uhr abends. Glücklicherweise seien gerade Leute aus der Stiftstaverne gekommen; die hätten das Schlimmste verhindert und Rettung und Polizei geholt. An der Abteilung habe er sich von Anfang an ruhig und kooperativ verhalten, sodass nichts dagegen gesprochen habe, ihn einfach schlafen gehen zu lassen. Er habe zu Katja »Gute Nacht« gesagt, und als sie kurze Zeit später den Rums aus seinem Zimmer gehört habe, habe sie sich gedacht, es sei vielleicht der Sessel umgefallen. Sie habe jedenfalls beschlossen, nachzusehen, und bereits als sie versucht habe, die Tür zu öffnen, sei die Sache klar gewesen. Er habe aus der Kordel seiner Shorts eine Schlinge geknüpft, sie an der Türschnalle befestigt, sich um den Hals gelegt und sich reinfallen lassen. Die Hypoxie habe Gott sei Dank nicht lange gedauert, daher sei der junge Mann zwar bewusstlos gewesen, aber ohne Reanimation wieder zu sich gekommen. Da er sofort Anstalten gemacht habe, die Station zu verlassen, habe man ihn gurtenfixiert und intravenös sediert. Katja sei die Jüngste im Team und ziemlich durch den Wind. Sie sei hauptsächlich ihretwegen reingefahren. »Und Dolores?«, fragte er. Die habe sie mitgenommen, das sei kein Problem, sie möge es, wenn etwas los sei.

»Wissen seine Eltern schon von der Sache?«

»Benjamin Al-Sadek«, sagte Christina, »aus der *Burg*, ein unbegleiteter minderjähriger Flüchtling«, es gebe keine Eltern. »Spricht er Deutsch?«, fragte Horn. Sie habe keine Ahnung, sagte Christina, in der Nacht habe man nicht so viel mit ihm gesprochen, und jetzt schlafe er. Ein wenig Deutsch müsse er allerdings können, denn als man ihm im Zuge der Fixierung seinen Kapuzensweater ausgezogen habe, sei ein Blatt Papier zum Vorschein gekommen, das er sich mit Tixo vorn auf den Oberkörper geklebt gehabt habe. Darauf sei gestanden: »Hier nix gut. Benjamin.«

Horn dachte an ihre Versuche, in der *Burg* eine psychiatrische Versorgung der Jugendlichen aufzubauen, an die Sparsamkeit der Jugendwohlfahrt und den opportunistischen Widerstand der Politik. Vor allem dachte er daran, wie lustvoll die Vorstellung war, diesem Konrad Seihs einmal so richtig eine in die Fresse zu hauen.

»Kannst du heute vielleicht etwas früher kommen?«, fragte Christina. Genau das könne er leider nicht, sagte Horn.

»Wieso nicht? Wo bist du?«

»Auf der Kammwand«, sagte er, »ganz oben.«

Christina war ein, zwei Sekunden lang still. »Du spinnst«, sagte sie schließlich. »Das habe ich heute schon einmal gehört«, sagte Horn.

Ich stinke, dachte Raffael Horn, als er zwei Stunden später sein Büro betrat. Er rief Christina an: »Ich bin da. Wie dringend ist es?« »Er liegt in den Gurten und schläft. Wieso?« »Duschen oder nicht duschen?«, fragte er. Sie lachte. Männer, die duschen wollten, dürfe man nicht daran hindern, sagte sie.

»Soll ich dir ein frisches Hemd bringen?«

»Woher hast du ein frisches Hemd?«

»Wie du weißt, werde ich ständig von Männern gefragt, ob sie duschen sollen oder nicht«, sagte sie, »Large ist okay, oder?«

Large sei okay, sagte er, Personaldusche, in einer Viertelstunde.

Er stellte auf vierzig Grad und ließ einfach laufen. Warm war am besten für strapaziertes Gehwerkzeug. Er war flott abgestiegen, nicht mehr. Jetzt spürte er jeden Muskel. Er war einer Rehgeiß begegnet, einer Kreuzotter und noch einmal dem missmutigen Kolkraben. Er hatte sich gefragt, ob Tobias irgendwann einmal mit ihm auf die Kammwand steigen würde oder nicht. Dann waren ihm die mit Beton verfüllten Löcher hinter der Scheune eingefallen, und er war sich nicht mehr sicher, ob er sich das tatsächlich wünschte.

Er schickte sich an, in die Hose zu schlüpfen, als es klopfte. »Es ist offen«, rief er. Die Tür ging einen Spaltbreit auf. Ein frisch gebügeltes, blau-weiß kariertes Hemd wurde hochkant durchgesteckt. »Du kannst reinkommen«, sagte er, »ich bin nicht mehr nackt. Außerdem würde ich sowieso nur dich nehmen, wenn ich nicht schon verheiratet wäre.« Das Hemd blieb, wo es war. »Was ist?«, fragte er. Keine Reaktion. »Christina?« Er ging zur Tür und zog sie ganz auf. Dolores stand da, den Blick zu Boden gerichtet. »Danke, Dolores«, sagte er und nahm ihr das Hemd ab, »du kannst mich anschauen, du kennst mich doch.« Dolores rührte sich nicht. Schließlich hob sie ein wenig den Kopf. »Meine Mutter würde dich nicht nehmen«, sagte sie. Dann ging sie.

Christina grinste, als er auf die Station kam. Er hob abwehrend die Hand. »Sag nichts! Und danke für das Hemd.« »Gern geschehen«, sagte sie. Dolores saß in der hintersten Ecke des Sozialraums, spielte auf ihrem Tablet und würdigte ihn keines Blicks. »Muss sie nicht zur Schule?«, fragte er. »Sie ist Integrationskind und beginnt am Freitag erst um zehn«, sagte Christina. »Du hast eine sehr kompetente Tochter«, sagte er. Christina lächelte und erwiderte nichts.

Katja war verheult, Flora Altenburg ebenso. Thomas versuchte Professionalität auszustrahlen. Das tat er in Krisenbesprechungen immer. Horn fragte Katja, ob sie nicht überlegt habe, nach dem Nachtdienst nach Hause zu gehen. Sie verneinte heftig. Allein würde sie diese Sache gar nicht mehr aus dem Kopf kriegen, sagte sie. Das Ganze laufe in ihr immer noch wie ein Film in Dauerschleife. Zuerst der Widerstand an der Tür, beim Aufdrücken das Schleifgeräusch auf dem Boden, wie von einem Sack, und dann dieses Bild: der im Bogen dahängende Körper, eigentlich mehr liegend als hängend, klein und schmächtig. Die Beine verdreht, ein Arm unter dem Becken, der Hals ganz lang, die Augen geschlossen, die Unterlippe nach vorn gewölbt, irgendwie trotzig, die Haut graubraun, als wäre es ein Standbild. »Trotzig«, wiederholte Horn.

Ja, trotzig und tot, sagte Katja, so habe er ausgesehen. Sie habe natürlich intuitiv das Falsche getan und versucht, ihn hochzuheben. Erst als das nicht geklappt habe, sei ihr die Verbandsschere eingefallen, die sie nach der Wundkontrolle bei Conny, der neuen Selbstverletzerin, noch in der Gesäßtasche stecken gehabt habe. Ab da sei es schnell gegangen. Die Kordel habe sich zwar schon ziemlich fest zugezogen gehabt, sich aber trotzdem problemlos entfernen lassen. Flora sei gefühlte zehn Sekunden später da gewesen, da habe er aber schon wieder spontan geatmet. »Spontan?«, fragte Horn. »Fast spontan«, sagte Katja. Horn runzelte die Stirn. Katja richtete den Blick gegen die Decke. Horn sah, wie ihr Tränen in die Augen stiegen. »Ich verstehe«, sagte er. Sie schüttelte den Kopf. Sie wisse, es sei total blöd gewesen, aber sie habe reagiert wie im Film. »Sie meinen: eine links, eine rechts?«, fragte Horn. Katja nickte. »Er hat wieder geatmet«, sagte Thomas, »das ist die Hauptsache.« Herzmassage, Tubus in der Luftröhre, ausgebrochene Schneidezähne – all das habe sie ihm erspart. Katja schaute Christina direkt ins Gesicht. Wie er da an der Tür gehangen sei, sagte sie, im Bogen – er habe ausgesehen wie ein Kind.

Benjamin frühstückte, als sie in den Wohnraum der Akutgruppe kamen. Er hatte kurzes schwarzes Haar und einen wachsamen Blick. Günther saß bei ihm am Tisch. Benjamin habe gesagt: »Hungry«, da habe er die Gurten geöffnet. Wer »hungry« sage, wolle sich nicht umbringen. Er esse tatsächlich so, als habe er tagelang nichts bekommen, vor allem Käsebrote, eins nach dem anderen. Sie seien übrigens gerade Freunde geworden. »Das geht aber schnell«, sagte Thomas. »Fußball«, sagte Günther. Er nenne einen Spieler, Trainer oder Club, und jeder von ihnen tue seine Meinung kund. »Auf Deutsch oder Englisch?«, fragte Thomas. Per Daumen, sagte Günther, rauf, quer, runter, das sei ganz einfach. Da sie sich in der wichtigsten Frage sofort einig gewesen seien, seien sie jetzt Freunde. »Lionel Messi? Oder Cristiano Ronaldo?«, fragte Thomas. »Nein, Bayern München,« sagte Günther, und beide streckten lachend den Daumen nach unten. Sonst sei es sprachlich schwieriger. Immerhin sei klar geworden, dass Benjamin aus Aleppo in Syrien komme und nichts mehr habe, kein Haus, keinen Vater, keine Mutter, keine Schwester, keine Brüder. »Alle tot, alle kaputt«, habe er gesagt und die Geste des Kehledurchschneidens gemacht. Wenn man mehr wissen wolle, brauche man seiner Einschätzung nach einen Dolmetsch, sagte Günther. Wäre Leonie Wittmann jetzt da, dachte Horn, würde sie sagen: Alle tot, alle kaputt – ich muss nicht mehr wissen. »Sie macht den Konsiliardienst«, sagte Christina von hinten. Horn presste die Zähne aufeinander. Jetzt geht das wieder los, dachte er. Syrien, Arabisch – da werde man am besten Moussaidi, den Röntgenassistenten, bitten, sagte er, das gehe rascher und sei billiger als ein Termin mit dem Videodolmetsch. Benjamin stellte seine Teetasse abrupt ab und hob den Kopf. »Dolmetsch nein«, sagte er, »I want to talk to you in English.« Günther riss die Augen auf. »Warum sagst du das nicht gleich?« »Die Kameltreiberfalle«, sagte Horn. »Die was?« Kameltreiber, Mufti – als Europäer neige man in offenbar kaum korrigierbarer Weise dazu, alles, was südlich des Mittelmeers liege, für primitiv zu halten. »I am not a Mufti«, sagte Benjamin. »Sorry, I didn't mean you«, sagte Horn. Englisch sei eine hervorragende Idee, er habe da gleich eine Frage, die für das weitere Vorgehen sehr wichtig sei. »Did you really want to die?« Der junge Mann schaute ihn verständnislos an, dann lächelte er. »First I tried to hang myself on the chestnut tree and afterwards on the door buckle. Why do you doubt that I really wanted to die?«

»I don't doubt, I just have to ask«, sagte Horn. Benjamin lächelte nach wie vor. »Weird country«, sagte er, »no doubt, no help, no work, always just have to ask.«

Benjamin erzählte davon, wie vier, fünf Regierungssoldaten zu ihnen ins Haus gekommen seien, seinen Vater und Hakim, den ältesten der drei Söhne, am Küchentisch erschossen hätten und wieder verschwunden seien, ohne ein Wort zu sagen. Er erzählte davon, wie er, während neben ihm sein Bruder gestorben sei, dem Anführer der Soldaten in die Augen geschaut und diese Art von Augen sich ihm auf ewig eingebrannt habe. Drei Monate danach sei er am Nachmittag von der Schule nach Hause gekommen, und dort, wo ihr Haus stehen hätte sollen, sei nichts als ein großer Schutthaufen gewesen. »One rocket, no more family«, sagte er, »no more Roya, mother, no more Djamila, younger sister, no more Said, younger brother.« Er erzählte davon, dass er keine andere Wahl gehabt habe als wegzugehen. Er erzählte von den vier Monaten, die es gedauert habe, bis er in Sizilien gelandet sei, und davon, wie er sich in Bozen oben auf einen Containerwaggon gelegt habe und in Innsbruck wieder runtergeklettert sei. Ja, er habe gewusst, dass das gefährlich sei, aber es habe ihm noch niemand erklären können, welche Bedeutung das Wort *gefährlich* für ihn besitzen solle.

»You are really brave«, sagte Horn, weil ihm nichts Besseres einfiel. »No, I'm not brave«, sagte Benjamin, »animals are not brave, animals try to survive. I'm empty, nothing left inside myself, just an animal trying to survive.«

Keiner sagte etwas. Benjamin biss in sein Käsebrot. Irgendetwas müsse passiert sein, sagte Horn schließlich, irgendeinen Grund müsse es geben, weshalb er plötzlich nicht mehr habe leben wollen. Benjamin blickte sich um. »Where is my hoodie?«, fragte er. »In your room«, sagte Günther. Benjamin erhob sich, verließ den Raum und kam nach wenigen Sekunden mit seiner grauen Kapuzenjacke zurück. Er zippte die kleine Innentasche auf, holte eine Handvoll Kartonschnipsel heraus, legte sie auf den Tisch und begann sie zu ordnen. Alle traten langsam näher und beugten sich über ihn. »Ein Foto«, sagte Thomas. Benjamin nickte. »My family«, sagte er, »Ibrahim, father, Roya, mother, Hakim, elder brother, Said, younger brother, Djamila, sister, and me. In the garden of our house.« Ein Schnipsel fehlte. »Hakim's left arm is missing«, sagte er. Dann erzählte er davon, wie die Polizei und die Black Guys aufgetaucht seien und alles durchsucht hätten und wie am Schluss der eine schwarze Mann das Foto vom Spind genommen und zerrissen habe. »He said *schlechtes Foto*«, sagte Benjamin und lächelte, »from this moment the animal didn't try to survive anymore.« Christina trat neben Benjamin und legte ihre Hände mit abgespreizten Daumen so auf den Tisch, dass sie eine Art Rahmen um das Foto bildeten. »We'll fix it with a tape«, sagte sie, »or stick it on a piece of cardboard.« Benjamin nickte.

Horn erklärte dem jungen Mann das Verfahren entsprechend dem Unterbringungsgesetz, das nach den beiden Selbstmordversuchen und der Fixierung im Gurtenbett unumgänglich sei, ferner, dass es von ihm und seiner Bereitschaft, am therapeutischen Programm teilzunehmen, abhängen werde, wie rasch der Aufenthalt nicht mehr unter Zwangsbedingungen ablaufen müsse. Vor Tabletten brauche er sich nicht zu fürchten, eine Dauermedikation sei vorerst nicht angezeigt. Um seinen Asylstatus und um die Kontakte zum Jugendamt und zur *Burg* werde sich Frau Mutz, die Sozialarbeiterin, kümmern. Benjamin sprang auf. »I don't want you to talk to the *Burg*«, rief er, »they are traitors, all of them!« »Okay, okay!« Horn versuchte ihn zu beruhigen. Er müsse mit niemandem reden, mit dem er es nicht wolle. Ob es vielleicht Freunde gebe, denen man mitteilen sollte, wo er momentan sei. Benjamin überlegte. Nein, richtige Freunde habe er nicht, höchstens seine Zimmerkollegen, die seien in Ordnung, und er habe auch nichts dagegen, sollten sie auf Besuch kommen. »Can you give me their names?«, fragte Horn und zückte seinen Stift. »Hüssein«, sagte Benjamin, »but I'm afraid he is in prison. He called one of the Black Guys a Nazi and was taken away. And Malik, my second roommate. He is the one who took Hüsseins dagger to hide it.« Malik, dachte Horn, bitte nicht dieser Malik! Warum *bitte nicht,* fragte Benjamin, der Dolch sei made in Pakistan und just for decoration, Malik habe ihn trotzdem versteckt, zur Sicherheit. Horn schluckte. Hauptsache, der Dolch werde nicht an die Abteilung gebracht, sagte er. »Waffenverbot«, sagte Benjamin, er kenne das.

»Can you tell me who those Black Guys are?«, fragte Horn am Schluss. Benjamin schaute überrascht. »A18«, sagte er, »private security. They look like SS, they behave like SS and they have those SS eyes, just like the man who killed my father.«

Auf dem Weg ins Sekretariat begegnete er Vessy, die gerade mit einer Patientengruppe aus dem Bewegungsraum kam. Die stämmige Schwester mit dem runden Gesicht war über die Jahre zu einer der tragenden Säulen des Teams geworden. In dem kleinen Dorf am Ural, in dem sie aufgewachsen sei, habe sie gelernt, Vertrauen in die Lebenskräfte des Menschen zu haben, pflegte sie zu sagen, und Horn sagte, wenn man von ihr auf den Zustand der russischen Psychiatrie schließen könne, müssten dort umwerfende Dinge passieren. Außerdem sagte er, sie solle bitte niemals aufhören, diesen wunderbaren Begriff *Lebenskräfte* zu verwenden. Sie stellte das Netz mit Gymnastikbällen, das sie bei sich hatte, auf den Boden. »Alle wissen es, und alle reden davon«, sagte sie. »Wovon?«, fragte Horn. »Von Benjamin und seinen Suizidversuchen«, sagte Vessy. »Und was sagen sie?«, fragte Horn. »Das Erwartbare«, sagte sie und grinste verstohlen, »die Mütter wollen ihn retten, die Töchter wollen ihn nackt sehen, und die Väter wollen ihn zurückschicken.« Nur Eugen Wild falle ein wenig aus der Reihe. Er habe irgendwie verträumt geschaut und lediglich gesagt: »Jaja, das gute alte Erhängen.«

Horn dachte an die Vokabeln, die die Psychiatrie verwendete, an Selbstgefährdung, an Traumatisierung und an Suizidalität, und er dachte daran, dass es in Wahrheit um ganz einfache Dinge ging, um den Verlust derjenigen, die man liebte, um das gute alte Erhängen und um die Kälte im Auge des anderen. Oder um Lebenskräfte. Aber etwas so Positives sagte man sowieso nicht gerne.

Andrea Emler fing ihn in der Tür ab. Sabine Frey, die Direktorin der Volksschule, habe angerufen. Sie wünsche sich, dass er in die Klasse der abgängigen Elvira Helbich komme und mit den Kindern spreche. Alle seien überfordert, die Klassenlehrerin, die Kinder, sie selbst. Elviras Mitschüler seien voller wilder Phantasien, und sie wisse, dass niemand so gut damit umgehen könne wie ein Kinderpsychiater. Horn verdrehte die Augen. Das System Schule und sein Krisenmanagement, dachte er, abwehren, auslagern und selbst stur beim

Einzelkämpfertum bleiben. Das sehe sie genauso, sagte Andrea Emler, trotzdem habe Frau Frey am Telefon ziemlich arm geklungen. »Arm bin ich selbst«, sagte Horn. »Und wie«, sagte Andrea Emler, »Leonie hat übrigens auch angerufen.« Es gehe um eine Übernahme. »Wir haben kein Bett«, sagte Horn. Deswegen habe Leonie Wittmann gemeint, es sei überhaupt das Klügste, wenn er sich die Sache vor Ort ansehe. »Die Sache«, wiederholte Horn. Ein Mann, auf der Unfall, U14, Zimmer sechs. Er scheine ziemlich von der Rolle zu sein. U14, sagte Horn – vermutlich sei er vom Apfelbaum gefallen. Wie er darauf komme, fragte Andrea Emler. Die reine Intuition, sagte Horn.

Leonie Wittmann stand auf dem Gang und schaute auf den See hinaus. »Schöner Blick«, sagte sie, »danke, dass du kommst.« Jakob Wenzel, berichtete sie, Mitte siebzig, allein lebend, Spiegeltrinker, ab und zu ein Exzess. Sie kenne den Mann seit Jahren aus der Ambulanz. »Wofür brauchst du mich dann?«, fragte Horn. Sie zuckte mit den Schultern. Es gebe Situationen, sagte sie, da habe man das Gefühl, als sei der feste Boden, auf dem man zu gehen meine, plötzlich nur Trug und Täuschung, eine Schicht Sand auf glattem Eis oder eine dünne Kruste über einem Schlammloch. Dafür brauche sie ihn. »Du meinst, es fühlt sich komisch an«, sagte Horn. Sie nickte. So könne man es auch sagen. Der Mann sei am späten Abend auf einem Rasenstück neben der Uferpromenade gefunden worden, heftig betrunken, Gesicht und Schädel blutüberströmt. Die Sanitäter, die ihn erstversorgt hätten, seien anfangs von einer der typischen Gesichts- oder Hinterkopfverletzungen bei atonischem Sturz ausgegangen, dann aber erschrocken. Auf den ersten Blick habe es nämlich ausgesehen, als habe jemand den Schädel des Mannes von vorn nach hinten gespalten, mit einer Axt oder einer Machete. Erst bei näherer Betrachtung in der Notversorgung sei klar geworden, dass der Knochen intakt sei und es sich um eine reine Verletzung der Kopfschwarte handle. »Er hat sich die Kopfhaut aufgeschnitten«, sagte Horn. Leonie Wittmann schaute verwundert. »Er sich?«, fragte sie, »ein anderer ihm, würde ich sagen.«

»Du meinst, als wollte ihn jemand …«

»Skalpieren«, sagte sie, »irgendwie so.« Der Mann sei jedenfalls zusätzlich zu seinem beginnenden Entzugsdelir so voller Angst, dass er an der Psychiatrie mit Sicherheit besser aufgehoben sei als in einem Zimmer mit anderen Kopfverletzten. »Willst du ihn sehen?«, fragte sie. »Jetzt, wo ich da bin«, sagte er.

Der Mann war groß, mager, hatte einen schütteren grauen Vollbart und trug einen turbanartigen Kopfverband. Er saß quer im Bett und nestelte an der Decke. Als Horn und Leonie Wittmann sich ihm näherten, riss er panisch die Augen auf, begann zu wimmern und versuchte aufzustehen. Horn legte ihm die Hand auf den Unterarm. »Beruhigen Sie sich, Herr Wenzel«, sagte Horn. »Nein«, sagte der Mann, »nein.«

»Gib Ruhe, Jimi!« Jakob Wenzels Bettnachbar legte die Zeitung beiseite und richtete sich auf. Er war vielleicht halb so alt und trug ebenfalls einen Kopfverband. »Jimi?«, fragte Horn. Ja, er sei immer schon Jimi genannt worden, mit einem m und zweimal i, nach Jimi Hendrix. Früher habe er angeblich tatsächlich Gitarre gespielt. Das gehe jetzt nicht mehr. Der Mann machte die Geste des Trinkens. Wenn Jimi den richtigen Spiegel habe, rede er ganz normal. Seines Erachtens brauche er lediglich ein paar Gläser Schnaps, dann sei die Verwirrung weg und die Angst auch. »Wovor haben Sie Angst, Jimi?«, fragte Horn. Jakob Wenzel wimmerte weiter und gab keine Antwort. »Vor allem und jedem«, sagte sein Bettnachbar. Schnaps plus eine über die Rübe sei eine ungesunde Kombination. In der Nacht habe er stundenlang nur »Nein, nein!« geschrien, manchmal auch »Nein, nicht den Siegelring!«, aber da sei er sich nicht sicher. »Nicht den Siegelring?«, fragte Horn. Der Mann sagte, ja, so habe es geklungen, beschwören könne er es allerdings nicht, er sei selbst noch zu benebelt gewesen. »Was ist Ihnen eigentlich passiert?«, fragte Horn und zeigte auf seinen Kopf. »Ein Attentat«, sagte der Mann und lächelte säuerlich. Ein Sprung in der Schläfenbeinschuppe, eine Gehirnerschütterung. Irgendetwas sei gegen seinen Kopf geprallt, das sei das Einzige, was man wisse.

Horn griff zu seinem Telefon und gab auf der Station Bescheid, dass sie Jakob Wenzel übernehmen würden. »Haben wir doch ein Bett?«, fragte Leonie Wittmann. Noch nicht, sagte Horn, aber er habe die Absicht, Eugen Wild zu entlassen. »Wieso Wild?«, fragte sie. Wegen der Suizidantenregel, sagte Horn. Welche der vielen Suizidantenregeln, fragte Leonie Wittmann, und er sagte, die, wonach einen bei Erreichen einer kritischen Masse an Suizidanten nur die Reduktion derselben vor einem Selbstmord an der Station bewahre. »Klingt gut«, sagte sie. »Hab ich grad erfunden«, gab er zur Antwort.

»Sie werden heute eine ruhigere Nacht haben«, sagte Horn zu Jakob Wenzels Bettnachbarn, als sie sich verabschiedeten. Da sei er sich ganz sicher, sagte der Mann, er habe nämlich vor, nach Hause zu gehen. »Was sagen die Ärzte?«, fragte Horn. Das sei ihm egal, sagte der Mann.

Als sie das Zimmer verließen, nahm Raffael Horn im Augenwinkel die schwarze Jacke wahr, die über einem Kleiderbügel an der Garderobe hing. Auf der linken Brustseite war ein Wappen aufgenäht. Es zeigte eine stilisierte Tanne und einen Turm.

Horn stieg aus dem Auto und lauschte. Diesmal keine Mischmaschine, dachte er, diesmal Kettensäge. Er spürte, wie er sauer wurde. Ich bin um zwei Uhr nachts aufgestanden, dachte er, eigentlich möchte ich mich hinlegen. Langsam ging er nach vorn ans Ende der Scheune. Er blieb stehen und schaute. Von jedem der beiden Betonfundamente ragte ein Kiefernstamm in die Höhe, der scheunennähere leicht nach Osten geneigt, der andere nach Westen. Die Stämme waren offenbar unten schräg abgeschnitten, auf verzinkten Riffelblechplatten montiert und mittels derselben im Beton verschraubt worden. Auf den Stämmen waren mit weißer Kreide Längslinien gezogen worden, von einem Ende zum anderen, achsenparallel, in Abständen von vielleicht fünf Zentimetern. Tobias stand am scheunennäheren Stamm und schnitt mit der Kettensäge entlang der Linien keilförmige Furchen in den Stamm. Malik saß in der Wiese und schaute zu. Als Tobias seinen Vater sah, stellte er den Motor ab. »Keine Handschuhe, kein Gehörschutz, typisch«, sagte Horn und trat näher. Tobias senkte das Schwert der Kettensäge. »Gefällt es dir?«, fragte er. Horn strich mit Daumen und Zeigefinger die Furchen entlang. »Du hast Löcher in meine Wiese gegraben und sie mit Beton gefüllt«, sagte Horn. »Weiß ich«, sagte Tobias.

»Daher sage ich es ungern: Irgendwie gefällt es mir.«

»*Last Men Standing*«, sagte Tobias. »Ist das nicht ein Film?«, fragte Horn. Er habe keine Ahnung, sagte Tobias, das sei jedenfalls der Titel seiner Installation. Die letzten beiden Aufrechten, sagte Horn, und Tobias sagte, ja, so in der Art.

»Was machst du damit?«, fragte Horn. Fotografieren und einreichen, sagte Tobias.

»Einreichen, wo?«

»An Kunst-Unis. Berlin, London, New York, Wien.«

»Du hast einen Knall«, sagte Horn. Das mache nichts, denn dafür habe er ja bekanntlich ihn, antwortete Tobias und grinste.

Malik hatte sich erhoben und war herangekommen. »Was ist dein Freund jetzt eigentlich? Assistent? Lehrer? Berater?«, fragte Horn. Tobias zuckte mit den Schultern. Ein winziges Lächeln ging über Maliks Gesicht. »Ideologiecoach, könnte man vielleicht sagen«, sagte er. Ein Ideologiecoach mit einem Dolch made in Pakistan, dachte Horn. »Woher weißt du das schon wieder?«, fragte Tobias. Jetzt zuckte Horn mit den Schultern.

Er holte sich eine Dose Bier aus dem Kühlschrank und setzte sich unter den Sonnenschirm. Er dachte an Jugendliche, die alles hatten, und an solche, die alles verloren hatten. Er fragte sich, ob Irene schon angekommen war, und beschloss, ihr später ein Foto von Tobias' Baumstämmen zu schicken.

Als er ausgetrunken hatte, ging er hinters Haus zum Müllcontainer, um die Bierdose wegzuwerfen. Er hob den Deckel. Ein schwarzer Plastiksack füllte den oberen Bereich. Er zog den Sack hoch und warf einen Blick hinein. Spraydosen. Er nahm eine raus. Minneapolis Premium Graffiti Spray. Die Farbe Pink.

ELF

Wenn Mauritz tobte, war das ergiebig. Hundertfünfzig Kilogramm in Aufruhr. Was das Absperrband hier zu suchen habe – das sei so etwas von lächerlich. Was das Ganze überhaupt sein solle? Ein Tatort, von oben angeordnet? Eine angeordnete Spurensicherung – an einem Platz, über den am Vortag dic Fronleichnamsprozession und danach noch stundenlang die Touristen marschiert seien? Oder vielleicht ein angeordneter Lokalaugenschein? Mit den Benediktinern als Zeugen? Am besten zuallererst mit Joseph Bauer, der genau während des Vorfalls das Evangelium gelesen und ziemlich sicher Bob Dylan gehört habe!?

»Ich liebe ihn«, flüsterte Sabine Wieck Ludwig Kovacs zu. »Wer liebt ihn nicht? Schau ihn dir an. Sogar ich liebe ihn ab und zu«, sagte Kovacs und grinste.

Sie standen unter der alten Platane am Beginn der Auffahrt zum Hotel Weitzer, vier Leute von der Kriminalpolizei und acht Uniformierte. Philipp Eyltz schritt vor ihnen auf und ab. »Sind Sie fertig?«, fragte er Mauritz. Nein, sagte Mauritz, aber auch wenn es vielleicht nicht so wirke, sei er jederzeit in der Lage, zu unterbrechen. Gut, sagte Eyltz, die Stadt werde es ihm danken. Man könne ihm, Eyltz, natürlich Alarmismus vorwerfen, aber im Prinzip habe der Herr Landesrat schon recht, wenn er davon spreche, dass die Zeichen einer echten Destabilisierung unübersehbar seien. Rassistische Schmierereien, Attacken gegen Sicherheitspersonal im Asylantenheim, die Entführung eines Kindes und jetzt der Anschlag gegen die Fronleichnamsprozession – wie solle man das sonst nennen. »Er redet wie der Polizeichef in *SOKO irgendwas*«, sagte Eleonore Bitterle. Er sei auch immer so angezogen, sagte Kovacs, Cordhosen, auch im Sommer, blaue Hemden mit weißen Krägen, Tweedsakkos, die vermutlich nach Mottenkugeln stinken. Er erwarte konzentrierte Arbeit, und er erwarte, dass jeder Vorfall ernst genommen werde, sagte Eyltz. Am Vortag sei ein Mann beinahe ums Leben gekommen, und man wisse bis jetzt gar nichts. Das sei schlichtweg inakzeptabel. »Ich kann schwarze Uniformen auch nicht ausstehen«, sagte Mauritz halblaut, »ich habe nur leider nicht immer einen Stein zur Hand.« Wieso Stein, fragte Sabine Wieck, und Mauritz sagte, ein Jugendlicher, ein frustrierter Ministrant zum Beispiel, oder einer, der nicht denkt, nimmt einen Stein, wirft und trifft das einzige Mal in seinem Leben – wie sonst solle es gewesen sein. Vermutlich hat er recht, dachte Kovacs, vermutlich war es so einfach. Er schaute sich um. Die beiden Häuser gegenüber der Hotelauffahrt. Die Fenster, aus denen man hätte schießen können, mit einem Luftdruckgewehr zum Beispiel. »Dreißig, vierzig Meter und Luftdruck«, sagte Sabine Wieck, »das bringt keinen Mann mehr zu Fall.« »Woher weißt du, was ich gerade denke?«, fragte Kovacs. Sie lachte. Sie sei eine Kriminalbeamtin und er ein offenes Buch.

Niemand habe etwas gesehen, sagte Eyltz, weder bei der Entführung des Kindes noch bei der Fassadenschmiererei, noch bei dem feigen Fronleichnamsattentat. Das sei das Muster. Das Verborgene, das Unsichtbare. Man könne von dunklen Elementen sprechen und von einer hohen kriminellen Energie. Die Stadt lebe in Angst, die Stadt erwarte Ergebnisse.

»Jetzt spricht er wie Konrad Seihs«, sagte Eleonore Bitterle. »Stimmt«, sagte Mauritz, er habe Seihs geradezu reden gehört, er sei sich nur bei einem nicht sicher – habe Eyltz *dunkle* oder *dunkelhäutige Elemente* gesagt. Sabine Wieck schüttelte den Kopf. »Du bist so ein Depp«, sagte sie.

»Was tun wir jetzt?«, fragte Mauritz, nachdem der Polizeichef und die Uniformierten abgezogen waren. Was man nach einer Standpauke am besten tue, sagte Kovacs, »unsere Arbeit.«

Sie nahmen die Häuser der Umgebung in Augenschein, stellten fest, dass – unabhängig von der fehlenden Wucht des Geschosses – die zehn Fenster, die theoretisch in Frage kamen, um ein Luftdruckgewehr abzufeuern, zur Ordination eines Augenarztes, zur Praxis einer Psychotherapeutin und zu einem Übersetzungsbüro gehörten und dass diese Betriebe zu Fronleichnam geschlossen gewesen waren. »Das bedeutet gar nichts«, sagte Mauritz. Rein theoretisch kämen auch die Bäume in Frage, sagte Sabine Wieck, an der Prozession hätten jedoch an die tausend Menschen teilgenommen. Es sei daher ausgeschlossen, dass jemand unbemerkt Steine von einem Baum geworfen habe.

Sie gingen die Straßenränder entlang, umkreisten den Platz im und gegen den Uhrzeigersinn und schritten ihn am Schluss noch einmal im Zickzack ab. Mauritz kickte demonstrativ Steine zur Seite. »Vierhundertzweiundneunzig, vierhundertdreiundneunzig«, zählte er. Kovacs schaute ihn fragend an. Er zähle die möglichen Tatwaffen, sagte Mauritz. Er könne sie auch asservieren, wenn man das von der Spurensicherung wünsche.

Etwa dort, wo der Altar gestanden war, bückte sich Eleonore Bitterle plötzlich und hob etwas auf. »Wieder einmal ein

Schneckenhaus?«, fragte Ludwig Kovacs. Bitterle schüttelte den Kopf. Sie hielt das Ding, das sie gefunden hatte, zwischen Daumen und Zeigefinger in die Höhe. »Ups«, sagte Mauritz.

Die Stahlkugel war blank. Mauritz lockerte die Arme der Schublehre. »Durchmesser acht Millimeter«, sagte er. »Hast du so ein Gerät immer bei dir?«, fragte Sabine Wieck. Mauritz nickte. Man glaube nicht, wie oft einem Dinge unterkämen, die zu vermessen seien – Projektile, Flintenläufe, Hammerköpfe, sagte er. So etwas habe er allerdings schon länger nicht gehabt. »Was *so etwas*?«, fragte Wieck. »Eine Zwillenkugel«, sagte Mauritz.

»Eine was?«

Zwille, Steinschleuder. Das sei die Kugel für eine Präzisionszwille, sagte Mauritz. Zwille – das sei doch … Kovacs zeichnete ein Ypsilon in die Luft. Genau, sagte Mauritz, Bubenromantik: der Ast von einem Haselnussstrauch, ypsilonförmig gewachsen, ein Hosengummi, ein Lederfleck, und schon überkomme einen dieses Gefühl, dass seinerzeit alles besser war. Hier sei allerdings nicht von einem Kinderspielzeug die Rede, sondern von einem ergonomisch geformten Kunststoffgriff, einer Armstütze aus Metall und einem hochreißfesten Gummizug. »Wer verwendet so etwas?«, fragte Kovacs. »Böse Buben«, sagte Eleonore Bitterle. Er kenne die Geschichte eines Mannes aus Salzburg, erzählte Mauritz, der von seinem Schlafzimmerfenster aus früh am Morgen die Tauben von den Dächern des Alten Marktes geschossen habe. Die Vögel seien tot auf dem Pflaster gelegen, die Zwillenkugeln hätte die Polizei aus der Dachrinne des Café Tomaselli geholt. »Daher nichts für mich«, sagte Mauritz. »Was ist nichts für dich?«, fragte Kovacs. Dachrinnen, sagte Mauritz, bekanntermaßen habe er Höhenangst.

Kovacs schaute sich noch einmal um. Zehn Fenster. Der Augenarzt, die Psychotherapeutin, das Übersetzungsbüro, dachte er, das wird mühsam werden. »Wer schießt auf einen A18-Security?«, fragte er. »Jeder«, sagte Eleonore Bitterle.

Sie entfernten die Absperrbänder und steckten sie in den nächsten Mistkübel. Er müsse einräumen, dass auch ein angeordneter Tatort manchmal ein Tatort sei, sagte Mauritz. Er wirkte dabei nicht im Mindesten schuldbewusst. Apropos Zorn von vorhin, sagte Kovacs, von wem habe er anfangs gemeint, dass er das Evangelium gelesen habe? »Joseph Bauer«, sagte Mauritz, Benediktinerpater mit einer gewissen Tendenz zur Unangepasstheit. »Der Musikfreak?«

»Genau der«, sagte Mauritz. Mit dem wolle er sprechen, sagte Kovacs.

Sie verteilten die Tagesaufgaben. Sabine Wieck würde sich um die zehn Fenster kümmern, Bitterle würde den Ermittlungsstand in der Sache Helbich aktualisieren, Kovacs selbst würde ins Pensionistenheim nach Waiern fahren, und Mauritz würde den Waffengeschäften der Region einen Besuch abstatten. Lux in Furth und Steiner in Waiern, sagte Mauritz, Lux sei größer, aber wenn er sich vorstelle, er benötige dringend Zwillenkugeln für ein Fronleichnamsattentat, würde er sich an Schorsch Steiner wenden. »Apropos Verhaltensoriginalität: Wo ist eigentlich Demski?«, fragte Kovacs. Bei *Farben Bünker*, sagte Mauritz, auf der Spur von Acryl-Prepolymeren.

Kovacs hob die Hand. »Um vier im *Tin*«, sagte er, bevor sie sich trennten.

Auf der Steigung westlich der Stadt hatte er einen Holztransporter vor sich. Er versuchte gelassen zu bleiben. Holztransporter hatten ein Recht auf ihr Tempo. Auf dem Scheitel der flachen Anhöhe wurde der Blick nach vorne frei. Er überholte. Er war froh, dass man im Vorjahr den Vectra endlich ausgetauscht hatte. Der neue Q3 war zwar nicht größer, jedoch sonst kein Vergleich. Er war schneller, spurtreuer, und die Sitze boten mehr Halt. Nur Demski trauerte dem Opel nach. Oben auf dem Armaturenbrett hatte seine einäugige Blechente perfekt Platz gehabt. Das sei jetzt nicht mehr so, behauptete er. Die Ente war sicher fünfzig Jahre alt, konnte mit einem Schlüssel aufgezogen werden und hoppelte dann durch die Gegend. Demski nannte das Blechtier *Mason*. Er sagte, der Name sei ihm einfach zugeflogen und habe keine besondere Bedeutung. Kovacs glaubte ihm kein Wort. Bei Demski hatte alles Bedeutung. Was die Ente für Demski wirklich war, konnte keiner sagen. Wenn jemand von Glücksbringer oder Fetisch sprach, wurde er missmutig, und wenn man ihn direkt fragte, sagte er: Ganz einfach – sie sei sein Haustier.

Die Geflügelhallen von Leo Schilcher hatten vor kurzem eine neue Fassade bekommen: überdimensionale, fotorealistisch dargestellte Hühner, hauptsächlich gescheckt oder rotbraun, auf einer Wiese unter Obstbäumen, darunter der Schriftzug: *Guten Morgen! Ihr Frühstücksei.* Idylle und Manipulation liegen immer nahe beisammen, dachte Kovacs. Wenn du dein Omelett isst, sollst du vor deinem inneren Auge die flauschigen Federknäuel unter den Apfelbäumen sehen und nicht die Legebedingungen in diesen Hallen. Er kannte die Realität der Bodenhaltung, und er kannte die primitive Nüchternheit, in der einem Leo Schilcher die Eierquote pro Quadratmeter Lauffläche vorrechnen konnte. Charlotte hatte zuletzt gesagt, man müsse die Hühner befreien und dann Schilchers Hallen anzünden. Er hatte skeptisch geschaut und geantwortet, er bezweifle, dass es gut sei, diese Hühner zu befreien. Charlotte hatte daraufhin gesagt, genau das sei über Jahrhunderte das Argument der Sklavenhalter gewesen: Freiheit sei ungesund, solange man sich nicht an sie gewöhnt habe.

Er nahm die Abzweigung nach Waiern. Als er über den Kirchenplatz fuhr, sah er aus dem Augenwinkel, dass in einer der Nebengassen noch junge Birken an den Hausfassaden lehnten. Fronleichnam war überall. Er fragte sich, wie viel Übung es brauchte, mit einer Steinschleuder den Kopf eines Mannes zu treffen, außerdem, ob die Annahme, dass Leo Schilcher ein Freund von Konrad Seihs war, einer echten Erinnerung entsprang oder bloßes Konstrukt seines Gehirns war. Eleonore Bitterle pflegte in solchen Situationen zu sagen: »Naheliegende Dinge sind dadurch gekennzeichnet, dass sie nahe zueinander liegen«, und Demski sagte darauf Sätze wie: »Arschlöcher existieren auch unabhängig voneinander.« Sie werden mir abgehen, dachte Kovacs, egal, wann ich meinen Abschied nehme.

Er brauchte eine Weile, bis ihm klar wurde, was sich an dem Gebäude verändert hatte. Dort, wo sich die Balkone befanden, hatten sie Glasplatten vor die Vorderfront gesetzt. Ästhetisch machte das die Angelegenheit nicht besser. Es gab Dinge, die waren einfach von fundamentaler Hässlichkeit. Pensionistenheime aus den 1980er Jahren gehörten dazu. Wenigstens waren die Balkone wieder benutzbar. Nachdem es einem Heimbewohner gelungen war, in einem Zustand von Verwirrtheit über die Brüstung zu klettern, und er den Sturz aus dem zweiten Stock nicht überlebt hatte, waren die Balkone über Jahre hinweg gesperrt geblieben. Jetzt standen auf manchen von ihnen wieder Stühle und Kaffeetische.

Der Parkplatz war zu zwei Dritteln leer. Am Vormittag hielt sich die Zahl der Besucher in Grenzen. An den einen Flügel des Eingangstors war ein Plakat der Seefestspiele Mörbisch geklebt. Warum glaubte immer noch alle Welt, dass alte Menschen Operette mochten?

Der Empfang war unbesetzt. Kovacs drückte auf die Klingel und schaute sich um. In der Halle standen in weißen Porzellanübertöpfen mehrere große Bananenstauden und ein Ficus benjamini mit geflochtenem Stamm. Er dachte daran, wie ihn Marlene knapp nach ihrem ersten Kennenlernen ganz vorsichtig gefragt hatte, welche Beziehung er denn zu Zimmerpflanzen habe, und wie erleichtert sie gewesen war, als er gesagt hatte, es tue ihm sehr leid, aber er habe noch jede Topfblume zu Tode gebracht.

Die Frau, die den Gang entlangkam, hatte kurzes graues Haar, einen sehr dynamischen Schritt und ein offenes, freundliches Gesicht. Sie streckte ihm die Hand entgegen. Sie heiße Monika Beyer und sei die Heimleiterin. Sie habe den Besuch der Polizei erwartet. Woher sie wisse, dass er von der Polizei sei, fragte Kovacs. Sie zuckte mit den Schultern. »Keine Ahnung«, sagte sie, »Angehörige sehen anders aus, Lieferanten auch.«

Eine Ärztin aus dem Krankenhaus habe angerufen und mitgeteilt, Schwester Notburga wolle möglichst rasch wieder nach Hause gehen, erzählte die Frau. Da auf der Bettenstation des Heimes eine gewisse medizinische Versorgung gewährleistet sei, sei das ärztlich vertretbar. Die Befragung durch die Polizei könne dadurch allerdings nicht mehr im Spital stattfinden. Polizei?, habe sie gefragt, woraufhin ihr die Ärztin die

Sache mit dem Zeug in der Lunge und den Rachenverletzungen erzählt habe.

Schwester Notburga sei übrigens ganz und gar nicht zum Sterben ins Heim zurückgekommen, wie manche vom Personal prophezeit hätten. Sie erhole sich erstaunlich rasch und sei beinahe wieder die Alte. Zweimal pro Tag erhalte sie ein Antibiotikum, das sei alles. Die Alte – was das bedeute, fragte Kovacs. Vital, gesellig und überzeugt von sich selbst, sagte Monika Beyer, ab und zu vielleicht ein wenig forsch. Sie öffnete eine Tür. »Gehen Sie einfach durch den Behandlungsraum und hinaus auf den Rasen. Sie finden sie unter den Bäumen im Liegestuhl«, sagte sie.

Die Frau saß bei hochgestellter Lehne im Liegestuhl und schaute ins Grüne. Sie hat ein wachsames Gesicht und kräftige Hände, dachte Kovacs. Er stellte den Sessel ab, den er sich von der Terrasse mitgenommen hatte. Die Frau trug einen grauen, beige gesäumten Morgenmantel und Filzpantoffeln. Das weiße Haar hatte sie zu einem dünnen Zopf geflochten. Früher habe man freien Blick auf den See gehabt, sagte sie, dann sei die Hecke gepflanzt worden, und innerhalb von zwei, drei Jahren sei es mit der Aussicht vorbei gewesen. Sie hustete. »Strengen Sie sich nicht an«, sagte Kovacs. Er habe von ihrem Lungenbefund gehört, er werde nur die allernötigsten Fragen stellen. Sie machte eine wegwerfende Handbewegung. Es gehe schon, sagte sie, alles nicht so schlimm. Es gebe ohnehin nicht viel zu erzählen.

»Wie heißen Sie eigentlich wirklich?«, fragte Kovacs, »ich meine, wie haben Sie geheißen, bevor Sie …« Elisabeth, sagte die Frau, sie habe Elisabeth Hämmerle geheißen, bevor sie bei den Franziskanerinnen eingetreten sei. Es sei ein wenig peinlich, aber wie es zu Notburga als Ordensnamen gekommen sei, wisse sie in Wahrheit nicht mehr. Sie könne sich lediglich erinnern, als Kind einmal staunend in der Wallfahrtskirche von Eben am Achensee gestanden zu sein, vor dem Skelett der heiligen Notburga, das einen da vom Hochaltar aus anschaue. Ihre Mutter habe von einer Sichel erzählt, die Notburga in den Himmel geworfen habe. Dort sei sie hängen geblieben. Vielleicht habe sie das beeindruckt. Elisabeth sei ein schöner Name, sagte Kovacs. Die Frau nickte. »Mit der Zeit verliert es sich«, sagte sie, »wenn sie dich sechzig Jahre lang Notburga nennen, bist du keine Elisabeth mehr.«

Es habe Fenchelrisotto mit Frischkäse zum Abendessen gegeben, als Dessert einen Punschwürfel, sie erinnere sich genau. Sie sei mit Bernadette und Dietlinde, ihren beiden Mitschwestern, am Tisch gesessen wie jeden Abend. Am Nebentisch habe jemand besonders laut über richtige und falsche Religionen gesprochen. Das passiere ständig, so, als ob man als Ordensfrau dafür zuständig sei. Nach dem Essen habe sie mit Dietlinde und Frau Herzog, die Spätdienst gehabt habe, eine Partie Dreierschnapsen gespielt. Bernadette habe nur zugesehen, sie sei inzwischen sehr vergesslich, und Kartenspielen überfordere sie. Dietlinde habe dreimal hintereinander gewonnen, dann habe man Schluss gemacht, Frau Herzog sei nach Hause gefahren, und sie seien alle auf ihre Zimmer gegangen. Sie habe den Fernseher aufgedreht, einfach so, er kenne das sicher, man starre hinein, und ein paar Minuten später könne man sich an nichts mehr erinnern. Bevor sie zu Bett gegangen sei, habe sie Hunger bekommen, ihr ganzes Leben lang sei das so gewesen, der kleine Hunger vor dem Nachtschlaf, und sie sei noch einmal runter in den Speisesaal gegangen. Dort gebe es einen Kühlschrank für Leute, die das

Abendessen versäumen, weil sie spät nach Hause kommen. Sie habe sich eine der bereitgestellten Portionen Fenchelrisotto im Mikrowellenherd gewärmt und gegessen. Es habe ihr geschmeckt, und sie habe keine Spur von schlechtem Gewissen gehabt. Den Teller habe sie von Hand abgewaschen, wie es so ihre Art sei. Dann sei ihr plötzlich schlecht geworden, von einer Sekunde auf die andere. Sie sei in Richtung Garten gelaufen, wegen der frischen Luft, das wisse sie noch. Das Nächste, woran sie sich erinnern könne, seien Bernadettes Gesicht, das auf sie herabschaue, daneben die Gesichter anderer Menschen, das Gefühl, auf Rasen zu liegen, und die Gewissheit, jetzt sterben zu müssen.

Sie schaute ihn direkt an. Die Ärztin von der Intensivstation rede Unsinn, sagte sie, wer solle einer neunzigjährigen Klosterschwester etwas antun wollen. Am ehesten sei es wohl eine Kreislaufschwäche gewesen – der Blutdruck geht runter, man wird ohnmächtig, erbricht, atmet das Erbrochene ein, und fertig. Bernadette sei als Erste bei ihr gewesen und habe versucht, das Zeug mit einem Löffel aus ihr rauszukriegen, daher die Verletzungen in der Mundhöhle. Aus ihrer Sicht sei das alles nicht so schwer zu verstehen. Bernadette selbst zu befragen habe leider wenig Sinn. Sie merke sich gar nichts mehr.

Die Frau spitzte den Mund, sooft sie ausatmete. Sie war weiß um die Nase. Es strengt sie an, dachte Kovacs. Er erhob sich. »Ich lasse Sie jetzt in Ruhe«, sagte er. »Geht schon noch«, sagte sie. Er winkte ab.

»Sie sind sich jedenfalls sicher, dass während Ihrer Spätmahlzeit sonst niemand da war?«, fragte er, bevor er ging. Sie nickte. Nur sie und das Fenchelrisotto, sagte sie. Sie sei sich ganz sicher.

Monika Beyer saß am Empfang. »Sie haben vorhin recht gehabt«, sagte Kovacs. Womit habe sie recht gehabt, fragte sie. Mit *vital und überzeugt von sich selbst*, sagte er. Sie lachte. »Auf diese Weise wird man alt«, sagte sie, »vital, überzeugt von sich selbst und eine Braut Christi.« Apropos Braut Christi, sagte Kovacs, zwei Dinge seien ihm nach dem Gespräch unklar. Erstens, ob es etwas bedeute, dass Schwester Notburga ihre Ordenstracht nicht trage. Er habe gedacht, eine Braut Christi sei dazu verpflichtet, von der Profess bis ins Grab. Die Heimleiterin zuckte mit den Schultern. Sie schätze, dass es der liebe Gott mit diesen Dingen heutzutage auch nicht mehr so genau nehme, sagte sie. Im Krankenstand gewähre er vielleicht sowieso Dispens. »Und zweitens?«, fragte sie.

»Was zweitens?«

Er habe von zwei unklaren Dingen gesprochen, nicht nur von einem. Kovacs schaute ins Freie und schwieg eine Weile. Das zweite sei im Grunde ganz einfach, sagte er schließlich. – »Warum lügt sie?«

Fred Ley arbeitete mit der Polierscheibe am Rumpf einer aufgeständerten Bavaria 34. Kovacs bedeutete ihm, er solle sich Zeit lassen. Er ging langsam durch die Wellblechhalle der Werft. Ein Aluminiumboot der Seerettung, eine Motorzille, die einen neuen Anstrich brauchte, zwei Laser-Jollen, die offenbar regattafertig gemacht werden sollten. Im hinteren Teil der Halle war Jack, Fred Leys Kompagnon, damit beschäftigt, einen Außenbordmotor zu zerlegen. Er schimpfte dabei halblaut vor sich hin. Als er Kovacs sah, hob er grüßend die Hand. GfK-Matten verschiedener Stärke, Dosen mit Polyesterharz, Winschen, Leinen, Kartuschen mit Silikon, Schmieröl.

»Was brauchst du?« Fred Ley hatte die Polierscheibe zur

Seite gelegt. »Diesen Anblick«, sagte Kovacs, »den Lärm, den Geruch.« Fred Ley grinste. »Wonach riecht es hier?«, fragte er. »Nach einem Fluchtweg«, sagte Kovacs, »nach einem anderen Horizont.« »Nach einem Fluchtweg?«, fragte Ley, und Kovacs sagte, ja, das wisse er bestimmt, denn mit Fluchtwegen kenne er sich aus. »Du weißt …«, sagte Ley. »Ich weiß«, sagte Kovacs.

»Jederzeit.«

»Jederzeit. Wie oft ruft dich Marlene an?«, fragte Kovacs und lachte. Fred Ley lachte auch. »Einmal«, sagte er, »ein einziges Mal hat sie mich angerufen, vor ein paar Tagen.« »Was hat sie gesagt?«, fragte Kovacs. »Dass das Böse giftig ist und dass sie das Gefühl hat, gegen das Gift des Bösen gibt es keine Immunisierung«, sagte Ley. Außerdem habe sie gesagt, sein Gesicht sei manchmal so rot, dass einem angst und bange werde, das komme hundertprozentig vom Blutdruck, und manchmal sei er sich offenbar nicht sicher, ob er die nächsten Minuten überleben werde oder nicht, dann müsse er sich in die heiße Badewanne legen.

Kovacs schwieg eine Zeitlang. »Und was hast du gesagt?«, fragte er.

»Zu Marlene? Ich glaube, ich habe gesagt, dass du Seeluft brauchst.«

Kovacs betrachtete Fred Ley. Der Mann befand sich in den späten Sechzigern. Er war untersetzt, grauhaarig und braungebrannt. »Du siehst aus, als ob du sie täglich hättest«, sagte er. »Was? Seeluft? Habe ich auch«, sagte Ley.

»Wo?«

»Hier drin.«

Kovacs legte die flache Hand auf den Rumpf der Bavaria. Jederzeit, hatte Ley gesagt. Jederzeit Seeluft. Das Gift, das sich in einem sammelt, dachte er. Wenn es nicht abfließen kann, bringt es die Pumpe zum Stolpern. Kurz kurz kurz lang. Er horchte in sich hinein. Momentan war alles regulär.

»Manche Leute sterben früh, weil sie das Böse vergiftet«, sagte er, »manche haben Kontakt nach oben und werden uralt.« Er habe da noch eine Frage. Sein Kontakt nach oben halte sich aber sehr in Grenzen, wandte Fred Ley ein. Da sei er sich erstens nicht so sicher, erwiderte Kovacs, und zweitens spiele das in diesem Fall keine Rolle. »Warum lügt eine neunzigjährige Klosterschwester?«, fragte er. Fred Ley schaute erstaunt. »Weil sie Angst hat«, sagte er schließlich. »Wovor?«, fragte Kovacs.

»Vor der Hölle.«

Durch das geöffnete Tor legte sich das Licht als großes weißes Trapez in die Halle. Ganz hinten setzte sich rumpelnd der Kettenaufzug in Bewegung. Zwischendurch hörte man lautes Fluchen. »Müsste ich mich vor ihm fürchten?«, fragte Kovacs. »Vor Jack?«, sagte Fred Ley, »du kennst ihn doch.« Jack sei ein herzensguter Mensch und sein Schimpfen so etwas wie eine permanente Liebeserklärung an die Welt. »Weiß das die Welt auch?«, fragte Kovacs. Fred Ley lachte. Kovacs reicht ihm zum Abschied die Hand. Sein Boot sei im Übrigen fertig, sagte Ley – neuer Anstrich, neue Dollen, Sitzbrett getauscht, Riemen lackiert. Man könne es jederzeit einwassern, er müsse es nur sagen.

Da ausreichend Zeit blieb, überlegte Kovacs, eine Runde um den See zu fahren – Mooshaim, Leonsberg, Sankt Christoph –, ließ es dann aber bleiben und nahm den direkten Weg zurück in die Stadt. Er stellte das Auto im Hof des Kommissariats ab, ging vor an die Promenade und setzte sich neben dem Anleger der Ausflugsboote im Schatten einer Markise auf eine Bank. Er schlug eine leere Seite seines Notizbuchs auf. Obwohl er insgeheim ein Verfechter der dokumentationsfreien Ermittlung war, gab es Situationen, in denen er Dinge aufschrieb. Er zog zwei senkrechte und zwei waagrechte Striche. Tic-Tac-Toe, immer das Gleiche, dachte er. Die anderen machten Witze darüber und sagten, er halte das wohl für elektronische Datenverarbeitung. Ihm war es egal. Er konnte nicht anders. Er dachte an Mauritz und seine Launenhaftigkeit, an die Unbestechlichkeit von Eleonore Bitterle, an Demskis Blechente und daran, dass ihm diese Menschen weitaus mehr bedeuteten als die Frage, wie weit er in seiner Laufbahn bei der Polizei kommen würde. Dann dachte er daran, dass Leute wie Eyltz nach und nach alles aufgaben, was ihnen einmal wichtig gewesen war, und in Wahrheit keine Ahnung hatten, weshalb.

Die Zwillenkugel war das Erste, was Kovacs in sein Notizbuch schrieb, dann *das Bild*, *Konrad Seihs*, *das Kind*, *alte Menschen*, *der Apfelbaum*, *die Decke*, *die Ordensfrau*, *Aktion 18*, *kein Wort* und *mit der Zeit verliert es sich*. Schließlich setzte er seinen Bleistift in die Mitte des Rasters und schrieb *die Hölle* ins zentrale Feld. Er dachte an seine Kindheit, an den Religionsunterricht, an seinen Banknachbarn Fritz, der Ministrant gewesen war, und daran, dass er selbst kaum jemals eine Kirche von innen gesehen hatte. Vom Himmel hatte ihm nie jemand erzählt. Von der Hölle hatte er im Lauf der Jahre eine gewisse Ahnung bekommen, immerhin.

Ein Signalhorn ertönte. Die *Seagull 1*, Frank Holdereggers mobile Tauchbasis, legte ab. Sie war wie immer gut besetzt. Frank würde an die Kammwandabstürze heranfahren und seinen Gästen etwas von einem im Zweiten Weltkrieg gesunkenen Lotsenboot und von Nazigold erzählen. Dann würde er mit ihnen zum Wrack eines Fischkutters abtauchen, der dort auf fünfzehn Metern Tiefe an einem Felszacken hängen geblieben war. Die Leute würden begeistert sein und ihm im Internet hervorragende Rückmeldungen geben. Dass jeder Satz seiner Geschichte frei erfunden war, würde keinen Menschen kümmern.

Kovacs schaute auf die Uhr, steckte das Notizbuch weg und stand auf.

Die Männer waren zu fünft. Sie hatten zwei Tische zusammengeschoben, Bier vor sich stehen und lachten. Einer von ihnen trug einen Kopfverband.

»Sie werden immer mehr«, sagte Szarah, als sie neben Kovacs auftauchte, »anfangs waren es zwei, jetzt sind es fünf. Sie kommen jeden Tag.« »Tun sie irgendwas?«, fragte Kovacs. Nein, sagte Szarah, sie seien einfach da, aber manchmal genüge es, wenn jemand einfach da sei. Vorhin hätten sie sie gedrängt, eine Flasche Sekt zu besorgen. Das *Tin* habe Sekt nicht auf der Karte. Die Männer hätten gesagt, es gebe etwas zu feiern und sie wolle doch sicher keine Probleme kriegen, daher sei sie in den Supermarkt und ins Haushaltswarengeschäft gegangen. Sektgläser seien im *Tin* klarerweise auch nicht vorhanden.

»Ich will keinen Sekt«, sagte Kovacs. »Ich weiß«, sagte Szarah. Sie stellte Teegläser, Tonschalen mit Holzlöffeln und einen Korb, gefüllt mit Fladenbroten, auf den Tisch. »Bin gleich wieder da«, sagte sie.

Eleonore Bitterle und George Demski kamen gemeinsam. Demski trug ein rosafarbenes Kurzarmhemd und groß karierte Bermuda-Shorts. »Heirate ihn doch endlich«, sagte Kovacs, »dann zieht er sich vielleicht vernünftig an.« Bitterle zeigte keine Regung. Demski streckte ihm den Mittelfinger entgegen und sagte: »Spießer.«

Die beiden waren seit Jahren ein zusammengeschweißtes Paar, Maigret und Mrs. Brain, wie sie in der Kollegenschaft genannt wurden. Sie dachten gemeinsam nach, sie recherchierten füreinander, sie nahmen einander Aufgaben ab, ganz egal, ob sie einer Sache als Team zugeteilt waren oder nicht. Was daneben zwischen den beiden lief, konnte keiner sagen. Demski behauptete, er sei mit der kontrollierenden Liebe seiner Lebensgefährtin zufrieden, und Bitterle, so hieß es, hatte nach dem Tod ihres Ehemanns keinen anderen Mann an sich herangelassen. Als Mauritz bei der Feier von Demskis Geburtstag vor einem Jahr gefragt hatte: »Bumst ihr eigentlich miteinander?«, hatte Demski gesagt: »Ja, tun wir. Ich liege unter ihr und rede über die Selbsttötung bei Montaigne, und sie sitzt obenauf und erklärt mir das römische Recht.« Kovacs hatte daraufhin Marlene gefragt, was sie von der Konstellation halte, und sie hatte gesagt, die Annahme, die Kopulation sei das Zentrum menschlicher Beziehungen, sei sowieso nichts als ein Riesenblödsinn.

Kovacs deutete mit dem Kopf in Richtung der Schwarzgekleideten. »Habt ihr unsere Freunde gesehen?«, fragte er. Demski nickte. »Sie feiern etwas«, sagte er. »Einer hat überlebt«, sagte Bitterle.

Sabine Wieck habe angerufen und mitgeteilt, sie befinde sich beim Augenarzt, es dauere etwas länger, berichtete Demski, und Mauritz habe gemeint, er gehe lieber ins Bad. Seine Frau sage, Nikolaus müsse schwimmen können, wenn er im Herbst in die Schule komme. »Seit wann hat Sabine irgendwas mit den Augen?«, fragte Kovacs. Die anderen beiden sagten nichts und lachten. Schließlich kapierte er und griff sich an die Stirn. Die Fenster, die Zwillenkugel, sagte er, es sei ein Jammer mit seinem Hirn.

Szarah balancierte ein Tablett auf der flachen Hand. Sie stellte eine Kanne Pfefferminztee und eine bauchige, blau glasierte Keramikschüssel auf den Tisch. »Was ist das?«, fragte Kovacs. »Geeiste Gurkensuppe mit Basilikum und Dille«, sagte Szarah. »Mag ich das?«, fragte Kovacs. »Ja, Kommissar«, sagte sie, »das magst du.« Sie nahm eine würdevolle Haltung ein, verneigte sich leicht und füllte mit einem Porzellanschöpfer die Schalen. »Mahlzeit«, sagte sie. »Bismillah«, sagte Kovacs. Sie lächelte und verneigte sich noch einmal.

Die Suppe war dick, Joghurt, Gurke, Schalotte, das Gemüse fein stückelig, offenbar von Hand geschnitten. Kovacs bog ein Stück Fladenbrot zu einem Löffel, nahm eine Portion von dem Brei auf und biss ab. »Ich mag das«, sagte er und lachte. »Ich auch«, sagte Demski. Er meine, sein Wohlbefinden ganz einer Frau anzuvertrauen, sagte Kovacs. Demski sagte, er meine das Gleiche. »Präfeministisches Patriarchenpathos«, sagte Eleonore Bitterle, die Suppe, die ganz hervorragend sei, könne nichts dafür.

Sie habe sowohl die Protokolle der beiden Suchhundeeinsätze gelesen, erzählte Bitterle, während sie aßen, als auch mit dem Staffelführer persönlich gesprochen. Bei dem einen Einsatz, der den Umkreis des Wohnhauses der Familie Helbich betroffen habe, habe man ein T-Shirt des Mädchens gefunden. Es sei offenbar neben dem Swimmingpool auf einen Strauch gehängt, dort vergessen und in der Folge ins Unterholz verweht worden. Beim zweiten Einsatz habe man das Gebiet zwischen Musikschule und See abgesucht – ohne jeden Erfolg. Der Staffelführer habe gesagt, mit Ergebnislosigkeit könne er gut umgehen, die Angst dieser Mutter sei für ihn allerdings schwer auszuhalten gewesen. Auch dem Großvater habe man die Belastung angesehen. Der Mann habe es sich nicht nehmen lassen, bei beiden Einsätzen selbst mitzugehen. Trotzdem habe er so gewirkt, als halte er seine Enkelin insgeheim bereits für tot. Der kleine Bruder des Mädchens habe sich in erster Linie für die Hunde interessiert, vor allem für Lars, einen an Kinder gewöhnten Riesenschnauzer. Außerdem habe er ständig davon gesprochen, was man den Entführern seiner Schwester antun müsse: ins Gefängnis stecken, tot machen, den Kopf blutig schlagen. Das sei wenig realistisch gewesen, aber nicht so deprimierend wie alles andere.

Der Bruder, Jonas. Als sie unlängst im Haus der Helbichs gewesen seien, habe der Bub dem Entführer noch den Ring seines Großvaters schenken wollen, wenn er seine Schwester freilasse, sagte Kovacs, sie könne sich mit Sicherheit erinnern. Ja, sie wisse es noch genau, sagte Bitterle.

Aus der Sprayerecke gebe es ebenfalls wenig Aufregendes zu berichten, sagte Demski. *Farben Pinsel Leinwände Bünker* sei ein ausgezeichnet sortiertes Künstlerbedarfsgeschäft mit ausgesprochen freundlichem Personal, und die Angestellte, die man herbeigeholt habe, übrigens die Nichte des Inhabers, habe sich noch genau an die zwei jungen Herren erinnern können. Einer sei blond gewesen, mit längerem Haar, sicher an die eins neunzig groß, der andere kleiner und dunkelhaarig, mit Dreitagebart. Alles habe exakt jener Personenbeschreibung entsprochen, die damals die alte Frau aus dem roten Haus abgegeben habe. Die beiden Männer hätten zwölf Dosen Graffiti-Spray einer eher teuren Marke gekauft, lauter verschiedene Farben, das habe sich anhand der elektronischen Rechnung an Ort und Stelle rekonstruieren lassen. Sie hätten bar bezahlt. Sie, die Verkäuferin, sei neugierig gewesen und habe gefragt, ob man im Internet Arbeiten von ihnen anschauen könne, daraufhin habe der Blonde gesagt, nein, aber vielleicht bald, er bereite sich nämlich gerade auf einen Wettbewerb vor. Abgesehen von den Sprayfarben hätten die beiden zwei Kanister Nitroverdünnung genommen. Das sei ihr anfangs seltsam vorgekommen, und sie habe gefragt, wofür man als Sprayer Nitroverdünnung brauche. Der Blonde habe gelacht und gesagt, Sprayen sei nicht alles, als Künstler verwende man auch heutzutage noch gelegentlich Pinsel, Spachtel und Palette. Diese Dinge wollten gereinigt werden. Der Dunkelhaarige, der eine irgendwie melancholische Ausstrahlung besessen habe, habe in Wahrheit gar nichts gesprochen. So oder so, sie habe die beiden jedenfalls noch nie gesehen gehabt.

»Vergiss es«, sagte Kovacs. Ohne eine echte Konkretisierung der Hinweise werde man KS-Immobilien gegenüber die Empfehlung aussprechen müssen, den Hochdruckreiniger anzuwerfen und das Gemälde auf eigene Kosten zu entfernen. »Da wird der Konrad aber traurig sein«, sagte Demski und grinste. »Ich nehme mir noch etwas«, sagte Eleonore Bitterle und griff zum Schöpfer.

»Darf ich auch?« Petra Lindström beugte sich über den Tisch, fischte sich ein Stück Fladenbrot aus dem Korb und tunkte es in die Gurkensuppe. »Das gehört verboten!«, empörte sich Kovacs. »Entschuldige«, sagte Lindström, »es sieht einfach zu appetitlich aus.« Er meine das Anschleichen, sagte Kovacs, ständig sei es das Gleiche, keiner rechne mit ihr, und plötzlich stehe sie da, wie ein Geist. »Um Mittsommer haben wir diese Fähigkeit«, sagte Lindström und grinste.

»Wer ist *wir*?«

»Wir Schweden«, sagte sie, »um Mittsommer schweben

wir eine Handbreit über dem Boden, und keiner hört uns.« Sie sei nicht die Spur von einer Schwedin, sagte Kovacs. Wenn man von einem schwedischen Ehemann grün und blau geprügelt werde, sei das Schwedische ziemlich unauslöschlich in einem drin – von wegen Spur, erwiderte Lindström. »Setz dich«, sagte Kovacs und schob ihr einen Sessel hin.

Lindström legte einen Briefumschlag auf den Tisch. Demski warf einen Blick drauf. »Aus dem Spital«, sagte er. Ja, sagte sie, sie wisse nicht, warum man den Befund an sie geschickt habe, vermutlich weil sie zuletzt bei der Befragung des Mannes, der vom Apfelbaum gefallen sei, ihre Visitenkarte hinterlassen habe. Mit der Frau, um die es hier gehe, habe sie noch nie zu tun gehabt. Lindström zog ein bedrucktes Blatt aus dem Kuvert und faltete es auf. »Forensisch-molekularbiologisches Labor«, las sie. Die Sache betreffe eine Elisabeth Hämmerle, geboren 1928, stationär an der Intensivstation des städtischen Krankenhauses. Untersuchungsmaterial entnommen mittels bronchoskopischer Absaugung. »Zusammensetzung«, las sie, »Wasser 79 Prozent, Protein 10 Prozent, Lipide 5 Prozent, Rohfaser 0,4 Prozent, Rohasche 2 Prozent. Zusatzstoffe: Eisensulfat 35 Milligramm, Mangansulfat 7 Milligramm, Zinksulfat 44 Milligramm, Vitamin B1 34,2 Milligramm, Vitamin E 19 Milligramm.« Sie schaute auf. »Jetzt kommt es«, sagte sie und las weiter, »Ergebnis: Auf Grund der angeführten Zusammensetzung inklusive der in typischer Konzentration feststellbaren Zusatzstoffe handelt es sich bei der gegenständlichen Probe mit hoher Wahrscheinlichkeit um fertig zubereitete Weichnahrung für Haustiere, am ehesten um im Einzelhandel erhältliches Futter für die Hauskatze. Mit freundlichen Grüßen.«

»Wer ist Elisabeth Hämmerle?«, fragte Demski. Kovacs

schob langsam seine Suppentasse von sich. »Notburga«, sagte er, »die Klosterschwester.« Er dachte an Fenchelrisotto, daran, wie diese alte Frau gesagt hatte, es verliere sich alles, und daran, wie sie ganz weiß um die Nase gewesen war. Dann dachte er an die Dinge, die er in sein Notizbuch geschrieben hatte, an *die Decke*, an *die Hölle* und an *kein Wort*.

ZWÖLF

Am Morgen sehe ich, dass ihr Bett nass ist. Ich ziehe es ab und bringe ihr ein frisches Nachthemd. Sie nimmt es, sitzt mit gesenktem Kopf da und sagt nichts. Ich warte eine Weile, dann frage ich sie, ob sie nicht auch finde, dass es eine gute Idee war, die Matratze mit einer Plastikhülle zu überziehen. Sie schaut zu Boden und nickt.

Ich frage mich, ob es in umgekehrter Analogie zum Stockholm-Syndrom eine Beschreibung der Identifikation des Entführers mit seinem Opfer gibt. Vielleicht lassen manche Entführer ihre Opfer aus Sympathie laufen, ohne einen Preis zu nennen und ohne jemals darüber nachgedacht zu haben, sie zu töten. Ich fürchte, ich gehöre nicht zu ihnen.

Sympathie ist sowieso nicht meine Sache. Ich glaube, Sympathie dient in erster Linie dazu, die Beziehung zu sich selbst abzusichern. Ich nehme im anderen bestimmte Dinge als liebenswert oder zumindest in Ordnung wahr, um mich ihrer in mir selbst nicht ständig vergewissern zu müssen. So etwas brauche ich nicht.

Ich könnte nicht sagen, dass mir das Mädchen sympathisch ist. Groß, pastös, ein wenig arrogant, so ist sie. Ich bin auch arrogant, aber anders.

»Du weißt, welches Bett du im Schlafsaal bekommen hättest«, sage ich etwas später. »Irgendeins«, sagt sie. Ich sage, das neben der Tür. Tränen steigen ihr in die Augen. »Ich bin keine

Bettnässerin«, sagt sie, »ich habe das noch nie gemacht.« Ich sage, nein, das könne schon einmal passieren. Außerdem stehe hier drin ein Bett zwangsläufig mehr oder minder neben der Tür, denn der Raum sei nicht sehr groß. Sie fragt, wo ich die nassen Sachen wasche. Ich sage, in der Entführerwaschmaschine. Sie findet das gar nicht lustig.

»Ich werde dir ein Zimmerfahrrad bringen«, sage ich. Sie fragt, warum, und ich sage, erstens, weil es wichtig sei, sich körperlich zu betätigen, und zweitens, damit sie sich nicht so langweile. »Ein Zimmerfahrrad ist langweilig«, sagt sie. Ich sage, der dünne Mann habe eins organisiert, ich werde es jetzt abholen, und sie sagt, sie wird sich hundertprozentig nicht draufsetzen. »Dann halt nicht«, sage ich. Bevor ich gehe, fragt sie mich, ob es heute wieder eine Geschichte gebe, der Einzug in Jerusalem oder so ähnlich. Ich sage, ja, ein Raum und eine Geschichte, so sei es vorgesehen. Sie fragt, welcher Raum, ich sage, der Speisesaal, und sie sagt, sie werde sich die Ohren zuhalten, sie möge diese Geschichten nicht. Ich schaue auf die Uhr und sage, das mit dem Zimmerfahrrad werde zirka eine Stunde dauern, sie könne sich in der Zwischenzeit mit ihrem Gedicht beschäftigen.

Zu zweit tragen wir den Hometrainer die Treppe runter, neunzehn Stufen. Ich öffne die Eisentür, wir tragen ihn den Gang entlang, dann sind wir da. »Das schaffst du jetzt allein«, sagt er, dreht sich um und geht. Ich sperre auf, hebe das Ding über die Schwelle, stelle es an die Wand und schließe hinter mir wieder ab.

Sie sitzt am Tisch und liest ein Buch, das sie sich aus dem Regal genommen hat. *Fünf Freunde beim Wanderzirkus.* Als ich mich zu ihr setze, schiebt sie das Buch weg und sagt: »Altmodisch.« Ich sage, Freundschaft zwischen Kindern sei nicht altmodisch und einen Hund zu haben auch nicht. Sie sagt, so, wie in dem Buch beschrieben, aber schon.

Der Speisesaal, sage ich. Sie sagt, einen Speisesaal kenne sie, in manchen Hotels, in denen sie mit ihren Eltern Urlaub gemacht habe, habe es so etwas gegeben: ganz viele Tische, jede Menge Lärm, und man finde das Klo nicht. Das Heim habe – im Gegensatz zu den Schlafsälen – nur einen Speisesaal gehabt, erzähle ich. Er habe sich im Haupthaus befunden, im Erdgeschoss, mit Zugang zur Terrasse, unmittelbar neben der Heimküche. Der Boden sei schachbrettartig mit weißen und grauen Fliesen belegt gewesen. Die Tische hätten weiße Resopalplatten und weiß lackierte Metallbeine gehabt und seien zu langen Tafeln für jeweils dreißig Kinder zusammengestellt gewesen. An den beiden Tafeln am linken Rand des Saals hätten sich die Plätze der Mädchen aus dem *Schlösschen* befunden. »Was soll das sein, das *Schlösschen*?«, fragt sie. Ich erzähle ihr von den Mädchen im Nebenhaus, zirka fünfzig, halb so viele wie die Buben, von der Zweierreihe, in der man sich zu den Mahlzeiten begeben habe, und von den Erzieherinnen, die anfangs beinahe zur Gänze Klosterschwestern gewesen seien. »Und am Schluss?«, fragt sie. »Da waren es noch drei«, sage ich.

Ich erzähle von Schwester Dietlinde, die auch Lehrerin an der Hauptschule gewesen sei, von ihrem Bambusstab und davon, wie sie im Geschichtsunterricht am allerliebsten vom *einfachen Volk* und vom *Gesindel* gesprochen habe. Ich erzähle von Bernadette, die täglich um sechs Uhr morgens mit gewissen Mädchen in die Frühmesse gegangen sei, davon, wie sie die Post der Mädchen geöffnet und gelesen habe, und von den wirklich Auserwählten, die spät am Abend zu ihr ins

Zimmer durften. »Oder Notburga«, sage ich. »Welche Notburga?«, fragt sie. »Die Herrin des Speisesaals«, sage ich. »Was meinst du damit?«, fragt sie.

»Zum Beispiel Helga«, sage ich, »so verstehst du es am besten.« »Notburga. Helga. Schon wieder so komische Namen«, sagt sie.

Helga sei sieben gewesen, als man sie ins Heim gebracht habe. Ihr Vater habe versucht, eine Bank auszurauben, habe dabei einen Mann angeschossen und sei ins Gefängnis gesteckt worden. Ihre Mutter habe das nicht ertragen und sich das Leben genommen. Helgas jüngere Brüder seien auch ins Heim gekommen, ins Haupthaus, zu den anderen Buben. Helga sei ein blasses, schüchternes Mädchen gewesen, ausgesprochen dünn, mit weißblonden Haaren. »Woher weißt du das?«, fragt sie mich. »Weil ich sie gekannt habe«, sage ich. Helga habe eine schöne Singstimme gehabt, das habe manche Erzieherinnen milde gestimmt. Die geistlichen Schwestern seien geradezu verzückt gewesen, wenn sie in der Kirche *Mein Heiland, Herr und Meister* gesungen habe. »Notburga nicht«, sage ich. »Notburga war streng«, sagt sie. Woher sie das nehme, frage ich, und sie sagt, sie könne sich nicht genau erinnern, aber sie habe einmal die Geschichte einer anderen Notburga gehört, die sei auch streng gewesen.

Die meisten Speisen habe man sich an der Ausgabe geholt, erzähle ich. Die Ausgabe, das sei die Verbindung zwischen Speisesaal und Küche gewesen. Man sei mit dem Teller hingegangen und habe von den Küchenhilfen bekommen, was und wie viel man wollte. Manche Gerichte allerdings seien in großen, bauchigen Porzellantöpfen direkt auf den Tisch gestellt worden, Nudelsuppe zum Beispiel, Grießkoch, Semmelkren oder weiße Pilzsauce. Schwester Notburga habe diese Speisen dann eigenhändig ausgeteilt. Ich frage sie, ob man bei ihr zu Hause eigentlich aufessen müsse. Sie sagt, nein, müsse man nicht. Wenn ihr Großvater zum Essen da sei, esse er auf, was bei ihr und Jonas übrig bleibe. Er sage, er sei so erzogen worden, außerdem sei es die Aufgabe eines Großvaters, Müllschlucker zu sein.

Bei Schwester Notburga sei Aufessen oberstes Gebot gewesen. Damit hätten sich manche Mädchen schwergetan, Helga ganz besonders. Sämtliche Speisen aus dem Porzellantopf seien für sie ein Horror gewesen. Schwester Notburga habe das nichts ausgemacht. Sie sei neben ihr gestanden und habe gesagt, sie habe Zeit, als Ordensfrau sei man von Anfang an auf die Ewigkeit ausgerichtet, da komme es auf die eine oder andere Minute nicht an. Bei den Milchnudeln sei es regelmäßig passiert, erzähle ich. »Was?«, fragt sie. »Die Wiederverwertung«, sage ich. Sie sagt, *Milchnudeln* klinge total grauslich.

Milchnudeln seien Bandnudeln in einer dicken, süßlichen Milchsauce gewesen, ein typisches Freitagsgericht, das es einmal im Monat gegeben habe. Helga habe ihnen gegenüber von Anfang an ein enormes Grausen entwickelt. Schwester Notburga habe ihr trotzdem eine ordentliche Portion auf den Teller geladen, jedes Mal. Und jedes Mal sei der Punkt gekommen, an dem sich Helga nicht mehr habe halten können und erbrochen habe, mitten auf den Tisch. Schwester Notburga habe nicht geschimpft, sondern bloß gelächelt und gesagt, Essen wegzuwerfen sei eine Sünde, das sei daher ein Fall für die Wiederverwertung.

Elvira hält sich die Ohren zu. »Hör auf!«, ruft sie, »ich will das nicht!« »Du musst«, sage ich und rede weiter. Schwester Notburga habe das Erbrochene mit einem Löffel fein säuberlich auf Helgas Teller zurückgeschaufelt, Helga mit Nachdruck am Nacken gefasst und gesagt: »Iss!«

Elvira singt jetzt »Lalalalalala!«, um nichts hören zu müssen. Ich bedeute ihr, dass ich mit der Geschichte fertig bin. Sie hört auf zu singen, gibt die Hände von den Ohren und sagt: »Das ist schon wieder gelogen.« Bei manchen Dingen wünsche man sich, dass sie gelogen seien, sage ich, sie seien aber trotzdem wahr. »Gelogen!«, sagt sie noch einmal. Dann sitzt sie eine Weile schweigend da. Schließlich sagt sie, sie wolle wissen, wie sich die Mutter dieses Mädchens das Leben genommen habe. »Bist du dir sicher?«, frage ich. Sie nickt. »Sie ist mit ihrem Auto auf eine hohe Brücke gefahren«, sage ich, »dort hat sie das Auto auf den Pannenstreifen gestellt, ist übers Geländer geklettert und in die Tiefe gesprungen.« Sie schaut mir direkt in die Augen. »Da ist man gleich tot, oder?«, fragt sie. »Ja, da ist man gleich tot«, sage ich.

Ich frage noch nach dem Gedicht. Sie zögert und schaut durch mich hindurch. Dann sagt sie plötzlich ganz laut: »Mein Schwesterlein klein hub auf die Bein an einem kühlen Ort.« Das sei das Einzige, was sie von dem Gedicht sagen werde, obwohl es auch gelogen sei, denn sie habe gar keine Schwester. »Das hast du sehr gut gemacht«, sage ich. Sie weint jetzt. »Du hast gar nichts gut gemacht!«, schluchzt sie, »du hast nicht einmal einen Entführerbrief geschrieben!«

Doch, sage ich, habe ich schon.

DREIZEHN

Der erste Krieger. Sie steht im Ausfallschritt da, das Gesäß gespannt, die Wirbelsäule durchgebogen, die Arme gegen den Himmel gestreckt. Ihre Handflächen sind einander zugewandt, als halte sie einen Quader Luft zwischen ihnen. Die Arme sinken ab, der linke geht nach vorn wie ein Schwert, der rechte nach hinten wie ein Zeigestab oder der Arm eines Zirkels. Der zweite Krieger. Schließlich der dritte. Das linke Bein wird zur Säule, der Mensch kippt nach vorn, der Kopf neigt sich zwischen die Oberarme, die Handflächen legen sich aneinander. Das rechte Bein fährt nach hinten aus wie ein Pfeil, die Spitze des Fußes hart wie geschmiedetes Eisen. Mir kann niemand etwas anhaben, denkt sie, ich bin gerüstet. Sie spricht nie von ihren Übungen, schon gar nicht davon, dass man sie im Kopf genauso gut machen kann wie mit dem Körper. Inzwischen gelingt es ihr, in der bloßen Vorstellung Krieger zu sein. Sie weiß nicht, wozu sie das braucht. Es fühlt sich gut an, das ist wichtig.

Sie läuft die Treppe hinunter, raus aus dem Haus, rein in die Hochofenhitze des Sommernachmittags. Sie hat die Zeit übersehen. Der Rucksack hüpft auf ihrem Rücken, die Gurte schneiden bei jedem Schritt in die Schultern. Drei große Flaschen Tonic, drei Flaschen Cola, so hatten sie es ausgemacht.

Keiner weiß, wer die Idee gehabt hat, und keiner weiß, ob sie gut ist oder nicht. Sich bei fünfunddreißig Grad Außentemperatur im Freien zu bewegen, ist objektiv eher blöd. Es entlang eines Flusses zu tun, relativiert die Blödheit ein wenig. Ein Schulschlussfest eineinhalb Wochen vor Schulschluss anzusetzen sieht seltsam aus. Wenn allerdings von den fünf Teilnehmern des Festes, die eine Schule besuchen sollten, ein einziger regelmäßig hingeht, eine zirka zu fünfzig Prozent, zwei sporadisch und einer seit gut einem Jahr gar nicht mehr, ist das mit dem Datum plötzlich nicht mehr so wichtig.

Kaiser Max ist bei ihnen, seit langem wieder einmal. Rosemarie ist auch da. Sie trägt eine Gitarre auf dem Rücken. Vermutlich hat Joseph sie eingeladen. Sonst die üblichen Verdächtigen: Lisbeth, Magdalena, der Dicke, Fritz The Cat. Aus dem Team, abgesehen von ihr selbst, Iorgos und Norbert. Bauer. Natascha ist auf dem Weg, wie immer. Sie wird nicht kommen, Andrea auch nicht. Sie hat sich in Wahrheit schon verabschiedet, alle wissen das.

Sie gehen auf der Abt Reginald nach Osten und erreichen über eine Abkürzung bei der städtischen Fuhrparkgarage das letzte Stück der Uferpromenade. Der Weg läuft den Abflussbereich der Ache entlang, erst parallel zum Schilfgürtel, dann leicht ansteigend oberhalb der Strecke mit den moosbesetzten Riesenblöcken. Schließlich taucht er in den Schatten alter Bäume ein. Eichen, Robinien, ab und zu ein Nadelbaum. Bei einem Rastplatz neben einer mächtigen Douglasie wird der Weg schmäler und beginnt deutlich zu fallen. Das Parkähnliche ist hier vorbei, die Landschaft wird wilder. Ihr gefällt das.

Das Dach des Rafting-Camps taucht vor ihnen auf, Menschen lachen und sprechen durcheinander. Neben dem Weg steht ein einachsiger Anhänger mit sechs Kajaks. Lisbeth fragt, wer schon einmal in so einem Boot gesessen ist. Max und Bauer heben die Hand. Sie selbst tut es nicht, sie weiß nicht, warum. Der Dicke sagt, die Teilnahme an einem Anfängerkurs würde ihn schon interessieren, er könne sich allerdings nicht vorstellen, welche Versicherung das Risiko übernehmen würde. Sie schwenken nach links und überqueren den Fluss auf dem Fußgängersteg. Das Wasser überspült noch die meisten Felsblöcke, ist jedenfalls hoch genug für ein Befahren der Kataraktstrecke weiter flussabwärts. Sie erinnert sich, wie sie selbst zuletzt in einem Kajak saß, auf der Lieser, vor mehr als fünf Jahren, wie sie eine Stunde lang das Paddel voll durchzog, am Ende erschöpft und glücklich aus dem Boot stieg, geschlagene zehn Minuten auf Kurt wartete, ihren damaligen Freund, wie er sie ein einziges Mal kurz anschaute, vorwurfsvoll und arrogant zugleich, und wie ihre Beziehung an diesem Punkt Geschichte war. »Hast du gedacht, du musst mir das Paddeln beibringen?« Sie fragte ihn das, er antwortete nicht, und es war das Letzte, was zwischen ihnen gesprochen wurde. Sie denkt, dass man es manchmal nicht beeinflussen kann, was besser zu einem passt, die Luft, das Wasser oder der Berg, und sie erinnert sich daran, wie Stella eine Zeitlang »meine kleine Meerjungfrau« zu ihr sagte.

Bauer stellt sich neben sie ans Geländer. »Wo ist deine Soutane?«, fragt sie. Er trägt dunkelblaue Shorts, ein weißes T-Shirt mit vorne einem knallgelben Heiligenschein und hinten dem Aufdruck *Trust me I'm a Priest.* »Heute ist Ausflug«, sagt er, auf Ausflügen dürfe er auf die Dienstkleidung verzichten. Sie fragt ihn, wann ihm die Schnapsidee zu diesem Ausflug gekommen sei. Er grinst und sagt, ganz falsch, Kaiser Max habe die Sache vorgeschlagen, nicht er. »Mister Einzelgänger wünscht sich eine Gruppenaktivität«, sagt sie, das glaube er doch selbst nicht, und Bauer sagt, das Bedürfnis der

Menschen nach Gemeinschaftsgefühl werde chronisch unterschätzt.

Am Ende des Stegs wenden sie sich nach rechts, flussabwärts. Iorgos und Norbert reden über das Verschwinden der Spezifika des italienischen Fußballs. Iorgos sagt mehrmals »Catenaccio«, und Norbert sagt zumindest genauso oft »Dino Zoff«, das kann sie hören. Der Dicke und Fritz The Cat gehen nebeneinander, Arm an Arm. Beide haben X-Beine, der Dicke stärker als Fritz. Genderqueer, Subtyp drei b, liebt Kerl, Gewichtsklasse *besser nicht darüber reden*. Gewichtsklasse liebt Genderqueer auch. Beide würden es abstreiten. Körper lügen nicht, denkt sie, das ist beruhigend. Rosemarie geht neben Kaiser Max. Die beiden reden halblaut miteinander. Sie ist zu weit weg, um etwas zu verstehen. Rosemarie trägt eine umwerfende Leinenhose, knöchellang, dunkelblau mit lila Schimmer, Max eine Baseballkappe, weiß mit rotem Schirm, die sie noch nie gesehen hat. Eine Supervisorin mit einem weiten Rollenverständnis und einem Hang zu den wirklich schwierigen Menschen, denkt sie. Bauer und Kaiser Max, die Grenzgänger, die Seiltänzer.

Sie passieren die alte Eiche mit der Naturdenkmalplakette, die an der Abzweigung zur Hohenwarthöhle steht, und zweigen unmittelbar danach rechts ab auf einen schmalen Pfad, der sie nach unten zum Fluss führt. Sie dringen durch einen Streifen hüfthoher Adlerfarne, überklettern einige Baumstämme und gelangen nach einer schmalen Zone mit Haselnusssträuchern und jungen Buchen auf die freie Fläche einer riesigen Schotterbank. »Here we are«, sagt Joseph Bauer. Lisbeth schaut angeödet und sagt: »Na, super!«, und Kaiser Max sagt, sie könne ja wieder verschwinden, wenn es ihr hier nicht passe. Lisbeth verdreht die Augen, zeigt ihm beide Mittelfinger und schaut sich suchend um. Bauer weist auf eine kleine Baumgruppe zwischen Schotterbank und Uferböschung. Sie steuern auf sie zu und laden die Rucksäcke ab. Der Boden ist sandig und trocken. In der Luft liegt der säuerliche Geruch von Kalkstein und Lattich. An einer Stelle blühen noch ein paar gefleckte Knabenkräuter. So, als hätte der Frühling sie vergessen, denkt sie.

Iorgos und Norbert bestimmen den Patz für die Feuerstelle. Der Dicke und Fritz bauen am Rand der Schotterbank ein Staubecken. Für die Getränke, haben sie gesagt. Jetzt halten sie die Füße ins Wasser und lachen. Rosemarie, Magdalena und sie selbst legen die Lebensmittel nebeneinander auf, die sie mitgebracht haben: Würste, Maiskolben, Hühnerfleisch, Schalotten, Kartoffelsalat. Das Feuer, das Futter, das Spiel, denkt sie, Vater, Mutter, Kind, die alte, präfeministische Inszenierung. Das Beruhigende an manchen Dingen war, dass es sie gab, obwohl man sie nicht für richtig hielt.

Max und Bauer sitzen auf einem weißen Stück Schwemmholz und schauen aufs Wasser. Ab und zu werfen sie Kiesel in den Fluss. Lisbeth kramt in ihrem Rucksack, holt einen kleinen türkisfarbenen Tupperware-Behälter raus, klappt ihn auf und beginnt sich einen Joint zu bauen. Nachdem sie den Filter aufgelegt hat, greift sie in ein winziges Plastiksäckchen, zerreibt etwas zwischen Daumen und Zeigefinger und streut ein paar helle Körner auf das Haschisch. Dann rollt sie das Papier ein, leckt den Klebestreifen ab und schließt das Ding. »Was hast du da reingetan?«, fragt Rosemarie. »Was Gutes«, sagt Lisbeth, »keine Sorge.« Magdalena tritt auf sie zu und streckt die Hand aus. »Gib her!«, sagt sie. Lisbeth schüttelt den Kopf. »Es ist viel weniger als zuletzt«, sagt sie, »nicht einmal ein Drittel.« »Du spinnst«, sagt Magdalena und wendet sich wieder ab. Die Sonne verschwindet hinter den Felsen des gegenüberliegenden Ufers. Im Zenith ist der Himmel grün.

»Warum brennt das eigentlich?«, fragt der Dicke, als sie später rund ums Feuer sitzen. Holz, das sich jahrelang unter Wasser befunden habe, brenne, als sei es die einfachste Sache der Welt – das finde er widersinnig. »Aus manchen Dingen kriegst du das Feuer nicht raus«, sagt Max, außerdem sei Schwemmholz kein Schwamm, der sich mit Wasser vollsauge, ganz im Gegenteil. Er erzählt davon, was mit Holz unter Luftabschluss passiere, von Kohlebildung, Petrifizierung und von den Pfählen, auf denen Venedig erbaut worden sei. Alle hören zu, Fritz legt Holz nach, und es ist egal, dass Venedig mit der Brennbarkeit von Schwemmholz eigentlich gar nichts zu tun hat.

Iorgos schneidet das Hühnerfleisch in Streifen und steckt es auf angespitzte Haselnusszweige. Sie selbst häutet die Schalotten, wickelt sie in Alufolie und legt sie in die Glut. Der Dicke dreht zwei Maiskolben über dem Feuer. Er schwitzt. Lisbeth liegt ein wenig abseits auf ihrem Badetuch und schläft mit offenem Mund. Ab und zu flattern ihre Lider.

Norbert fragt, von wem eigentlich die Bezeichnung Schulschlussfest stamme. Max sagt, von ihm. Er wisse, *Fest* sei ein Blödsinn, denn keiner von ihnen habe im Zusammenhang mit Schule etwas zu feiern. »Du auch nicht?«, fragt Magdalena. »Nein, ich auch nicht«, sagt er, und als Magdalena sagt, das sei jetzt aber Fishing for Compliments, die ganze Schule wisse, dass es sich bei ihm um ein totales Genie handle, sogar sie, obwohl sie nicht so oft dort sei, sagt er, sie täusche sich, das alles besitze genau null Wichtigkeit.

Sie denkt an die Dinge, die Stella über Max gesagt hat, über sein Geltungsbedürfnis und seinen Wunsch nach Anerkennung. Sie stellt sich seine Lehrereltern vor, wie sie ganz beiläufig nach dem Zeugnis fragen, wie er es ihnen zeigt und wie sie nicken, anerkennend, aber nicht zu sehr, obwohl das Zeugnis so aussieht, dass manche Eltern vor Freude laut schreien würden. Sie schaut in die Runde und weiß, dass die Rede von der bedingungslosen elterlichen Liebe nichts anderes ist als pathetischer Schmarrn. Sie sieht Max und denkt an das unterschätzte Bedürfnis nach Gemeinschaftsgefühl. Warum kommt er wirklich her?, fragt sie sich. »Interessieren sich deine Eltern eigentlich dafür, welche Noten du am Jahresende bekommst?«, fragt sie. Max klappt den Schirm seiner Kappe hoch. »Ja, tun sie«, sagt er, aber das sei nicht der Punkt.

»Sondern?«

»Ob sie sich interessieren oder nicht, hat für mich keine Bedeutung.«

»Warum nicht?«, fragt sie.

Max gibt eine Antwort, die sie noch hört, jedoch abspeichert, ohne dass sie ihr zu Bewusstsein kommt, denn in diesem Moment passieren mehrere Dinge gleichzeitig. Rosemarie verschluckt sich an der Wurst, von der sie gerade abbeißt, und bekommt einen Hustenanfall. Iorgos und Fritz springen nebeneinander auf, Iorgos stößt dabei sein Bier um. Unmittelbar danach fahren auch die anderen hoch. Der Dicke ist der Erste, der brüllt: »Da, Lisbeth!«

Lisbeth rennt mit weit ausgreifenden Schritten quer über die Schotterbank in Richtung Fluss. Die Ache ist in der Dämmerung als dunkles Band auszumachen. Lisbeth wirft die Arme immer wieder in die Höhe und gibt kleine schrille Schreie von sich.

Sie sieht, dass Bauer begonnen hat, flussabwärts zu laufen,

direkt auf das Ende der Schotterbank zu, und nimmt selbst einen Kurs, der ein Stück oberhalb auf die Wasserkante trifft. Hinter ihr brüllen alle, Magdalena ganz besonders. Lisbeth schreit etwas von »Wasser« und »Sterben«, als sie in die Strömung steigt. Sie ist nackt, registriert sie, ein weißer, unscharfer Fleck. Sie versucht ihn im Auge zu behalten, während sie läuft, auch noch, als sie die Kante erreicht und loshechtet. Sie taucht flach ein und ist sofort wieder an der Oberfläche. Das Wasser ist kalt, es nimmt ihr für eine Sekunde den Atem. Sie sieht das Mädchen schräg vor sich, meint wahrzunehmen, dass es aktiv schwimmt, peilt es an und zieht mit gestreckten Armen durch. Wie damals, denkt sie, ohne Reserve.

Sie merkt, wie sie mit jedem Armzug näher kommt, und versucht den Moment des Zupackens zu antizipieren, da wird das Mädchen kräftig nach links gezogen, weg aus der Strömungsmitte, und plötzlich ist ein zweiter Kopf da. Sie schwimmt heran. Bauer sieht sie und hebt die Hand. »Wie kommst du hierher?«, fragt sie. Er lacht und zeigt nach oben. Sie sagt, sie habe gedacht, er sei außer Dienst, und er sagt, bei Bedarf aktiviere er sich einfach, es sei wie bei der Polizei. Sie nehmen das Mädchen in die Mitte, erreichen nach wenigen Zügen Grund und waten in Richtung Ufer. In wadenhohem Wasser halten sie an. Lisbeth steht nackt vor ihnen und zittert. Sie grinst schief. »Ich wollte gar nicht sterben«, sagt sie, »es war auch nur eine Spur Crack auf dem Dope, und mein Durchknaller war zur Hälfte nicht echt.« »Und du warst auch nicht echt im Wasser?«, fragt sie. Lisbeth zuckt mit den Schultern. »Ich kann schwimmen«, sagt sie. »Wenn ich jetzt der Heilige Geist wäre, würde ich mir überlegen, dir eine Ohrfeige zu geben«, sagt Bauer. »Bist du aber nicht«, sagt Lisbeth. Bauer scheint eine Sekunde lang zu überlegen, dann knallt er ihr eine, mittelkräftig, mit der rechten Hand auf die linke Wange. »Au!«, schreit sie, »was soll das?!« Bauer macht eine segnende Geste. Wenn er sich's recht überlege, sei er doch der Heilige Geist.

Während sie das Ufer entlang zurückwaten, denkt sie an Lisbeths versoffenen Vater, an ihre desinteressierte Mutter und daran, dass es in Bezug auf die Eltern, die einem zugeteilt werden, keine Gerechtigkeit gibt. Sie denkt an Stella und ihre Liebe zu Joseph Bauer und daran, dass sie auch einmal so gerettet werden möchte wie Lisbeth, splitternackt durch den Arm eines Priesters.

Die Schalotten sind weich und von einer überraschenden Süße. Sie hätte nicht mehr an sie gedacht, aber der Dicke hat sie ihr aus der Glut geholt. »Essen vergesse ich nie«, sagt er, »auch das der anderen nicht.« Sie trinken Cola, Bier und Rotwein. Lisbeth sitzt da, in Badetücher gewickelt und an Magdalena gelehnt, und es ist, als wäre nie etwas geschehen. Max sitzt neben Magdalena und schaut in den Himmel. Sie will ihn etwas fragen, aber sie weiß nicht mehr, was. Rosemarie spielt auf der Gitarre. Ab und zu summt sie. Zwischendurch werden Geschichten erzählt: dass der kleine Bruder des Dicken Masern bekommen hat, dass das für die Mutter der beiden, die Impfgegnerin ist, in erster Linie ein ästhetisches Problem darstellt und sie dem Dicken, weil er gesagt hat, er zweifle an der geistigen Gesundheit von jemandem, dem die Verteilung roter Tupfen wichtiger sei als das Leben des eigenen Kindes, Hausverbot gegeben hat. Er halte sich allerdings nicht daran. Oder dass Fritz The Cat an einem Genderqueer-Treffen teilgenommen hat, bei dem sich die Journalistin eines deutschen Klatschblattes eingeschlichen hatte, der man dann nicht nur ihre Knopfkamera und ihr Aufnahmegerät zertreten, sondern auch eine neue Frisur verpasst hat. Norbert erzählt die Geschichte seiner verunglückten Karrieren, als Fußballer, als Bogenschütze und als Go-Spieler, und Rosemarie die Geschichte ihres Vaters, der ein leidenschaftlicher Deutschlehrer war und sein Leben lang davon ausging, die Lieblingsbeschäftigung aller Menschen sei es, Bücher zu lesen. Sie habe ihm ein Buch ins Grab mitgegeben, erzählt Rosemarie, Claire Keegans *Foster*, die schmale Erzählung einer unbekannten irischen Schriftstellerin über das kurze Glück und die lange Einsamkeit eines kleinen Mädchens. Das sei natürlich ein Aggressionsakt gewesen, er selbst hätte sich wahrscheinlich Goethes *Faust I* mitgenommen oder den *Zauberberg* von Thomas Mann. »Klingt furchtbar«, sagt Magdalena. »Was, die Einsamkeit eines kleinen Mädchens?«, fragt Rosemarie. Nein, Goethe, *Faust I*, sagt Magdalena, und Max sagt, sie habe recht, das sei wirklich nichts für sie.

Bauer wirft ein paar Äste aufs Feuer. Er wartet, bis die Flammen hochzüngeln, dann gibt er Rosemarie ein Zeichen. Sie singen *Mr. Tambourine Man*, danach *A Hard Rain's A-Gonna Fall* und *Forever Young*. Sie hat sich aus Bob Dylan nie besonders viel gemacht, singt aber trotzdem mit. »Noch eins«, sagt Bauer. Sie ist sich sicher, dass *Blowin' in the Wind* kommen wird, doch es ist *Bird on the Wire* von Leonard Cohen. Bauer singt sich die Seele aus dem Leib. Am Schluss stehen alle auf und applaudieren. Rosemarie lacht. »Was ist?«, fragt Bauer. Es heiße am Anfang, *like a drunk in a midnight choir*, und er habe gesungen *like a monk in a midnight choir*. »Was denn sonst?«, sagt Bauer, und Rosemarie sagt, ja, was denn sonst.

Sie fragt sich, ob Lisbeth Bauers Ohrfeige inzwischen vergessen hat, und ob sie seinen Arm auf ihrer nackten Haut noch spürt. Sie sieht den weißen, unscharfen Fleck vor sich, wie er in der dunklen Strömung verschwindet, und sie spürt, dass kein Mensch sagen kann, wie lange dieses Mädchen noch am Leben sein wird. Sie geht auf Kaiser Max zu. Sie wolle ihn noch etwas fragen, sagt sie, es sei ihr soeben wieder eingefallen. Er habe vorhin im Gespräch über die Schulnoten gesagt, es habe für ihn keine Bedeutung, ob sich seine Eltern für ihn interessierten oder nicht. Sie habe gefragt, warum das so sei, und er habe etwas geantwortet, das sie sich nicht gemerkt habe. »Weil sie nicht meine Eltern sind«, sagt er und wendet sich ab.

Während sie zusammenpacken, schwenkt Magdalena plötzlich ihr Handy. »Malik«, ruft sie. »Was ist mit Malik?«, fragt Iorgos. Er habe eine WhatsApp-Botschaft geschickt, sagt Magdalena, ein Video. Sie schaut aufs Display, dann sagt sie: »Ein Auto brennt.« »Welches Auto?«, fragt Iorgos. Sie schaut noch einmal hin. Malik schreibe, es sei das Auto von Konrad fucking Seihs, genauer, eins seiner Autos. »Hat er es angezündet?«, fragt Max. Magdalena tippt. Nach wenigen Sekunden ist die Antwort da.

»Er sagt, nein.«

»Wo ist er überhaupt?«, fragt Iorgos. Magdalena tippt noch einmal.

»Er sagt, in Sicherheit.«

VIERZEHN

Es gab offenbar Dinge, die waren wie Instrumentensaiten, die irgendwann einmal jemand in einen hineinmontiert hatte. Man merkte sie erst, wenn sie zum Schwingen gebracht wurden. Raffael Horn stand in der Halle der Volksschule und hatte ein Resonanzerlebnis. Es ist fünfzig Jahre her, dachte er, es ist nicht meine Volksschule, und es fühlt sich trotzdem an wie damals: die Stimmen, der Geruch, die Art der Kinder, sich zu bewegen. Der Schulkakao fehlte, außerdem das Spiel, das sie in der vierten Klasse in den Pausen gespielt hatten.

Sabine Frey, die Direktorin, kam mit raschen Schritten auf ihn zu. Sie trug ein gelbes Kostüm und eine Brille mit getigertem Rahmen. »Spielen sie es noch?«, fragte er, bevor sie etwas sagen konnte. »Wer soll was spielen?«, fragte sie, sichtlich verblüfft. »Die Kinder«, sagte er, »spielen sie noch: Wer traut sich von Stufe sieben?« Wer traue sich was von Stufe sieben, fragte sie, und er sagte: Springen, wer traue sich von der siebenten Stufe runterspringen. Sie schüttelte den Kopf. Das sei viel zu gefährlich und daher verboten, sagte sie, das dürfe nicht gespielt werden. Zu seiner Zeit sei es auch verboten gewesen, sagte er, sie hätten es trotzdem gespielt, in jeder Pause. »Die Zeiten haben sich geändert«, sagte die Direktorin, sie glaube, das sei gut so. Horn nickte. Das glaube er auch, sagte er. Bei manchen Erinnerungen packe einen die Sentimentalität, das sei ihr sicher vertraut.

»Die vierten Klassen sind oben«, sagte die Direktorin. Während sie die Treppe hochstiegen, erzählte sie, dass die Polizei mehrmals im Haus gewesen sei, einige Uniformierte, eine ausgesprochen nette grauhaarige Kriminalbeamtin und am Ende sogar die Suchhundestaffel. Die Kinder seien befragt worden, gemeinsam und manche von ihnen einzeln, vor allem die besten Freundinnen des Mädchens, ganz wie man es erwarte. Alles sei sehr behutsam vonstattengegangen, sie könne sich nicht beschweren, aber trotzdem. Trotzdem was?, dachte er. »Trotzdem diese Verunsicherung«, sagte die Direktorin, man sei nicht gerüstet für solche Dinge, wer denke schon an eine Entführung. Die Klassenlehrerin könne noch so engagiert sein, allein sei sie zwangsläufig überfordert mit den Phantasien der Kinder. Zombies, Außerirdische, die Verbündeten von Lord Voldemort – es sei unglaublich, was da alles komme. Horn legte einen Zeigefinger auf seine Lippen. Ausländer hast du vergessen, erstens, dachte er, und zweitens: Warum lässt eine Direktorin ihre Lehrerinnen allein, wenn sie überfordert sind?

Der Gang lag in der Sonne. Schülerzeichnungen hingen an der Wand, Osterhasen, blühende Bäume, Kinder auf Fahrrädern, ein Clowngesicht. Horn erinnerte sich an jene Zeit, in der Michael gezeichnet hatte, Ritterburgen, Autos, Piratenschiffe, am Schluss Raketen, und es wie ein verzweifelter Versuch gewesen war, sein Unvermögen im Schreiben auszugleichen. Er hatte ihn gefragt, warum ausgerechnet Raketen, und Michael hatte gesagt, weil man damit am weitesten wegkomme. Irene hatte lediglich gemeint, Zeichnen sei nicht das ihre, damit kenne sie sich nicht aus. Sie fürchte sich nur vor dem Punkt, an dem Michael beginnen werde, sie als Hexe oder als Alien darzustellen. Michael war damals zwölf gewesen.

Die Kinder standen auf, als sie in die Klasse traten. »Ist das immer noch so?«, fragte Horn. Die Lehrerin lachte. Wenn die Frau Direktor oder jemand Fremder komme, sei das so, ja. Die Zeiten ändern sich doch nicht, dachte er. Die Direktorin schaute pikiert und verabschiedete sich.

»Stella Jurmann«, sagte die Lehrerin und reichte ihm die Hand. »Ich weiß«, sagte er. Sie wurde rot. Es tue ihm leid, sagte Horn, Bauer komme hin und wieder zu ihm. Von ihr erzähle er nur selten. Trotzdem wäre es ihm komisch vorgekommen, so zu tun, als wisse er nicht, wer sie sei. Sie nickte.

»Psychiater wissen immer alles.«

»Schön wär's«, sagte er.

Sie stellte ihn den Kindern als jemanden vor, der sich mit Menschen beschäftige, die Probleme hätten, mit den Eltern, mit dem Chef oder mit sich selbst, deshalb sei er da. »Oder mit Entführern«, sagte ein speckiger blonder Bub in der ersten Reihe. »Das ist Jakob«, sagte die Lehrerin, »er kennt sich mit Entführungen aus. Er kann sogar das Stockholm-Syndrom erklären.« Da werde er vielleicht einmal Kriminalpsychologe werden, sagte Horn. Der Bub schüttelte den Kopf. Nein, sagte er, er werde Hochhausbauer, das sei aber noch nicht ganz sicher.

Sie räumten die Tische zur Seite und stellten die Sessel in einem Kreis auf. Horn sprach darüber, dass er selbst, im Gegensatz zu ihnen allen, Elvira gar nicht kenne, dass sie Elviras Verschwinden daher viel mehr beunruhigen müsse als ihn, obwohl es ihn auch beunruhige, denn das Verschwinden eines Kindes beunruhige fast alle Menschen. »Wo ist sie?«, fragte Luise, ein dunkelhaariges winziges Mädchen mit Brille, und Horn sagte, es sei wichtig, dass man sämtliche Möglichkeiten durchüberlege: weggelaufen, verirrt, versteckt, alles sei denkbar. Luise sagte, mehrere Tage lang versteckt, das könne sie sich nicht vorstellen, da verhungere man ja. Es gebe im Wald zwar Erdbeeren, aber das reiche nicht, außerdem, wieso verstecken, nur weil sie vielleicht mit den Eltern einen Streit gehabt habe, das finde sie ein wenig übertrieben. Jakob sagte, vor dem Verhungern müsse man sich nicht fürchten, Entführer achteten immer darauf, dass ihre Geiseln ausreichend zu essen hätten, auch ein ordentliches Bett, denn sie hätten es ja auf das Lösegeld abgesehen. Horn war dabei zu bekräftigen, die Vorstellung von einem Bett und genug zu essen sei doch etwas Angenehmes, da sagte Viktor, ein hochgewachsener Bub mit rotblonder Krause, der zwei Plätze rechts neben Jakob saß: »Die geben ihr aber nichts.« »Wie meinst du das?«, fragte Horn. »Mein Vater kennt solche«, sagte Viktor, »er sagt, die geben ihr keinen Bissen, und dann kassieren sie ab.« Stella Jurmann machte eine hilflose Geste. Horn fragte Viktor, woher sein Vater das denn wisse, und Viktor sagte, er bewache diese Leute, in der *Burg*, Entführer, Autoanzünder und Attentäter. »Autoanzünder?«, fragte Horn. Ja, spät am Abend habe mitten in der Stadt ein Auto gebrannt. »Und Attentäter?« Der Bub nickte. »Ja, Attentäter und Ausnützer«, sagte er. Stella Jurmann schloss die Augen. Dann sei es ja gut, sagte Horn. Wenn sein Vater diese Leute bewache, könne nichts mehr passieren. Viktor schaute zufrieden. »Oder sie ist tot«, sagte er plötzlich. Für ein paar Augenblicke herrschte Stille. Dann begann ein blondes Mädchen mit Zöpfen zu weinen. Stella Jurmann trat auf das Mädchen zu, ging neben ihm in die Hocke und legte ihm den Arm um die Schulter. »Ist schon gut, Clara«, sagte sie, »ist schon gut.« Das Mädchen rechts neben Clara sprang auf. »Sie ist nicht tot!«, rief sie in Viktors Richtung, »du lügst, sie ist nicht tot!« Viktor schaute betreten und sagte nichts. Horn wandte sich an Clara und fragte, ob sie Elviras Freundin sei. Das Mädchen nickte schluchzend. »Die beste Freundin«, sagte die Lehrerin.

Sie sprachen über die Vorstellungen, die man sich mache, wenn ein Mensch verschwinde, über die schlimmen – er könne sich verletzt haben, irgendwo herumirren oder entführt worden sein – und über die ganz schlimmen. Sie sprachen über die Angst, die man bekomme, davor, derjenige könne für immer wegbleiben, und vor dem Bösen, das plötzlich da sei. Sie sprachen über die Wichtigkeit von Angst im Leben des Menschen überhaupt und darüber, warum sie zu engen Beziehungen dazugehöre, dass es daher ganz normal sei, als beste Freundin Angst zu haben und als Familie erst recht. Clara stand auf. »Ich habe ein Bild von ihr«, sagte sie. Sie ging zu ihrem Fach, kramte herum und zog ein Blatt Papier hervor. »Ich bin drauf«, sagte sie, »sie hat es für mich gemalt.«

Auf dem Bild war Elviras Familie zu sehen, Mutter, Vater, Großvater, am rechten Rand der jüngere Bruder. In der Mitte standen nebeneinander zwei Mädchen, eins mit gelben Zöpfen und eins mit pinkfarbener Brille. Vor ihnen saßen zwei riesige Hasen mit Hängeohren in der Wiese, einer braun, der andere weiß mit schwarzen Flecken. »Das sind Methusalem und Kleopatra«, sagte Clara, »sie sind wirklich so groß.«

Bevor sie Schluss machten, sprach Horn noch darüber, dass gute Vorstellungen und Wünsche zwar keine Zauberkraft besäßen wie im Märchen, dass es aber für alle besser sei, sie zu haben, als sie sich ausreden zu lassen. Niemand könne sagen, wann Elvira wieder zurückkomme, aber jeder könne sich zum Beispiel vorstellen, es passiere morgen oder übermorgen. »Morgen«, sagte Clara. »Ich glaube nicht«, sagte Jakob. Er hob die Hand. »Darf ich noch das Stockholm-Syndrom erklären?«, fragte er. Horn schaute zur Lehrerin hinüber. Sie verdrehte die Augen. Es tue ihm leid, aber er glaube, das passe jetzt nicht, sagte Horn.

Stella Jurmann begleitete ihn zum Schultor. »Was denken Sie?«, fragte sie. Er habe keine Ahnung, sagte Horn, die meisten Kinder würden irgendwann wieder auftauchen. »Regina glaubt, sie ist ertrunken«, sagte sie. Ein See, ein Fluss, ein Kind, das sei keine gute Kombination. »Wer ist Regina?«, fragte er. »Meine Schwester«, sagte sie, »sie arbeitet mit Joseph im *Come In*.« Ein Dreieck, dachte Horn, zwei Schwestern und ein Benediktinerpater. Zugleich dachte er an die beiden Kaninchen auf dem Bild des verschwundenen Mädchens, schließlich an das Wort, das der Bub gebraucht hatte: Ausnützer. Er hatte es noch nie gehört. Stella Jurmann lachte. Er schaute sie fragend an. »Meine Schwester ist nicht so«, sagte sie.

Er nahm den Weg durch die Altstadt, die direkte Linie, ging durch zwei Hinterhöfe und überquerte den Parkplatz eines Baumarkts. Wenn man die Schleichwege kannte, war man an einem Ort zu Hause. Manchmal brauchte er dieses Gefühl. Er dachte an sein Haus, daran, wie Irene und er sich vor mehr als dreißig Jahren entschlossen hatten, es zu kaufen, wie er sie zweifelnd angeschaut und gesagt hatte: »Aber es ist so verwinkelt«, und sie geantwortet hatte: »Genau deswegen.« Er dachte an den Blick über die Stadt, an die beiden schiefen Baumstämme hinter der Scheune und an Tobias in der Wiese, mit der Kettensäge in der Hand. Er erreichte die Ache, folgte ihr ein kurzes Stück flussabwärts und stieg über die alte Steintreppe rauf zur Severinbrücke. Vom Brückenscheitel aus schaute er über das Schilf auf den See. Abgesehen vom üblichen Dunst war der Himmel wolkenlos. Die Namen Methusalem und

Kleopatra fielen ihm ein, und dann dachte er daran, dass man sich viel zu selten den Luxus gönnte, mit Kindern zu reden.

Leonie Wittmann erwartete ihn an der Stationstür. »Gehst du, oder gehe ich?«, fragte sie. »Gehe ich wohin?«, fragte er. Benjamin, sagte sie, Erstanhörung, die Richterin und die Patientenanwältin seien schon da. Ich habe gar nichts mehr im Griff, dachte er, weder meine Frau noch meinen Sohn, meine Termine schon gar nicht. »Bei den Terminen muss ich dir recht geben«, sagte Wittmann. Er griff sich an die Schläfen. »Wie würdest du das nennen, was da in mir abläuft?« Gedankenlautwerden, sagte sie, erhöhte Durchlässigkeit oder einfach *genug ist genug*. »Es wird mit den Jahren mehr«, sagte er, und sie sagte, das sei ihnen allen nicht verborgen geblieben. »Ich gehe trotzdem«, sagte er. Sie hob beide Arme. »Ganz wie du willst.« Was er wissen müsse, sei, dass Benjamin auf die Ankündigung der Verhandlung absolut panisch reagiert habe. Er habe erst versucht, die Zimmertür zu verbarrikadieren, dann, sich im Kleiderschrank einzuschließen. Die ganze Zeit habe er gerufen: »No judgement, please, no judgement!«, und die Botschaft, dass es ausschließlich um die Rechtmäßigkeit der Behandlung gegen seinen Willen gehe, habe er nicht einmal in Ansätzen wahrgenommen. »Wo ist er jetzt?«, fragte Horn. »Unterm Bett«, sagte Leonie Wittmann. Mit seiner Decke und seinem Foto habe er sich dort verschanzt. Herbert stehe in der Tür und achte darauf, dass sie offen bleibe.

Die Richterin war eine rundliche Person, die Horns Einschätzungen der Selbst- oder Fremdgefährlichkeit eines Menschen noch nie in Frage gestellt hatte. Entsprächen die Maßstäbe eines anderen im Großen und Ganzen den eigenen, lohne es sich nicht, über Details zu streiten, pflegte sie zu sagen. Außerdem sagte sie, sie lasse es sich von niemandem verbieten, vernünftig zu sein. Die Patientenanwältin – schlank, straff zurückgebundenes Haar, Mitte dreißig – war neu. Horn konnte sie nicht einschätzen. Sie hatte ein Tablet vor sich liegen, auf das sie ab und zu tippte. Herr Al-Sadek habe abgelehnt, mit ihr zu reden, sagte sie. Ihrerseits habe es diesbezüglich mehrere Versuche gegeben – sie wünsche, dass das zu Protokoll genommen werde. Selbstverständlich, sagte die Richterin und schrieb etwas in ihr Notizbuch.

Horn erzählte von Benjamins Herkunft, vom Verlust seiner Familie, von seiner Flucht und von den Ereignissen im Quartier. Dann erzählte er vom Kastanienbaum und der Türschnalle, vom Poltern, das die Kollegin gehört habe, und davon, wie gering die Mittel waren, die einem zur Verfügung standen, wenn ein Mensch wirklich sterben wollte. Die Patientenanwältin hob die Hand. Sie wolle die Sache nicht unnötig kompliziert machen, aber sie frage sich, ob es nicht noch eine andere Möglichkeit gebe. Horn stutzte. »Nämlich?«, fragte er. Der Mann habe doch einen unsicheren Asylstatus, sagte sie, und sie selbst sei psychiatrisch auch mehr oder minder ein Laie, aber angesichts der gewissen Theatralik der Umstände habe sie sich die Frage gestellt, ob in diesem Fall nicht eine spezifische Absicht … Nein, dachte Horn, nein! Es müsse doch möglich sein, im Verhandlungskontext so etwas zu besprechen, sagte die Patientenanwältin. Horn stand auf. »Was ist?«, fragte die Frau. »Ich zeige Ihnen die Strangmarke«, sagte Horn, »und das Foto wollen Sie doch sicher auch sehen.« Die Frau hob abwehrend die Hand. Sie habe das Gefühl, sie werde missverstanden. Sie habe nicht das Gefühl, sagte die Richterin, außerdem müsse man sich sowieso zu dem jungen Mann begeben. Wenn er nicht in die Verhandlung komme, komme die Verhandlung zu ihm.

Herbert stand in der Tür und deutete unters Bett. »Seit einer Stunde«, sagte er. »Spricht er etwas?«, fragte Horn. Herbert schüttelte den Kopf. Einmal habe er ihn Verräter genannt, das sei alles gewesen. »Wovor fürchtet er sich?«, fragte die Richterin. »Vor Ihnen«, sagte Herbert und versuchte ein Grinsen zu unterdrücken. Die Richterin blickte an sich hinab, grinste ebenfalls und sagte, das verstehe sie. Sie ging in die Knie, um unters Bett zu schauen. »Mister Al-Sadek«, sagte sie, »I'm the judge who has to check if the treatment against your will here in this hospital is justified or not. According to our law we are not allowed to let you kill yourself, so I tend to consider a treatment against your will as okay unless you stay here voluntarily.« Nichts geschah. »Can you hear us?«, fragte Horn nach. »Go away!«, rief Benjamin plötzlich, »go away, you Nazi-Judge! You traitors! You just want to send me back, I know it!« Die Patientenanwältin zog die Augenbrauen hoch. »Nazi-Judge«, wiederholte sie. Die Richterin streckte Herbert die Hand hin. Er half ihr hoch. »Da geht momentan nichts«, sagte sie. Es ergehe daher unter der Zeugenschaft der Anwesenden mündlich folgender Spruch: Die Anhaltung werde für vorläufig zulässig erklärt, zur fachlichen Überprüfung ein externer Gutachter bestellt und die nächste Verhandlung für in vierzehn Tagen anberaumt. Die Patientenanwältin hüstelte. Sie habe gedacht, man zeige ihr die Strangmarke und dieses Foto, sagte sie. »Sie können es ja versuchen«, sagte die Richterin und wies unters Bett, »das Foto hat er bei sich, schätze ich, die Strangmarke sowieso.« Jetzt würde ich sie gern umarmen, dachte Horn. Die Richterin wandte sich um. »Nur zu«, sagte sie.

Abgesehen von seiner panischen Angst vor allem, was mit Polizei oder Gericht zu tun habe, verhalte sich Benjamin völlig angepasst, erzählte Herbert etwas später beim Kaffee. Er sei höflich, lache gern, spiele hervorragend Tischtennis und Schach, zeige ein deutliches Interesse für Ayshe, eine der Schwesternschülerinnen, und fresse wie ein Scheunendrescher. Das mache ihn, Herbert, in seiner simplen Mütterlichkeit so richtig froh. Besuch habe Benjamin noch keinen erhalten, einen habe man mit der Unterstützung der Frau Oberärztin abgewehrt, davon wisse Benjamin allerdings nichts. Horn schaute zu Leonie Wittmann. »Ich auch nicht«, sagte er. »Sei froh, dass du nicht alles weißt«, sagte sie.

Das Ganze sei nach der Morgenbesprechung passiert, erzählte sie. Er, Horn, sei in der Schule gewesen, daher habe Andrea Emler sie angerufen. Es stünden ein paar drängende Polizeibeamte am Empfang und wollten unbedingt mit Benjamin Al-Sadek sprechen. Es gehe um strafrechtlich relevante Dinge. Sie habe die Herren erst einmal warten lassen, um das richtige Maß an Zorn in sich hochzuladen, erzählte Leonie Wittmann. Das tue sie immer, wenn jemand dränge. Die zwei Herren in Zivil hätten sich dann als SEA-Beamte ausgewiesen, *Sondereinheit Ausreise*, der dritte sei ein Typ in schwarzer Uniform gewesen, Security aus der *Burg*. Es bestehe der begründete Verdacht, dass Benjamin Al-Sadek eine gezielte Gewalthandlung gegen einen Vertreter des Sicherheitsdienstes gesetzt und sich danach der behördlichen Verfolgung entzogen habe. Daher sei es unbedingt notwendig, mit ihm zu reden. Sie habe gesagt, *notwendig* sei gut und schön, aber *unmöglich* sei stärker, *aus medizinischen Gründen unmöglich* sei besonders stark. Das habe den Ton der Herren so verschärft, dass sie sich ihrerseits zur Frage veranlasst gesehen habe, worum es sich bei der SEA eigentlich handle. Wenn sie sich richtig erinnere, habe es vor langer, langer Zeit eine Sondereinheit der Polizei gegeben, die sich ganz intensiv mit der Außerlandesschaffung von Menschen befasst habe. Ob die SEA ein ähnliches Profil aufweise. Einer der beiden SEA-Typen habe sich daraufhin ihren Namen aufgeschrieben und eine der üblichen dumpfen Drohungen ausgestoßen: Das werde Folgen haben, sie werde von ihnen hören, man wisse, wohin man sich zu wenden habe. Es sei egal, es passiere in solchen Situationen sowieso nie etwas. »Hast du das Wort ausgesprochen?«, fragte Horn.

»Du meinst das gefährliche?«

»Es beginnt mit G und hört mit ESTAPO auf.«

Erstens sei sie kein Trottel, sagte Leonie Wittmann, und zweitens wolle sie ihm nicht um jeden Preis Schwierigkeiten bereiten. Natürlich habe sie nichts gesagt. Derjenige, der sich wie ein Nazi verhalte, mache den Umstand, dass das ausgesprochen werde, zum Skandal – das sei das kleine Einmaleins pathologischer projektiver Abwehr. Sie denke, so etwas könne sie vermeiden. Herbert schaute Leonie Wittmann bewundernd an. Er wäre zu gern dabei gewesen, sagte er. Sie lachte. »Wieso?«, fragte sie. »Reiner Voyeurismus«, sagte er. »Du lügst«, sagte sie, »du liebst es, in die Gesichter von Arschlöchern zu schauen und in ihnen die Frage zu sehen, wie es sich wohl anfühlt, von dir eine geknallt zu bekommen.« Jetzt lachte er auch. »Touché«, sagte er. »Woher kennst du dieses Wort?«, fragte sie. »Ich bin auch kein Trottel«, sagte er.

Horn fragte, ob es sonst Berichtenswertes gebe. Flora Altenburg, die gerade das letzte Stück einer Laugenbrezel verdrückte, sagte, ja, Eugen Wild sei gegangen. Er habe zum Abschied gesagt, es gebe Verbrecher, die ab einem bestimmten Punkt in ihrem Leben ohne Gefängnis nicht mehr auskämen, und auf ihren Einwand, er sei alles andere als ein Verbrecher, habe er gesagt, viel schlimmer, er sei ein Selbstmörder, der es nicht einmal schaffe, sich von einem Betonmischwagen überrollen zu lassen. Mit anderen Worten – er sei einer, dem am Ende die geweihte Erde verwehrt bleiben werde, und zugleich ein Maximalversager. Selbst im Elend sei er noch ein Hinterbänkler. »Er geht und ist mit einem Bein schon wieder da«, sagte Altenburg, irgendwie sei das frustrierend. »Etwas Besseres als den Tod findest du überall«, sagte Herbert aus dem Nichts. »Was soll das heißen?«, fragte Flora Altenburg. Er habe keine Ahnung, sagte Herbert, es sei ihm plötzlich eingefallen. Er glaube, es stamme aus einem Kinderbuch, am ehesten von Astrid Lindgren, *Ronja Räubertochter* oder *Die Brüder Löwenherz*. »*Die Bremer Stadtmusikanten*«, sagte Leonie Wittmann. »Bist du dir sicher?«, fragte Horn. Der Esel sage es zum Hahn, sagte sie, sie sei sich sicher. Es sei in Wahrheit einer der zentralen revolutionären Sätze. Der Geknechtete, Minderwertige, Ausgesonderte erkennt, dass er einen Handlungsspielraum besitzt, und sei es nur den, wegzugehen. Oder den, wiederzukommen, dachte Horn. »Wann hat Wild seine nächste ambulante Kontrolle?«, fragte er. »In drei Wochen«, sagte Flora Altenburg. »Bestellen Sie ihn früher«, sagt Horn. Er dachte an Betonmischwägen, an Kabelbinder, an Erzengel und Ministerinnen, die Macht über einen gewannen und einen abstießen, wenn es ihnen passte. Am Schluss dachte er an das gute alte Erhängen. Das beunruhigte ihn.

Er räumte seine Kaffeetasse in den Spüler und blickte fragend in die Runde. Spreche irgendetwas dagegen, dass er früher nach Hause gehe? Es gebe da etwas mit seinem Sohn zu regeln. Außerdem habe ihm diese neue Patientenanwältin den Nerv gezogen. Er habe das Gefühl gehabt, sie halte eine Strangmarke für eine Art Halskette, sagte Herbert. »Sie wird eine Weile brauchen, bis sie merkt, dass sie im falschen Beruf ist«, erwiderte Horn und wandte sich zum Gehen.

Leonie Wittmann hob die Hand. Sie wisse, das komme jetzt ungelegen, aber da sei noch etwas. Horn kniff ein Auge zu und schaute sie an. »Jakob Wenzel«, sagte sie. »Jakob wer?«, fragte er. Eugen Wild sei gegangen, und Jakob Wenzel sei gekommen, sagte sie.

»Ein Neuer?«

»Jimi!«, sagte Herbert und tat so, als würde er auf einer E-Gitarre spielen. Horn griff sich an die Stirn. Er sah den hageren Mann auf dem Bett sitzen, mit aufgerissenen Augen und Kopfverband, sah ihn an der Decke herumzupfen und hörte ihn wimmern. »Hat er sich erfangen?«, fragte er. Ja, das habe er, sagte Leonie Wittmann, er brauche jede Menge Tranquilizer, aber die Symptome des Alkoholentzugs seien praktisch verschwunden. Das sei allerdings nicht der Punkt.

»Sondern?«

In der ersten Nachthälfte sei Jakob Wenzel noch massiv von Ängsten und Halluzinationen geplagt gewesen. Er sei vor seinem Bett gekniet, habe die Arme über dem Kopf und vor dem Gesicht gehabt und permanent geschrien, nein, bitte nicht, er wolle nicht, er wolle den Siegelring nicht. Kurz nach Mitternacht sei er eingeschlafen, und am Morgen sei der Spuk dann vorbei gewesen. Sie habe sich beim Frühstück zu ihm gesetzt und ihn gefragt, ob er sich erinnern könne, an sie oder daran, was passiert sei. Er habe zuerst gesagt, nein, könne er nicht, er erinnere sich an einige Bruchstücke an der Unfallabteilung, zum Beispiel an seinen Bettnachbarn, der auch etwas mit dem Kopf gehabt habe. Das sei aber auch schon alles. Als sie nicht lockergelassen und gesagt habe, die Psychiatrie sei doch dazu da, es Menschen zu ermöglichen, die wirklich schwierigen Dinge zu besprechen, habe er noch ein paarmal von seinem Brot abgebissen. Dann habe er gesagt: »Es waren vier.« Sie habe gefragt, was er damit meine, und er habe gesagt: »Vor dem Lokal. Es waren vier.« Er sei aus der *Cantinetta* gekommen, ziemlich betrunken, wie immer, wenn Antonio eine neue Grappa-Lieferung bekomme, habe noch überlegt, ob er nicht gleich ein Taxi rufen solle, da seien sie plötzlich da gewesen, wie aus dem Nichts, alle mit Kapuzen auf ihren Köpfen. »Einer links, einer rechts«, habe er gesagt, zwei hätten sich untergehakt, was ihm in seiner Verfassung nicht unrecht gewesen sei. Sie hätten ihn auf ein Wiesenstück geführt, das sei das eine, woran er sich erinnere, das andere, dass einer der vier ein wirklich mächtiger Mensch gewesen sei. Sie hätten ihn aufgefordert, sich in die Wiese zu knien, der Große sei vor ihm gestanden wie ein Berg, dann sei es passiert. Was sei passiert, habe sie gefragt, und der Mann habe wortlos auf seinen Kopf gezeigt.

Er habe plötzlich sehr erschöpft gewirkt, außerdem so, als steige der Schrecken wieder in ihm hoch. Sie habe ihn daher gefragt, ob er aufhören wolle. Er habe verneint, und sie habe gesagt, sie habe eh nur noch eine Frage, nämlich, was es mit diesem Siegelring auf sich habe. Er habe genickt: Ja, man habe ihm erzählt, dass er das im Delirium von sich gegeben habe. Er habe keine Ahnung, aber in so einem Zustand rede man doch nur wirres Zeug. Als sie von ihm wissen habe wollen, ob er selbst einen Siegelring besitze, habe er gelacht und gesagt, nein, er habe in seinem Leben eine einzige Person mit einem Siegelring gekannt, und das sei schon ewig her. Es sei sein Direktor gewesen. Sie habe gefragt, in welche Schule er damals gegangen sei, und er habe gesagt, er spreche nicht von einer Schule, sondern von dem Kinderheim, in dem er über viele

Jahre hinweg gearbeitet habe. In einem Kinderheim gebe es auch einen Direktor.

»Es fühlt sich komisch an«, sagte Eleonore Bitterle. »Was? Die Sache mit dem Siegelring?«, fragte Horn. Nein, die nicht, sagte sie, der Siegelring sei symbolisch interessant – Geheimbund, Siegel der Verschwiegenheit, et cetera –, ihr komisches Gefühl habe eher mit den vier Gestalten zu tun, von denen Jakob Wenzel gesprochen habe. »Hältst du sie für real?«, fragte Horn. »Ich weiß nicht«, sagte sie, so konkret und detailreich wie der Mann die Szene beschrieben habe, komme sowohl ein wahnhaft-halluzinatorisches Erlebnis als auch die Wirklichkeit in Frage. Andererseits, und das mache wahrscheinlich ihre Irritation aus, wirke die ganze Inszenierung so unglaublich theatralisch – die Kapuzen, das Eskortieren auf die Wiese, die Art der Verletzung sowieso. »Vielleicht hat er alles erfunden«, sagte sie. Dann sagte sie, sie werde trotzdem die Polizei informieren. Horn überlegte. »Wie hast du damals gesagt?«, fragte er.

»Wann damals?«

»Als du mich auf U14 rufen hast lassen.«

»Eine Schicht Sand auf glattem Eis.«

Genau, sagte Horn, er habe damals an absurde Kombinationen gedacht, an Dromedare in der Arktis oder an Eisbären in der Wüste. Herbert stand auf, tanzte tapsig durch den Raum und summte *Probier's mal mit Gemütlichkeit*. »Baloo ist aber kein Eisbär«, sagte Flora Altenburg. »Eh nicht«, sagte Herbert, »aber Jimi hat's mit der Musik.« »Und was heißt das?«, fragte Horn. »Keine Ahnung«, sagte Herbert, »ist mir eingefallen, wie ihr so gescheit dahergeredet habt.« Er glaube, gute Musik passiere dort, wo Realität durch Inszenierung erträglich gemacht werde. Er stellte sich breitbeinig hin, warf den

Kopf in den Nacken und begann Luftgitarre zu spielen und zu singen: »There must be some kind of way out of here / Said the joker to the thief / There's too much confusion / I can't get no relief.« Flora Altenburg zog missbilligend die Nase kraus. »Was soll das sein?«, fragte sie. »*All Along The Watchtower*«, sagte Leonie Wittmann.

»Kenne ich nicht.«

»Ist auch nicht von Mozart«, sagte Herbert und grinste. Horn dachte an den Club 27, an das Leuchten in den Augen Herberts, wenn er über die Eleganz einer Fender Stratocaster sprach, und daran, dass er selbst alt wurde, auch wenn er sich nicht so fühlte. Dann dachte er daran, wie sehr Leute wie Herbert die Atmosphäre an seiner Abteilung bestimmten, und er fragte sich, wann dieser Mann mit den riesigen Händen zuletzt selbst Gitarre gespielt hatte.

Er fuhr mit offenen Fenstern. Er mochte es, wie sich auf dem Weg aus der Stadt die Luft veränderte, wie es kühler wurde und wie es in den Kurven, die aufwärts zu seinem Haus führten, plötzlich nicht mehr nach See, sondern nach Wald roch. Er sah die Kiefern, die Martin Schwarz weiß markiert hatte, und an der Stelle, an der der Himbeerschlag an die Straße reichte, sah er, dass die Beeren inzwischen reif waren.

Horn stellte sich vor, wie er zuallererst hinters Haus gehen, den Deckel der Mülltonne heben und sehen würde, dass der schwarze Sack weggeräumt war. Er würde sein Arbeitszimmer betreten, die Dose Minneapolis Premium Pink aus dem Schreibtisch holen, sie Tobias präsentieren und ihm die notwendigen Fragen stellen. Tobias würde es die Sprache verschlagen. Ich brauche die Vorstellung, meinen Sohn zu kontrollieren, dachte er, und ich brauche die Vorstellung, zu gewinnen. Ab und zu stellte er sich vor, Tobias überhaupt aus dem Haus zu jagen, ihm die Koffer vor die Tür zu stellen und zu sagen: »Verschwinde!« Dann fühlte er sich für einen Moment so richtig befreit. Danach ging es ihm tagelang schlecht. Irene erzählte er von diesen Dingen nichts.

Er schloss das Garagentor und schritt auf das Haus zu. Tobias saß unter dem Sonnenschirm und rührte sich nicht. Er schläft, dachte Horn. Als er näher kam, zeigte Tobias in Richtung Scheune. An der Ecke hockte eine grau getigerte Katze vor einem Teller und fraß. »Was ist das?«, fragte Horn. »Eine Katze«, sagte Tobias.

»Das sehe ich. Wem gehört sie?«

In Bezug auf Katzen über Besitzverhältnisse zu sprechen heiße, sie als Sache zu betrachten, sagte Tobias. Das lehne er ab. Eine Katze gehöre sich selbst, sonst niemandem. »Du bist ein Depp«, sagte Horn, »du weißt genau, was ich meine.« Er habe keine Ahnung, sagte Tobias, er glaube, die Katze gehöre niemandem. »Eine Streunerin«, sagte Horn. Wenn er so wolle. Sie nehme Futter, verhalte sich aber ansonsten extrem reserviert. Außerdem sei sie eine behinderte Streunerin. Horn fragte, wieso behindert, und Tobias sagte, sinnesbehindert. »Sie schielt.« Woher er das wisse, fragte Horn. Tobias sagte, woher wohl, die Katze habe es an den Augen, nicht er.

Horn setzte sich. »Ich muss mit dir reden«, sagte er. »Ich auch«, sagte Tobias. Es sei wegen Malik. »Freund Malik«, sagte Horn, »welche Funktion hat er denn gerade?«

»Wie meinst du das?«

»Assistent, Lehrer, künstlerischer Beistand – was ist er?«

»Schlafgast«, sagte Tobias. Im Übrigen möge er die Art nicht, in der er *Freund Malik* sage. Horn fragte, was *Schlafgast* heiße, das klinge nach einem heruntergekommenen Fremdenverkehrsbetrieb, und Tobias sagte, Malik könne momentan nicht ins Quartier. Man beschuldige ihn der Beteiligung an Widerstandshandlungen gegen die Polizei und den Sicherheitsdienst und warte nur darauf, ihn festnehmen und abschieben zu können. Außerdem habe er eine gefährliche Stichwaffe verschwinden lassen. Tobias zeichnete Gänsefüßchen in die Luft. Zuletzt habe Malik zweimal auf einem Notschlafplatz im *Come In* genächtigt, länger gehe das allerdings nicht. »Er schläft bei dir – das willst du mir sagen, oder?«, fragte Horn. Tobias wiegte den Kopf hin und her. Das treffe es nicht genau.

»Sondern?«

»Er schläft bei uns«, sagte Tobias. »Bei uns?«, fragte Horn. Tobias deutete mit dem Kopf in Richtung Haus. »Im Stall«, sagte er. Er habe mit Malik eine der Reservematratzen vom Dachboden geholt und ihm etwas von seinem Bettzeug gegeben. Horn dachte an die Musikanlage, an seine Bücher und an Irenes Noten. »Wie stellst du dir das vor?«, fragte er. Das sei die spießigste Frage überhaupt, sagte Tobias – so, wie es momentan sei, genau so stelle er sich das vor. Seine widerwärtigen Befürchtungen könne er sich übrigens sparen, Malik sei Künstler und kein Dieb.

Horn legte seine Hände flach auf den Tisch. Apropos Künstler, sagte er. Tobias beugte sich vor. »Wir waren es«, sagte er. »Ihr wart was?«, fragte Horn. Er gehe davon aus, dass er in die Mülltonne geschaut, die leeren Spraydosen gefunden und eins und eins zusammengezählt habe, sagte Tobias. »Gefällt es dir wenigstens?«, fragte er. Horn sah die Dose Minneapolis Premium Pink vor sich und dachte an seine Vorstellung, Tobias aus dem Haus zu jagen. »Ich müsste mir's anschauen«, sagte er. Er habe lediglich die Bilder in der Zeitung gesehen. »Ich – Jamie Foxx, Malik – Hagia Sophia«, sagte Tobias und strahlte. »Was erwartest du jetzt von mir?«, fragte Horn. Tobias schaute ihm in die Augen. Dass er das tue, wovon er immer wieder behaupte, dass es seinen Patienten gegenüber das Wichtigste sei – stillhalten.

Horn blickte sich um. »Wo ist Malik eigentlich?«, fragte er. »Er schläft«, sagte Tobias. Die Nacht sei anspruchsvoll gewesen. Horn schaute ihn fragend an. Nicht, was er denke, sagte Tobias, sondern Kunst im öffentlichen Raum. »*Last Men Standing*?«, fragte Horn. Nein, die seien längst fertig – etwas anderes, viel flüchtiger, viel effektvoller, viel politischer. Horn schaute übers Dach in die Baumwipfel. Zuerst dachte er, dass er den Dolch made in Pakistan gern einmal selbst in Händen halten würde. Dann fiel ihm ein, was dieser große, rothaarige Bub in der Volksschulklasse erzählt hatte. Er fixierte Tobias. Er werde jetzt gehen und noch einmal in die Mülltonne schauen, sagte er, er sei schon neugierig. Tobias hielt seinem Blick stand. Den Weg könne er sich sparen, sagte er. »Aha«, sagte Horn, »weil?«

»Zwei Plastikkanister, jeweils drei Liter, leer.«

»Was war drin?«

»Nitroverdünnung.«

Horn strich sich seitlich über die Nase. »Noch einmal: Was erwartest du von mir?«, fragte er. »Immer noch das Gleiche«, sagte Tobias, »stillhalten. Du bist mein Vater.«

Die Katze saß neben dem leeren Teller und putzte sich. Sie war ein großes, kräftiges Tier. Warum zeigt sie mir ihre Augen nicht?, dachte Horn. »Sie mag nicht jeden«, sagte sein Sohn.

FÜNFZEHN

Charlotte war vor ihm gestanden, blass und zitternd, die Finger in die Außenseite ihrer Shorts gekrallt. Er hatte sie angebrüllt: Wie sie denn glaube, mit ihm umspringen zu können, wer sie denn sei und wie man denn überhaupt auf so eine Schnapsidee kommen könne. Die Sache war mit ihm durchgegangen, und erst als er gesehen hatte, wie die Tränen begannen, über ihr Gesicht zu laufen, hatte er es geschafft, aufzuhören. »Tut mir leid«, hatte er gesagt und den Zettel auf den Tisch gelegt. Der Kühlschrank hatte gebrummt, Charlotte hatte geschnieft, sonst war es für einen Moment still gewesen. Plötzlich war Marlene am Türrahmen gelehnt. »Sie ist deine Tochter, sie macht sich Sorgen, und es war meine Idee«, hatte sie gesagt. Wenn er schon glaube, jemanden anschreien zu müssen, dann solle er es mit ihr tun. Er werde niemanden mehr anschreien, hatte er versprochen, und Marlene hatte gesagt, sie werde versuchen, ihm das zu glauben. »Wirst du hingehen?«, hatte sie gefragt. Er hatte den Zettel vom Tisch genommen, einen Blick darauf geworfen und gesagt, der Termin sei in einer halben Stunde, wie sie sich das vorstelle. »Fertig frühstücken, Schuhe anziehen, dann links zwo drei vier«, hatte sie gesagt, man gehe dorthin am besten zu Fuß, maximal zehn Minuten. Er war mitten in der Küche gestanden und hatte sich hilflos gefühlt. »Und die Dienstbesprechung?«, hatte er gesagt, »die Tageseinteilung, die Ermittlungen?« Könne alles warten. Wenn er krank sei, müsse das auch von den Kollegen übernommen werden. »Ich bin nie krank«, hatte er gesagt. Marlene hatte den Kopf schief gelegt, und Charlotte hatte sich übers Gesicht gewischt. Er hatte an Fred Ley gedacht, an Seeluft und daran, dass es gegen das Gift des Bösen keine Immunisierung gab. Dann hatte er den Zettel zusammengefaltet und in seine Gesäßtasche gesteckt. »Und was ist, wenn etwas Schlimmes rauskommt?«, hatte er gefragt.

Die Ordinationshilfe war rundlich, hatte Lachfältchen um die Augen und eine gelbe Gummibärenbrosche an ihrer Bluse. »Sie haben eine extrem kompetente Tochter«, sagte sie, während sie seine Daten aufnahm. Ludwig Kovacs nickte. »Was hat sie erzählt?«, fragte er. Dass sie einen Vater habe, der den irregulären Rhythmus seines Herzschlags nachklopfen und mit Musik vergleichen könne, sagte die Frau, einen Vater, dessen Gesicht knallrot sei, wenn er sich aufrege, und der sich zirka so viel bewege wie ein Faultier, einen Vater schließlich, von dem ihre Mutter sage, sie werde ihn irgendwann einmal tot aus der Badewanne holen. Ihr Vater würde nie im Leben von sich aus zum Arzt gehen, habe seine Tochter gesagt, und da sie keine Pistole besitze, die sie ihm an die Brust setzen könne, versuche sie es auf diese Weise und mache einfach einen Termin aus. »Hat sie das mit der Pistole wirklich so gesagt?«, fragte Kovacs. Ja, sagte die Frau, so etwas würde sie nie erfinden. Sie müsse das entschuldigen, sagte er, es liege wohl daran, dass Charlotte eine Polizistentochter sei. Die Frau lachte. Sie müsse gar nichts entschuldigen. Wenn man Männer zum Arzt bringen wolle, brauche man manchmal eine Schusswaffe.

Sie fragte nach Lebensgewohnheiten, Rauchen, Alkohol, Bewegung, Schlaf und Arbeitsbelastung, und schrieb die Dinge in ein elektronisches Formular. Kovacs versuchte bei der Wahrheit zu bleiben und fühlte sich bei jedem der Punkte ein wenig schuldig. Am Schluss erkundigte sich die Frau vorsichtig, ob sie ihn auch nach seinem Sexualleben fragen dürfe, das sei nämlich kardiologisch nicht ganz irrelevant. Kovacs lachte und sagte, natürlich dürfe sie, das sei einer der wenigen Bereiche, für die er sich nicht genieren müsse.

Während er auf der Untersuchungsliege lag und ihm die Ordinationshilfe die EKG-Elektroden anlegte, dachte Kovacs daran, dass er auf die Frage nach Erkrankungen in der Familie lediglich gesagt hatte, er glaube, sein Vater habe einen hohen Blutdruck gehabt. Er hatte nichts von seinem permanent roten Schädel erzählt, nichts von seinem Trinken und schon gar nichts davon, wie es war, wenn ihn der Alte so lange prügelte, bis er bewegungslos in irgendeiner Ecke lag. »Mein Vater ist mit sechzig an einer Hirnblutung gestorben«, sagte er, »er selbst würde sagen, es hat ihm die Birne zerrissen. Ich kann nicht behaupten, dass ich darüber traurig war.« »Pssst«, sagte die Ordinationshilfe, »die Ableitung läuft. Sie sollten nichts reden und sich schon gar nicht aufregen.« Er rege sich nicht auf, sagte Kovacs, die Sache sei schon lange gegessen.

Er erinnerte sich, wie er bei der Beerdigung seines Vaters am Grab gestanden war, seine Mutter betrachtet hatte, eine völlig zerstörte Frau, und seinen Bruder, der auf dem Weg war, ein Arschloch wie sein Vater zu werden, und wie er damals gedacht hatte, dass Gerechtigkeit nichts anderes war als eine Erfindung von Menschen, die es schlecht erwischt hatten. Er dachte an Yvonne, seine erste Ehefrau, mit ihrer emotionalen Kühle, und daran, dass Charlotte offenbar Marlene als ihre Mutter ausgegeben hatte. Er dachte an Marlenes Brüste, an ihren Nacken und an die Art, in der sie Menschen mit dem ganzen Körper umarmte, und er merkte, dass er darauf achten musste, nicht augenblicklich eine Erektion zu bekommen.

»Wo ist der Papierstreifen?«, fragte Kovacs, als ihm die Ordinationshilfe die Elektroden abnahm und ihm ein Handtuch zum Abwischen reichte. Streifen gebe es nur noch auf besonderen Wunsch, sagte sie, es laufe alles vollelektronisch – Ableitung, Auswertung und Weiterleitung zum Doktor.

»Und wie hat es ausgesehen?«

»Ihr EKG. Geht so.«

»Was heißt *geht so*?«

Wie halt das EKG eines Mannes aussehe, der sei wie er – Anfang sechzig, strapaziöser Beruf, das Heben des Bierkrugs und der Gang zur Couch die wesentlichen sportlichen Aktivitäten. »Sie sind gemein«, sagte er. Sie legte ihm die Blutdruckmanschette um den Oberarm. Außerdem sei er mit *geht so* gar nicht einverstanden. Er solle sich doch nichts vormachen, das ganze Leben bestehe aus *geht so*, sagte sie. Sie ließ langsam Luft aus der Manschette. »Was ist?«, fragte er. »Na ja«, sagte sie. »Das ist aber nicht Ihr Ernst – *geht so* und *na ja*«, sagte er. Sie lachte.

»Kann man *na ja* in Zahlen ausdrücken?«

»Einhundertachtzig zu einhundertfünf«, sagte sie.

Der Kardiologe war Mitte vierzig, grauhaarig, schlank und auf eine unverbindliche Weise zugewandt. Er horchte ihn ab, ließ ihn ein paar Kniebeugen machen, horchte ihn wieder ab, fragte nach Engegefühlen in der Brust, nach Schmerzen im Hals, im Rücken oder im linken Arm, nach Kurzatmigkeit und nach geschwollenen Unterschenkeln. Als Kovacs sagte, das alles habe er nicht, Beethoven, Fünfte, das sei sein Problem, kurz

kurz kurz lang, lachte er und fragte, in welchen Situationen er sie spüre, die Schicksalssymphonie. Kovacs sagte, nachts, untertags, im Job, zu Hause, mal so, mal so, und der Arzt sagte, das sei die Auskunft, die man als Arzt gewohnt sei – mal so, mal so. Angesichts des Umstandes, dass im Ruhe-EKG nicht viel zu sehen sei, halte er das Ganze für eine blutdruckabhängige Rhythmusstörung. »Ventrikuläre Extrasystolen, manchmal einzeln, manchmal in Serie, kurz kurz kurz lang, lästig, aber glücklicherweise nicht allzu gefährlich.« Er verordne ihm einen Betablocker, der wirke sowohl gegen die Arrhythmien als auch gegen die Hypertonie. »Sie müssen allerdings messen«, sagte der Arzt, »am Anfang dreimal täglich.« »Grauenhaft«, sagte Kovacs. Gesundheit verlange Opfer, antwortete der Arzt. Wenn ich eine gute Beziehung zu Opfern hätte, wäre ich ins Kloster gegangen, dachte Kovacs, sagte aber nichts. Als er sich verabschiedete, streifte ihn ein Gedanke. Er kriegte ihn aber nicht zu fassen.

Die Ordinationshilfe druckte ihm das Rezept aus. Eine Tablette pro Tag, morgens oder abends, das sei egal. Zwei Straßen weiter finde er eine Apotheke. Dort könne man übrigens auch Blutdruckmessgeräte kaufen, sagte sie und lachte. »Haben wir«, sagte Kovacs und zögerte. »Was ist?«, fragte sie. Er deutete auf die Gummibärenbrosche an ihrer Bluse.

»Wo kriegt man die?«

»Für Ihre Frau?«

»Nein, für meine übergriffige Tochter«, sagte Kovacs. Fürsorglich, sagte die Ordinationshilfe, nicht übergriffig. Gut, fürsorglich, sagte er, aber das liege manchmal nahe beisammen. Sie griff an die Bluse, nahm die Brosche ab und reichte sie ihm. »Da.« Kovacs wusste nicht, was er sagen sollte. »Nehmen Sie sie einfach«, sagte die Frau. Sie habe sie in einem italienischen Souvenirgeschäft gekauft, in einer Fünferpackung. Das Ding sei lustig, aber aus Plastik. Es habe praktisch nichts gekostet. »Danke«, sagte Kovacs, »aber warum?« Irgendetwas an dem Telefonat mit seiner Tochter sei besonders gewesen, sagte sie, sie glaube, es habe mit Angst zu tun gehabt. »Angst?«, fragte er. »Ja«, sagte sie, »Ihre Tochter hat Angst um sie.«

Obwohl der Vormittag schön zu werden versprach, widerstand er der Versuchung, sich zu Lefti in den Gastgarten zu setzen, querte auf dem alten Stahlsteg die Bahn und ging die Begrenzungsmauer des Stifts entlang in Richtung Zentrum. Am westlichen Ende des Rathausplatzes bog er in eine schmale Gasse mit niedrigen mittelalterlichen Häusern ab.

Die beiden Schaufenster der Dromedarenapotheke waren mit Sonnenschutzmitteln und Repellentien gefüllt. Die natürlichen Feinde des Menschen waren offenbar nicht der Herzinfarkt und der Schlaganfall, sondern Sonnenbrand und Stechmücke. Viktoria Stich kam aus dem Hinterzimmer, als er eintrat. Die kleine, quirlige Pharmazeutin war das Einzige, was Ludwig Kovacs im Medizinsystem bisher gelten hatte lassen. Sie verkaufte ihm Blasenpflaster, gab ihm die richtigen Pulver, wenn er unter Zahnschmerzen litt, und ab und zu durfte sie die Wunden versorgen, die er sich in der Arbeit oder im Garten zugezogen hatte. »Ich überschreite meine Kompetenzen«, sagte sie dann, und er antwortete, sie habe keine Vorstellung davon, was er alles überschreite, wenn er sich in ihre Hände begebe. Seit Jahren galt ein Abkommen zwischen ihnen: Er machte sich über Homöopathie nicht lustig, und sie erzählte keine Polizistenwitze. Das funktionierte gut. Manchmal sagte sie: »Kennen Sie den?«, sonst nichts, und sie lachten.

Viktoria Stich schaute erstaunt, als er ihr das Rezept hinlegte. »Sie gehen fremd?«, fragte sie. Er zuckte mit den Schultern. »Man hat mich gezwungen«, sagte er. Das sei die Standardausrede feiger Männer, sagte sie und holte die Medikamentenpackung aus dem Schrank. Die Tabletten sahen aus wie kleine Herzen. »Gibt es die auch rund?«, fragte Kovacs, »oder von mir aus viereckig?« Sie schüttelte den Kopf. »Haben Sie ein Problem damit?« Herzform für Herztabletten, das sehe so aus, als halte man die Menschen für blöd, sagte er. Sie verstehe ihn, aber das sei nach wie vor das Spezifikum der medizinischen Fürsorge – immer ein wenig von oben herab. Fürsorge, das habe er eben erst gehört, sagte er, er möge den Begriff nicht. »Aber Kerstin ist nett, oder?«, fragte die Apothekerin.

»Wer ist Kerstin?«

Die Ordinationshilfe, sagte sie, sie sei mit ihr befreundet. »Das heißt, wenn ich bei der Tür draußen bin, rufen Sie sie an und sagen: Alles in Ordnung, er hat sich zwar über die infantile Form der Tabletten beschwert, aber er hat sie abgeholt.« Die Apothekerin lachte. Sie wette, bei der Polizei sei es nicht anders, sagte sie.

Eleonore Bitterle stand vor dem Whiteboard, zog Linien und setzte Haken neben Namen. Sie war allein. Kovacs schlug sich an die Stirn, als er sie sah. »Tut mir leid«, sagte er, »wir wollten …« »Wir werden«, unterbrach sie ihn. Er brauche kein schlechtes Gewissen zu haben, seine Tochter habe in der Früh angerufen und mitgeteilt, er sei beim Arzt. Es sei eine Routineuntersuchung, aber wie sie ihn einschätze, werde er vergessen, Bescheid zu geben. »Du hast eine extrem kompetente Tochter«, sagte sie. »Wenn du jetzt noch etwas über Fürsorge sagst, drehe ich mich um und gehe«, sagte er. »Du gehst nicht, sondern wir fahren«, sagte sie, »weiß sie schon, wie es war?«

»Wer?«

»Deine Tochter. Hast du ihr schon Bescheid gegeben?«

Nein, sagte Kovacs, es sei eh alles in Ordnung. Mehr oder minder. Eben deswegen, sagte Bitterle. »Gehen wir«, sagte Kovacs.

Kovacs saß am Steuer und diktierte Bitterle die SMS.

ich werde anscheinend noch einige zeit leben

»Das geht nicht«, sagte sie, »das ist destruktiv und zynisch.« Seine Tochter halte so etwas aus, sagte er. Wenn er das wirklich abschicken wolle, müsse er stehen bleiben und es selbst schreiben. »Du bist unglaublich stur«, sagte er.

die blutdrucktabletten sehen zwar aus wie für kleinkinder aber die ordinationshilfe war nett danke lg dv

»Na, siehst du, geht ja«, sagte Bitterle, »was heißt *dv*?«

»Dein Vater«, sagte er, irgendwie müsse er zeigen, dass er diese neue Sprache auch beherrsche. »Und weg«, sagte sie und drückte auf das Pfeilchen.

Sie fuhren am Nordufer des Sees entlang, ließen Waiern und Mooshaim links liegen und bogen nach einem aufgelassenen Kalksteinbruch in die Bundesstraße in Richtung Salzburg ein. Die Industriezone begann nach etwa zwanzig Kilometern. Ein Großmarkt für Fliesen und Sanitärkeramik, ein Sägewerk mit angeschlossener Pelletserzeugung, eine Verzinkerei, eine Firma, die Betonfertigteile herstellte. Am Schluss die beiden riesigen schwarzen Hallen mit einem verspiegelten Würfel davor. Offenbar das Bürogebäude. Kovacs sah, dass der Schranken mittels Fingerprintsensor zu öffnen war, als sie sich über die Gegensprechanlage anmeldeten. Sie parkten direkt am Haupteingang, in der Zone, die für die Geschäftsführung reserviert war. Kovacs legte seine dienstliche Visitenkarte aufs Armaturenbrett. »Das tust du doch sonst nie«, sagte Eleonore Bitterle. Kovacs zeigte auf die Kameras, die verteilt über den Parkplatz an Metallsäulen montiert waren. Er habe das Gefühl, hier sei das angemessen, sagte er.

Markus Helbich erwartete sie im Konferenzraum neben seinem Büro. Er war ein mittelgroßer, schlanker Mann, dunkelhaarig mit Stirnglatze. Seine Bewegungen wirkten etwas linkisch, registrierte Kovacs, aber das mochte mit der Situation zu tun haben, in der er sich befand. Er hatte auf einem Sideboard Kaffee und Kuchen anrichten lassen. Auf dem Tisch lagen Ordner und einige Papierstapel.

Es tue ihm leid, dass er zuletzt nicht habe dabei sein können, sagte Helbich, die Firma habe in Tschechien ein neues Werk in Bau. Das mache seine Anwesenheit manchmal notwendig.

»Können Sie schlafen?«, fragte Eleonore Bitterle, nachdem sie Platz genommen hatten. Helbich schaute überrascht, dann schüttelte er den Kopf. Ab und zu zwei, drei Stunden, sagte er. Seine Frau nehme Schlafpulver, er habe das immer abgelehnt. »Was tun Sie, wenn Sie wach liegen?«, fragte Bitterle. Er liege nicht wach, sagte der Mann, er setze sich ins Wohnzimmer oder in den Garten, oder er fahre hierher ins Büro und denke nach.

»Darüber, wo sie sein könnte?«

Über alles, sagte er, über den Tag, an dem sie verschwunden sei, darüber, wo man sie versteckt haben könnte und was überhaupt in der letzten Zeit so passiert sei. Er komme auf nichts, auf gar nichts. Seine Frau grabe den Garten um, bis sie völlig kaputt sei. Er selbst mache sich im Kopf fertig. Er schaute Kovacs und Bitterle an. »Wissen Sie, man landet immer beim gleichen Bild«, sagte er, »egal, welche Wege du dich entlangdenkst, du landest immer beim gleichen Bild.« Die beiden sagten nichts. Es sei auch nicht notwendig, ihn mit irgendwelchen erfundenen Prozentsätzen zu beruhigen, sagte er und lächelte bitter. Um zu wissen, wie hoch die Wahrscheinlichkeit sei, dass nach fünf Tagen Abgängigkeit ein Kind, von dem es kein Lebenszeichen gebe, wieder auftauche, brauche er keine umfangreiche Recherche. Markus Helbich legte die Hände flach auf den Tisch und schaute auf die Ordner vor ihm. »Fragen Sie«, sagte er, »ich glaube, ich bin vorbereitet.« Er solle einfach reden, sagte Kovacs, er habe den Eindruck, es brauche vorerst keine Fragen.

Natürlich gebe es Mitbewerber, denen man lukrative Geschäfte wegschnappe, und natürlich verwende man auch fragwürdige Mittel, Falschinformation oder Werksspione, die man als Trainees einschleuse. Diese Dinge seien in der Branche allerdings dermaßen üblich, dass man nicht mehr zurechtkäme vor lauter Kindesentführungen, würden sie als Motiv reichen. Relevanter seien gewisse Firmenübernahmen, kleine Familienbetriebe, die geschluckt würden, oder – noch schwieriger – Familienbetriebe, in denen Uneinigkeit bezüglich eines Verkaufs herrsche. Wenn man sich dann zu einem Verkauf durchringe, bleibe derjenige, der nicht verkaufen habe wollen, mit seiner Enttäuschung und seiner Wut übrig und suche möglicherweise ein Ventil. Markus Helbich nahm von einem der Papierstapel das oberste Blatt und schob es Kovacs hin. »Vier derartige Konstellationen in den letzten Jahren«, sagte er. Nummer drei wäre eigentlich der heißeste Kandidat gewesen, ein mittelgroßer Erzeuger von Fenster- und Türbeschlägen, doch habe sich der cholerische Bruder des letzten Firmeninhabers dadurch aus dem Spiel genommen, dass er vor einem Monat mit seinem Motorrad gegen einen Holztransporter geprallt sei. Von der Rehabilitationsklinik aus, in der er sich derzeit befinde, tue er sich mit einer Entführung definitiv schwer. Helbich legte ihnen ein zweites Blatt hin, eine Liste mit elf Namen samt Geburtsdatum, Wohnadresse und Telefonnummer. Das Heikelste, sagte er – die Leute, bei denen möglicherweise ein persönliches Motiv eine Rolle spiele. Kündigungen, disziplinäre Maßnahmen, Enttäuschungen in der Karriere. Das sei alles mehr Psychologie als sonst was, und jeder wisse, dass das gleiche Ereignis für den einen eine Katastrophe bedeuten und dem anderen völlig egal sein könne. Er habe daher nur Menschen auf die Liste gesetzt, die bezeugtermaßen etwas gesagt hätten, das man als Drohung gegen ihn oder die Firma auffassen könne. Nummer eins, der Einzige von ihnen, der jemals eine Handlung gesetzt habe, sei der Ehemann einer Mitarbeiterin, die fristlos entlassen worden sei, nachdem sie ihrer Kollegin die Geldbörse aus dem Spind gestohlen habe. Ihr Ehemann sei schon am Abend nach der Entlassung aufs Firmengelände gekommen und habe mit einem Hammer in jeden der Reifen seines, Helbichs, Autos einen Hunderternagel getrieben. Die Überwachungsanlage habe den Mann überhaupt nicht gekümmert, im Gegenteil, er habe zum Abschied freundlich in die Kamera gegrüßt. »Glauben Sie, dass einer, der schon einmal Nägel in Ihre Autoreifen getrieben hat, jetzt Ihr Kind entführt?«, fragte Kovacs. Das sei ja sein Problem, sagte Helbich – er glaube es von niemandem auf dieser Liste.

»Herr Helbich, werden Sie erpresst?«, fragte Eleonore Bitterle unvermittelt. Der Mann hob den Kopf und schwieg für ein paar Sekunden. »Wissen Sie, wie sehr ich mir das wünschen würde«, sagte er schließlich, und Kovacs dachte, dass er selten so viel Traurigkeit im Gesicht eines Menschen gesehen hatte. Er starre stundenlang aufs Handy, es mache ihn verrückt, wenn der E-Mail-Server für kurze Zeit ausfalle, er habe sich auf Facebook und WhatsApp registriert, etwas, das er bisher kategorisch abgelehnt habe, und er schaue jeden Abend mehrmals ins Postfach am Gartentor. »Manchmal sitze ich im Wohnzimmer auf der Couch«, sagte er, »starre auf die Terrassentür, zähle bis hundert und warte darauf, dass ein Stein durchs Glas geflogen kommt, um den jemand ein Stück Papier gewickelt hat. Es kommt aber keiner. Ich zähle noch einmal bis hundert und noch einmal, und am Schluss sehe ich das Bild vor mir, das kein Mensch sehen will.« Man solle ihm einen Erpresser verschaffen, sagte Markus Helbich, dann könne er all die Dinge tun, die man in so einer Situation richtig oder falsch mache – die Polizei verständigen oder nicht, zahlen oder nicht, den Entführer anflehen oder ihn töten wollen, mit der Frau streiten oder sich einig sein. Er könne auch verlangen, die Stimme seiner Tochter zu hören. Das könne er momentan nicht.

Sie habe noch eine allerletzte Frage, sagte Eleonore Bitterle, bevor sie sich verabschiedeten. »Würde Ihre Tochter mit einer fremden Person mitgehen?«

Helbich schüttelte energisch den Kopf. »Nein, niemals«, sagte er, das habe ihr Großvater x-mal mit ihr besprochen. Warum der Großvater, fragte Bitterle. Sein Schwiegervater habe eine besonders gute Beziehung zu ihr, sagte Helbich, außerdem sei er früher Pädagoge gewesen, daher wisse er, wie man solche Dinge vermittle. Als Bitterle zögerte, lachte der Mann kurz auf und sagte, nein, mit einer *besonders guten Beziehung* meine er tatsächlich eine gute Beziehung. Seinem

Schwiegervater sei es ein Anliegen, dass Elvira ein selbstbestimmtes, mutiges Mädchen werde, nichts anderes.

»Der Mann liebt seine Tochter«, sagte Kovacs, als sie wieder im Auto saßen. Bitterle nickte. »Tu ich das auch?«, fragte er. Wenn er ihr anordne, dass sie sofort sein Smartphone nehmen und nachschauen solle, ob eine Antwort auf seine SMS von vorhin gekommen sei, werde sie ihm das bestätigen. »Du bist einfach neugierig, gib's zu«, sagte Kovacs. Sie lachte. »Entscheide dich.«

erstens tabletten die aussehen wie für kleinkinder sind genau richtig für dich zweitens du sollst nicht mit ordinationshilfen flirten drittens ich bin sooo froh hugs chdt

»chdt?«, fragte sie. »Charlotte, deine Tochter«, sagte er, »und was bitte soll *hugs* sein?« Hugs, sagte Bitterle, Umarmungen, Englisch, der Plural von hug.

»Warum sagt sie nicht *Umarmungen*?«

Weil das zu nahe sei und nicht dem richtigen Abstand zwischen einer Zwanzigjährigen und ihrem Vater entspreche, sagte Bitterle, das Englische stelle eine Spur mehr Distanz her – *hug* statt *Umarmung*, und schon sei alles richtig. »Wieso weißt du solche Dinge?«, fragte Kovacs. Keine Ahnung, sagte sie, vielleicht weil sie spüre, wie falsch die Distanz zwischen ihr und ihrem eigenen Vater gewesen sei. »In die andere Richtung«, sagte sie, »keine Spur von hugs.« Eleonore Bitterles Vater war Professor für Verwaltungsrecht in Salzburg gewesen, das wusste Kovacs, ein hochautoritärer Mann, der es nicht akzeptieren hatte können, dass seine Tochter eine andere Laufbahn einschlug als die, die er für sie vorgesehen hatte. Mehr hatte sie nicht erzählt. »Lebt er eigentlich noch?«, fragte er. Sie schaute geradeaus. »Ich glaube schon«, sagte sie.

Sie sprachen eine Weile nichts. »Willst du eine andere Strecke fahren?«, fragte er schließlich.

»Warum?«

»Manchmal hilft das. Man ist deprimiert, weil man an Dinge denkt, die vorbei sind und sich nicht verändern lassen. Dann fährt man eine andere Strecke, und schon ist es weg.«

Sie schaute ihn von der Seite an. »An dir ist ein Psychotherapeut verloren gegangen«, sagte sie und grinste. Dann sagte sie, dass er ihretwegen den Weg zurück nicht verlängern müsse und dass von den Dingen in ihrem Leben, die vorbei und daher unveränderbar seien, die Beziehung zu ihrem Vater eindeutig nicht das deprimierendste sei. Ja, sagte Kovacs, das wisse er.

Sie rekapitulierten den frustrierenden Ermittlungsstand im Fall Elvira Helbich, all die Nullergebnisse: Schulkolleginnen, Lehrerin, Familie, Suchhunde, zuletzt die Uferabschnitte. Alles, was einigermaßen zugänglich war, hatte man durchkämmt: keine Gegenstände, keine Fasern, keine Schleifspuren. »Irgendjemand hat sie«, sagte Kovacs.

»Oder irgendjemand hat sie getötet.«

Ihm müsse sie schließlich keine Märchen über die Mortalitätswahrscheinlichkeiten außerhalb von Mexiko erzählen, sagte sie.

Kovacs bog nach rechts in Richtung Mooshaim ab. »Ich bin nicht mehr deprimiert«, sagte Bitterle. Außerdem habe sie gesagt, er brauche ihretwegen die Route nicht zu verlängern. Er mache es auch nicht ihretwegen, erwiderte er. »Sondern?«, fragte sie.

»Für mich. Ich mag das Gefühl, eine volle Runde um den See gefahren zu sein, und ich rede gern mit dir.«

Er erzählte von Charlotte, von ihrer Lebensfreude, von der

Genauigkeit, mit der sie ihre Freunde auswählte, und von der Sturheit, die sie immer schon gehabt hatte. Er sprach davon, wie überraschend es für ihn gewesen war, als sie nach einem Besuch vor vier Jahren plötzlich beschlossen hatte, bei ihm zu bleiben, wie er sich darüber gefreut hatte und wie ihm erst mit der Zeit klar geworden war, dass in der Beziehung zwischen Eltern und ihren Kindern weder Verpflichtung noch Dankbarkeit brauchbare Kategorien darstellten. »Und jetzt macht sie meine Arzttermine aus«, sagte Kovacs.

»Und du hast Angst um sie.«

»Wie kommst du darauf?«

»Man merkt es. Wir sprechen mit einem Vater, dessen Tochter verschwunden ist, und du bekommst Angst um die deine.«

Zwischen Mooshaim und Leonsberg war die Abzweigung zur *Burg* ausgeschildert – *Flüchtlingsbetreuungszentrum der Jugendhilfe,* in Schwarz auf grünem Grund. Kovacs dachte an die Herren vom Sicherheitsdienst, an den Kopfverband des einen und an die herrschaftliche Selbstverständlichkeit, mit der sie sich in Leftis Gastgarten breitgemacht hatten. Er dachte an den Raster in seinem Notizbuch, in den er *Aktion 18, Zwillenkugel* und *mit der Zeit verliert es sich* geschrieben hatte. Schließlich dachte er daran, dass er ins Zentrum *die Hölle* geschrieben hatte und dass schräg darüber *die Ordensfrau* stand. Er stieg auf die Bremse und griff an Leonore Bitterles Oberarm. Sie erschrak. »Was ist?«, fragte sie.

»Jetzt weiß ich es wieder.«

»Was weißt du wieder?«

»Was ich heute früh den Arzt noch fragen wollte.«

Wieso ihm das jetzt einfalle, fragte Bitterle. Weil er an die Hölle gedacht habe.

Er blieb an der Abzweigung eines Feldwegs stehen und suchte im Netz nach der Nummer des Internisten. Die Ordinationshilfe hob ab. »Liebe Kerstin, dürfte ich den Doktor sprechen«, sagte er. Sie fragte, woher er denn wisse, dass sie Kerstin heiße, und er sagte, für ihn sei das leicht, er sei Kriminalbeamter. Sie lachte und stellte ihn durch.

Er wisse, die Frage klinge seltsam, sagte Kovacs, aber auf welchem Weg, abgesehen von einem Gewaltakt, könne Katzenfutter in die Luftröhre und Bronchien eines Menschen gelangen. Der Arzt zögerte. Es gebe Menschen am Rand unserer Gesellschaft, sagte er schließlich, die seien gezwungen, ernährungstechnisch auf alles zurückzugreifen, was sich anbiete. Katzenfutter sei billig, und mit ein wenig Fusel bringe man es wahrscheinlich auch runter. Wenn jemand in so einer Situation erbreche, weil er sich zum Beispiel auf Grund seiner Obdachlosigkeit heftig betrunken habe, könne Katzenfutter durch Aspiration in die Bronchien gelangen. In Wahrheit sei das aber ein reines Gedankenspiel. Warum er diese Frage stelle. Weil Katzenfutter gewesen sei, wo eigentlich Fenchelrisotto hätte sein sollen, erwiderte Kovacs, das sei die Kurzfassung. Und wo genau hätte das Fenchelrisotto sein sollen, fragte der Arzt. In einer Klosterschwester, sagte Kovacs.

Mauritz stand mit ausgebreiteten Armen im Besprechungsraum und sprach über Waffen. Der Mann habe ihm unglaubliche Dinge gezeigt, sagte er, Armbrüste, Katapulte, Präzisionsbögen. Die Polizeiarbeit beschränke sich üblicherweise ja auf die Feuerwaffe und das Messer, ab und zu komme einem vielleicht eine Axt unter. Davon, was da in den Schränken der Menschen an mechanischen Distanzwaffen vorhanden sei, habe man keine Ahnung.

Kovacs und Bitterle setzten sich. »Von wem spricht er?«, fragte Kovacs. »Von diesem Waffen- und Fischerei-Schorsch«, raunte ihm Demski zu, er glaube, Mauritz habe einen halben Tag in seinem Geschäft verbracht.

Die Treffgenauigkeit und Durchschlagskraft einer modernen Armbrust oder eines Wettkampfbogens sei enorm, und wenn man die Geräuschlosigkeit dieser Geräte ins Kalkül ziehe, müsse man sich wundern, dass mit ihnen nicht mehr angerichtet werde. Das Interesse der Käuferschaft wachse jedenfalls nach wie vor, was für den Geschäftsmann erfreulich sei, für den Kriminalpolizisten vielleicht weniger. »Worauf schießen die Leute?«, fragte Sabine Wieck. Er nehme an, auf Scheiben, antwortete Mauritz, und Demski sagte, er wisse zum Beispiel nicht, wie das Reh, aus dem das Filet stamme, das er am Wochenende gegessen habe, zu Tode gekommen sei. Bitterle boxte ihn in die Seite. »Du bist so arg«, sagte sie.

»Habt ihr auch übers Karpfenfischen gesprochen? Oder über die Fragwürdigkeit von Pfeil und Bogen als Kinderspielzeug?«, fragte Kovacs. Nein, sagte Mauritz, das hätten sie nicht, aber er habe die Botschaft verstanden. »Es waren zwei«, sagte er.

Schorsch Steiner habe sich sofort erinnert. Es sei vor drei, vier Wochen gewesen. Die beiden jungen Männer – schlank, mittelgroß, der eine blond mit Kappe, der andere dunkel mit Bart, ein orientalischer Typ – seien erst langsam durchs Geschäft gegangen und hätten sich diverse Dinge angeschaut, Leichtzelte, faltbare Jagdhocker, Luftdruckgewehre. Bei den Dolchen hätten sie sich länger aufgehalten, das sei ihm aufgefallen, bei den gefakten, verstehe sich, die teuren mit den echten Damaszenerklingen habe er im Büro unter Verschluss. Schließlich sei der Dunkle auf ihn zugekommen, habe ein Y in die Luft gezeichnet und irgendwas von *shot* gesagt. Er habe vermutlich ziemlich begriffsstutzig dreingeschaut, denn der Blonde habe sich zu ihm gewandt und so getan, als würde er mit einer Steinschleuder auf ihn anlegen. »Slingshot«, habe er gesagt, das heiße Steinschleuder auf Englisch, und er habe gesagt, dieses Wort habe er noch nie gebraucht. Sie hätten zwei Schleudern gekauft, Kunststoffzwillen mit Armstütze, für jeden eine. Auf die Frage, worauf sie schießen wollten, habe ihn der Blonde mitleidig angeschaut und retour gefragt, ob er sich eine andere Antwort erwarte als: auf Blechdosen. Sie hätten noch zwei Packungen Zwillenkugeln, je zweihundert Stück, genommen, bar bezahlt und seien abgezogen. Er wisse, habe Schorsch Steiner gesagt, dass er eigentlich einen Ausweis hätte verlangen müssen, aber so gut ginge das Geschäft auch nicht, und die beiden seien mit Sicherheit nahe achtzehn gewesen. Er habe natürlich gefragt, ob er die Burschen wiedererkennen würde, erzählte Mauritz, und Schorsch Steiner habe gesagt, ja, sofort, den Dunklen an seiner Blässe und den Blonden daran, dass er so ausgezehrt gewirkt habe. Vielleicht trage er auch wieder seine Stanford-University-Baseballkappe.

»Ein Blonder und ein Dunkler«, sagte Kovacs, über so viele Details freue sich der Kriminalpolizist. Die gleiche präzise Beschreibung habe er unlängst erst gehört. Es falle ihm nur momentan nicht ein, wo.

Er solle nicht ungerecht sein, eine Stanford-University-Kappe, das sei doch was, sagte Mauritz. Kovacs brummte etwas von »glauben oder nicht«, dann fragte er, woran sein Freund Schorsch so eine Kappe überhaupt erkenne. »Weil es draufsteht«, sagte Mauritz. Er habe übrigens beschlossen, sich ein wenig eingehender dieser Art von Waffen zu widmen. Er habe den Eindruck, darüber sei kaum etwas bekannt.

Mauritz war fertig. Kovacs erhob sich ächzend und trat ans Whiteboard. »Was ist los mit dir?«, fragte Demski. Kovacs sagte, er sei beim Arzt gewesen und wisse jetzt, dass er ein alter Mann sei. Er nahm einen grünen Marker und begann Linien zu ziehen. Dann schrieb er ein Wort auf: Slingshot.

Jemand räusperte sich. Er drehte sich um. Es war Petra Lindström. Sie hatte zusätzlich die Hand gehoben. »Sind wir hier in der Schule?«, fragte er. Nein, sagte sie, aber sie komme sich blöd vor. Erstens sei sie als Uniformierte nur Gast hier, und zweitens stehe sie offenbar seit kurzem auf irgendeiner Kontaktliste des Krankenhauses. Diesmal sei sie von einer Oberärztin der Psychiatrie angerufen worden. Bei ihnen liege ein Mann, dem sei nach einem spätabendlichen Lokalbesuch in der Nähe der Uferpromenade die Kopfhaut aufgeschnitten worden, von vorne bis hinten, so als wolle man ihm links und rechts den Skalp abziehen. In seinen fragmentarischen Erinnerungen habe der Mann von einem Siegelring gesprochen und von vier Gestalten mit Kapuzen. Sie habe gefragt: »Nach einer Lokaltour?«, und die Oberärztin habe gesagt, ja, Trunkenheit bewahre einen nicht davor, dass einem Schlimmes widerfahre. Sie wolle eigentlich nur fragen, ob das jemanden aus der Kollegenschaft interessiere oder ob sie fahren solle, sagte Lindström. »Du sollst fahren«, sagte Demski, »wenn du schon auf einer Liste stehst.« Lindström lachte und zeigte ihm den Mittelfinger.

Kovacs stand vor dem Whiteboard und rührte sich nicht. »Ist etwas?«, fragte Bitterle. Er hob abwehrend die Hand. An manchen Tagen kam es mehrmals hintereinander: Etwas streifte einen, und man kriegte es nicht zu fassen.

SECHZEHN

Sie hat rote Wangen und schwitzt. Gleichzeitig wirkt sie zufrieden. »Ich bin heute schon vier Kilometer gefahren«, sagt sie. »Gratuliere«, sage ich, »Bewegung tut gut.« »Mir ist sonst fad«, sagt sie, »deswegen tu ich es.« Im Übrigen sei der Sattel zu hoch eingestellt, und wenn sie rechts ganz kräftig trete, quietsche das Pedal. »Das macht nichts«, sage ich. »Mir schon«, sagt sie, das Quietschen mache sie nervös.

»Ich bin durstig«, sagt sie. Im Kühlschrank seien Saft und Milch, sage ich, und wenn man im Badezimmer den Hahn öffne, komme Wasser aus der Leitung. Eine Sekunde lang schaut sie beleidigt, dann springt sie vom Zimmerfahrrad, geht zum Kühlschrank und gießt sich Apfelsaft in ein Glas. »Mir kommt vor, du bist ein wenig verwöhnt«, sage ich. Sie schüttelt den Kopf. Seit Jonas auf der Welt sei, sei sie gar nicht mehr verwöhnt. Er schon, sie nicht. Ihr Vater sage, sie sei groß und selbständig. Ihr Großvater sage das auch.

Ich setze mich an den Tisch. Sie nimmt ihr Glas und setzt sich übereck. Ich hebe den Zeigefinger. Sie schaut vor sich auf die Tischplatte und beginnt zu sprechen. »Mein Schwesterlein klein / Hub auf die Bein / An einem kühlen Ort; / Da ward ich ein schönes Waldvögelein; / Fliege fort, fliege fort!« Sie hebt den Kopf.

»Die hässlichen Zeilen sag ich nicht!«

Das sei verständlich, sage ich, aber komplett sei die Sache nur, wenn man auch die hässlichen Zeilen spreche. »Die kannst du selber sprechen«, sagt sie. Dann fragt sie mich, wie ich überhaupt auf dieses blöde Gedicht komme, es gebe viel schönere, auch lustige. Dieses sei gar nicht lustig. Ich sage, es spiele keine Rolle, wie es gekommen sei, es müsse einfach sein. »Wie die Entführung?«, fragt sie, und ich sage, ja genau, wie die Entführung.

Heute das Büro, sage ich. Sie möge kein Büro, sagt sie, ein Büro sei total langweilig. Ihr Vater habe eins, Konferenztisch, schwarze Sessel und an den Wänden Bilder, auf denen Dinge aus Eisen zu sehen seien. Das Büro müsse trotzdem sein, sage ich, es sei vielleicht der wichtigste Raum. »Warum?«, fragt sie. »Weil es dem Direktor gehört hat«, sage ich.

Sie solle es sich so vorstellen: Man gehe einen Gang entlang, auf glatten cremefarbenen Steinplatten. Sie fragt, was cremefarben sei. Ich sage, beige, eine ruhige Farbe, wie Kaffee mit viel Milch, und sie sagt, sie möge keinen Kaffee, auch nicht mit viel Milch. Rechts seien hohe Rundbogenfenster, links die Türen zum Konferenzraum und zum Besucherzimmer. Sie fragt, welches Besucherzimmer. Ich sage, der Raum, in dem die Kinder ihre Eltern sehen durften, alle zwei Wochen, wenn es davor keine Probleme gegeben habe. Sie solle sich vorstellen, dass es noch ein Stück gerade weitergehe, direkt auf eine große, doppelflügelige Tür zu. Rechts neben der Tür hänge ein Schild. *Heimleitung*. Darunter der Name des Direktors. Schwarze Schrift auf weißem Grund, unter einer Glasplatte. Sie solle sich vorstellen, dass man zirka in Brusthöhe nach vorn greife und die Messingschnalle runterdrücke. Die Tür gehe zum Gang hin auf und habe innen eine Polsterung aus dunkelgrünem Kunstleder. Man mache noch zwei, drei Schritte. Jetzt stehe man im Büro.

»Wieso erzählst du mir das so komisch?«, fragt sie. Ich sage, weil sie wissen soll, wie es sich angefühlt hat, auf diesen Raum zuzugehen. »Was du gesagt hast, war ganz normal«, sagt sie, und ich sage, ja, das war ganz normal.

Der Boden im Büro sei aus dunkler Eiche gewesen, an manchen Stellen beinahe schwarz. Mitten im Raum sei eine Milchglaskugel von der Decke gehangen wie ein großer Mond. Aktenschränke an der Wand, ein ausladender Schreibtisch mit Filzauflage, ein paar Besuchersessel, drei Bilder: ein braunes Rennpferd, eine Bergwiese mit Kühen und einem Kind und eine Ansicht von Paris mit Notre-Dame und dem Eiffelturm. Der Schreibtisch sei vor einem halbrunden Erker mit drei Fenstern gestanden. Durch sie habe man einen schönen Blick auf den See gehabt. »Auf welchen See?«, fragt sie. Ich sage, auf unseren. Sie sagt, der Direktor habe einen schönen Blick gehabt, und ich sage, auch die Kinder, die sich vor seinen Schreibtisch hätten hinstellen müssen. Bei manchen Kindern sei das nur zweimal der Fall gewesen, bei ihrer Aufnahme ins Heim und bei der Entlassung, bei manchen immer wieder. Wieso, fragt sie. Weil es die Regeln so gewollt hätten, sage ich. Die Regeln mit der Decke und dem Einzug in Jerusalem, fragt sie. Genau diese Regeln, sage ich.

Zum Beispiel Ronnie, sage ich. Sie sagt: »Endlich einmal ein normaler Name.« Ich sage, Ronnie habe eigentlich Robert geheißen, aber Mannstein habe schon am zweiten Tag bestimmt: Bei uns heißt du Ronnie. In Wahrheit habe er gesagt: Bei uns heißt du Mörder-Ronnie. Es sei nämlich behauptet worden, Ronnies Vater habe jemanden ermordet. Ronnie selbst habe ständig herumerzählt: »Mein Vater ist ein Mörder. Mein Vater hat lebenslänglich bekommen.« Später habe es sich als falsch herausgestellt. Ronnies Vater habe in der Baufirma, in der er gearbeitet habe, Geld aus der Kassa genommen und sei wegen Diebstahls für drei Monate ins Gefängnis gegangen, nicht mehr und nicht weniger. Andererseits sei das egal gewesen, denn Mannstein hätte man sowieso nicht widersprochen. »Der Kommandant«, sagt sie, und ich sage, ja, der Erziehungsleiter, der Kommandant. Das mit Mörder-Ronnie habe von Anfang an nicht funktioniert, erzähle ich, die anderen Kinder hätten den Buben einfach Ronnie genannt. Welches Kind sage schon gerne »Mörder«.

Ronnie sei ab dem ersten Tag unter besonderer Beobachtung gestanden, wegen der Geschichten rund um seinen Vater und weil er bereits bei seiner Aufnahme versucht habe wegzulaufen. »Wie Otto«, sagt sie. Ich sage, nein, nicht wie Otto, es sei bei dem einen Mal geblieben. Ronnie sei kein Wegläufer gewesen, sondern ein stiller Kämpfer. Stiller Kämpfer, das klinge total blöd, sagt sie. Ich sage, das sei vielleicht auch blöd, ein stiller Kämpfer vertraue auf die Kraft des wortlosen Widerstandes, auf den gesenkten Kopf, auf die hochgezogenen Schultern, auf die zusammengepressten Lippen. So sei Ronnie gewesen. Er habe keine großen Aktionen gesetzt, er habe nicht herumgebrüllt, er habe keine Fensterscheiben eingeworfen und er habe nicht *Scheißheim* auf die Fassade geschrieben. Er habe keine Raufereien angezettelt und nur zugeschlagen, wenn er selbst angegriffen worden sei. Das sei nämlich erlaubt gewesen. »Vielleicht hat er ins Bett gemacht«, sagt sie. Nein, auch das nicht, sage ich.

Ronnie sei ein Meister des Kleinkampfes gewesen. Er sei fünf Minuten zu spät zum Mittagessen gekommen. Er sei vom Tisch aufgestanden, bevor Mannstein das Kommando gegeben habe. Er sei außerhalb der Zweierreihe gegangen, wenn sie unterwegs in den Ort gewesen seien. Er habe im Schlafsaal

Lasst die Räuber durchmarschieren gepfiffen, wenn eigentlich schon Nachtruhe sein hätte sollen, und beim Reinigen der Fugen zwischen den Badezimmerfliesen habe er einzelne Fliesen ausgelassen oder den Stiel der Zahnbürste abgebrochen. Wenn er beim Fußballspielen allein vor dem Tor gestanden sei, habe er danebengeschossen, und beim Sportfest vor Schulschluss habe er im Hundertmeterlauf ein paar Meter vor der Ziellinie abgebremst und sei stehen geblieben.

»Das ist dumm«, sagt sie, »wenn man gewinnen kann, ist Abbremsen dumm.« Die Erzieher hätten das auch gefunden, erzähle ich, und sie hätten gefunden, diese Art von Dummheit könne man mit pädagogischen Mitteln ganz einfach beseitigen. »Was sind pädagogische Mittel?«, fragt sie. »Das, wovon ich dir schon erzählt habe. Die Decke …« »Ich will das nicht hören!«, ruft sie und hält sich die Ohren zu. Ich warte eine Weile. Als sie die Hände wieder runternimmt, sage ich: »Den Herzschlag haben wir noch nicht gehabt.« Sie schaut erstaunt. »Der Herzschlag ist etwas, woran man sterben kann«, sagt sie.

»Nicht dieser Herzschlag.«

Angeblich sei der Schlag mit der flachen Hand gegen die Brust, möglichst kurz und möglichst stark, Mannsteins Erfindung gewesen. Er habe den Kindern augenblicklich den Atem genommen, und manche seien umgefallen. »Ronnie auch?«, fragt sie. Ich sage, nein, beim Herzschlag sei Ronnie nie umgefallen, sondern bei etwas anderem. »Bei der Wiederverwertung?«, fragt sie, und ich sage, nein, beim Siegelring.

Sie ist plötzlich blass und sagt nichts.

Die Sache hänge mit dem Brief zusammen. Ronnie sei zwölf gewesen und etwas mehr als zwei Jahre im Heim, als er ihn geschrieben habe, erzähle ich. Der Brief habe begonnen mit »Sehr verehrte Frau Fürsorgerin, das ist kein Heim für ein schönes Leben«. Ronnie habe ihn selbst auf die Post getragen und nicht wie üblich in den Briefkasten in der Eingangshalle geworfen. Daher sei der Brief auch angekommen.

Eine Woche später sei Ronnie mitten am Vormittag von Jimi aus der Schulklasse geholt worden. »Wir gehen zum Direktor«, habe Jimi gesagt, der Brief ans Jugendamt sei keine gute Idee gewesen. Dann habe er gegrinst und gesagt: »Jetzt kriegst du den Siegelring, du wirst ihn überleben.«

Ronnie sei im Büro des Direktors gestanden, direkt unter der weißen Milchglaskugel. Sie wisse nicht, woran er gedacht habe, an seinen Vater, der ein kleiner Dieb war, an seine Geschwister, von denen er ganz wenig wusste, vielleicht auch ans Toreschießen oder an den Hundertmeterlauf.

Der Direktor habe nur mittellaut gesprochen, wie immer, wenn er wütend gewesen sei, und dabei die Worte benutzt, die er bei solchen Gelegenheiten immer wieder benutzte: undankbar, hinterlistig, egoistisch, Mangel an Vertrauen, Psychopathie, schiefe Bahn. Schließlich habe er gesagt, Ronnie solle den Kopf vorbeugen, obwohl Ronnie schon die ganze Zeit mit gesenktem Kopf dagestanden war. Er habe den rechten Hemdsärmel aufgekrempelt, die Hand mit dem Ring geöffnet und wieder zur Faust geballt, ausgeholt und in einem weiten Bogen von oben nach unten zugeschlagen. Ronnie sei noch eine Weile bewegungslos dagestanden. Erst als in einem dicken dunklen Schwall das Blut zwischen den Haaren hervorgequollen sei, sei er umgefallen.

Tränen stehen in ihren Augen. Zugleich wirkt sie zornig. »Weißt du überhaupt, dass man *Scheißheim* nicht sagt?!«, fragt sie. Ja, sage ich, das weiß ich. »Und glaubst du, ich weiß nicht, warum du mir das erzählst?«, fragt sie. »Doch. Ich glaube, das weißt du«, sage ich, »ich glaube auch, dass du davor schon gewusst hast, was der Siegelring ist.« Ja, sagt sie, das habe sie gewusst. Sie kenne den Siegelring auch in echt, schon von klein auf.

SIEBZEHN

Sie geht die Sache im Geist noch einmal durch. Sie wird aus dem Zug steigen und vom Hauptbahnhof in Richtung Salzach gehen. Sie wird den Fluss auf dem Fußgängersteg überqueren, auf der anderen Seite kurz in Richtung Müllner Pfarrkirche hochsteigen und in einer schmalen Gasse das gedrungene Haus betreten, das der Gesellschaft gehört. Im Konferenzraum im ersten Stock werden schon alle auf sie warten: der Geschäftsführer, die Pädagogische Leiterin, der Wirtschaftsprüfer und Konrad Seihs, der Vorsitzende des Aufsichtsrates. Die niedrige Wölbung der Decke und der weiße Rokokostuck werden sie nervös machen, aber das wird nach ein paar Minuten wieder vorbei sein.

Es wird ablaufen wie jedes Jahr. Sie wird mit dem konzeptuellen Teil beginnen, über den Auftrag sprechen, den die Einrichtung hat, über den Alltag von Jugendlichen, über Bildungsabbrecher, über die Schwierigkeit, in einen Job einzusteigen, und über Arbeitslosenzahlen. Dann wird sie öffentlich verfügbare Daten zitieren, aus dem Drogenbericht, aus der Kriminalstatistik und aus den Publikationen der Asylkoordination. Sie wird die soziologischen Spezifika der Region um Furth darstellen, die verfügbaren Schulen, die Struktur der Wirtschaft, die Rolle des Fremdenverkehrs und die Erfordernisse aus der Errichtung des Quartiers für unbegleitete minderjährige Flüchtlinge. Konrad Seihs wird an dieser Stelle nicken und sich Notizen machen. Sie wird über ihre Kernklientel sprechen und über jene Jugendliche, die nur ab und zu ins *Come In* kommen. Sie wird die Begriffe *Frequent User* und *Hard to Reach* verwenden und exemplarisch die Geschichte von Lisbeth skizzieren, das hat sie sich vorgenommen. En passant wird sie die Grundprinzipien der Prävention erklären und trotzdem so tun, als könne man davon ausgehen, dass sie allen Anwesenden geläufig seien. Zusammenfassend wird sie sagen, dass für ein so heterogenes Soziotop wie Furth am See das *Come In* unverzichtbar sei. Konrad Seihs wird in diesem Moment zum Stift greifen, sich beiläufig den Begriff *Soziotop* notieren, und sie wird wissen, dass die Sache gut läuft.

Am Schluss wird sie sich in Richtung Wirtschaftsprüfer wenden und die wesentlichen Dinge aus der Bilanz referieren, Personalaufwand, Verbrauchsgüter, Fortbildungs- und Supervisionskosten. Sie wird darauf hinweisen, dass man einen Zugriff auf die ohnehin bescheidenen Rücklagen, der ursprünglich auf Grund der Budgetkürzungen notwendig erschienen sei, durch einen radikalen Investitionsverzicht vermieden habe, etwas, das die Einrichtung allerdings kein zweites Mal verkraften werde.

Sie ordnet ihre Unterlagen zu einem Stapel und versucht sich vorzustellen, wie die Reaktionen auf die Investitionswünsche für das nächste Jahr sein könnten. Ein Kochfeld, eine neue Couch, ein Kleinbus für Ausflugsfahrten. Es wird schwierig werden.

Ihr Handy plingt in dem Augenblick, in dem sie beginnt, über mögliche Sponsoren nachzudenken. Sie weiß, wie viel ein Kleinbus kostet, und sie weiß um den Marketingwert von Jugendlichen, die ihre primäre Aufgabe darin sehen, die üblichen Regeln des Zusammenlebens in Frage zu stellen. Sie schaut aufs Display. WhatsApp. Iorgos.

jede menge polizei sondereinheit sicherheitsdienst melde dich bitte

Nicht jetzt, denkt sie, bitte nicht jetzt.

Iorgos atmet rasch, das kann sie hören. »Sie sind einfach reingekommen«, sagt er, »sie haben etwas von einem brennenden Auto und von einem Attentat gesagt. Ich glaube, sie suchen Malik. Du solltest kommen.« Sie sagt, sie habe in drei Stunden Budgetgespräch in Salzburg, er wisse, was das bedeute. Iorgos schweigt eine Weile, dann sagt er: »Du musst dich entscheiden.«

Sie legt auf und schaut durchs Fenster auf die Straße. Eine Gartenmauer, ein Stück Lattenzaun, ein kugelig geschnittener Wacholderstrauch. Sie denkt an ihre Felsplatte am See, an den Flugsand in der Mitte und an das Gefühl, wenn sich ihre Zehen um die Kante krallen. Schließlich denkt sie an jenen Moment, in dem sie eintaucht, an das unwillkürliche Schließen der Augen und an den perfekten Spiegel, den die Wasseroberfläche bildet, wenn man von unten auf sie schaut. Warum tue ich mir das an?, denkt sie, Polizei, Attentate, Budgetgespräche? Dann fällt ihr das brennende Auto ein, das Konrad Seihs gehört hat, und sie stellt sich vor, wie Seihs in Salzburg ihr gegenübersitzt, wichtige Fragen stellt und sich Notizen macht, während hier die Polizei das Jugendzentrum auseinandernimmt. Er hat das arrangiert, denkt sie, ich weiß, ich bin jetzt stockparanoid, aber ich lass mir nicht ausreden, dass er das arrangiert hat.

Sie greift zum Telefon. Sie wisse, das sei extrem ungünstig, aber das Budgetgespräch müsse verschoben werden. Das

Come In sei voller Polizisten. Es gehe um ein Attentat. Als sie *Attentat* sagt, kommt sie sich blöd vor.

Sie tritt in die Pedale, was das Zeug hält. Promenade, Severinbrücke, Seestraße. Das Blaulicht ist von weitem zu sehen. Ein Streifenwagen, mehrere Zivilfahrzeuge. Sie reduziert das Tempo. Sich außer Atem in eine Situation maximaler Aufladung zu begeben ist schlecht, denkt sie. Sie fährt ums Haus und stellt das Rad im Hinterhof ab. Ich will das nicht, denkt sie, ich will solche Situationen nicht.

Als sie um die Ecke biegt, sieht sie, dass vor der Eingangstür ein Mann in schwarzer Uniform steht. Sie spürt etwas in ihrer Mitte aufglühen. Der Mann ist vielleicht vierzig, hat eine Glatze und einen Rumpf wie ein Fass. »Was machen Sie hier?«, fragt sie. »Wer fragt das?«, fragt er zurück. »Die Chefin«, sagt sie, »lassen Sie mich in meinen Betrieb!« Der Mann tritt zur Seite. »Waren Sie eigentlich früher einmal Tankwart?«, fragt sie ihn, bevor sie die Tür öffnet. Er schaut verwirrt.

»Nein, warum?«

»Hätte sein können.«

Sie scannt den Raum. Zwei Uniformierte, eine davon Petra Lindström, die sie aus dem Schwimmbad und vom Schifahren kennt, der andere Lipp, von dem sie den Vornamen nicht weiß, der sie einmal wegen Fahrens auf dem Gehsteig abgemahnt hat. Drei unbekannte Männer in Zivil, zwei A18-Typen, Iorgos. Warum ist er allein? Bauer steht als Zweiter auf dem Dienstplan. Auf der Couch Fritz The Cat, der Dicke und Magdalena. In einem der Fauteuils Lisbeth, im anderen ein drahtiger, dunkelhaariger Mann mit Brille. Der Mann erhebt sich und stellt sich als Einsatzleiter vor, Leutnant Körber, SEA.

Er möchte erklären, aber sie winkt ab – Sondereinheit Ausreise, sie wisse. Es gehe um den Brandanschlag auf das Auto des Landesrats Seihs, sagt der Mann – in Zusammenschau mit der Beschädigung der Fassade in der Auenbruckerallee eine ziemlich beunruhigende Angelegenheit –, und um das Attentat auf einen der Mitarbeiter des Sicherheitsdienstes Aktion 18 zu Fronleichnam. Er hat wenigstens Manieren, denkt sie, und er nennt es tatsächlich ein Attentat. Sie sieht den großen, schwarz gekleideten Mann vor sich, der versucht, mit seinen Armen die Menge zu teilen, im Hintergrund den Altar mit dem Letzten Abendmahl. Sie sieht den roten Punkt an der Schläfe des Mannes aufleuchten, und sie sieht, wie er langsam, fast nachdenklich, nach vorn kippt. »Das Attentat. Ich weiß, ich war dabei«, sagt sie. Der Leutnant schaut erstaunt. »Wollen Sie auch etwas gestehen?«, fragt er. Jetzt ist sie es, die erstaunt schaut. Wenn es reiche, dabei gewesen zu sein, um etwas gestehen zu müssen, werde das eher unübersichtlich werden, sagt sie. Ihrem Eindruck nach habe sich die halbe Stadt bei der Prozession befunden. Der Mann winkt ab und zeigt auf die Jugendlichen. Das *auch* habe sich auf die jungen Damen und Herren bezogen. Nachdem ihnen der Umstand klargemacht worden sei, dass es sowohl im Zusammenhang mit dem Erwerb eines Brandbeschleunigers als auch mit dem Kauf einer mechanischen Schusswaffe Zeugenaussagen gebe, die auf jemanden hindeuteten, der in der *Burg* wohne und Kontakt zum *Come In* pflege, hätten sie sich erst beratschlagt und dann dazu entschlossen, ein umfassendes Geständnis abzulegen. So hätten sie es selbst genannt: ein umfassendes Geständnis, und sie hätten gesagt, es sei ja egal, irgendwann kämen die Dinge sowieso ans Licht. Sie starrt den Dicken an und tippt sich an die Stirn. »Geständnis? Was wollt ihr gestehen?

Habt ihr einen Totalknall?!«, ruft sie. Was heiße außerdem *beratschlagt*? Mit wem? Untereinander – die vier, die bekanntermaßen immer alles im Griff hätten? »Sie haben jemanden angerufen«, sagt der Leutnant, wen, hätten sie nicht gesagt. Im Übrigen ersuche er sie, ab jetzt keinen Einfluss mehr auf die Befragung zu nehmen. Sie hat Schleier vor den Augen und ein flaues Gefühl im Magen. Petra Lindström schiebt ihr einen Stuhl hin. »Da, du bist ganz grün im Gesicht«, sagt sie. Sie setzt sich. »Hat jemand die Eltern verständigt?«, fragt sie. Lindström schüttelt den Kopf. Lisbeth hebt abwehrend die Hände. »Das wollen wir nicht«, sagt sie. Da alle mündig seien, habe man das zu akzeptieren, sagt der Leutnant. Er gibt dem Kollegen, der das Aufnahmegerät bedient, ein Zeichen. »Wo waren wir vorhin?«, fragt er den Dicken.

»In der *Burg*«, sagt der Dicke.

Es sei immer gleich abgelaufen, erzählt er. Erstens Information, zweitens Recherche und Planung, drittens Durchführung. So habe es ihnen ihr Auftraggeber beigebracht. »Ausbildner«, sagt Fritz. »Ausbildner, Auftraggeber, egal, von mir aus beides«, sagt der Dicke. Als Erster sei jedenfalls Mannstein auf der Liste gestanden, der ehemalige Erziehungsleiter der *Burg*, ein sadistisches Arschloch. Wie Christoph Waltz einen Erziehungsleiter spielen würde, so sei er gewesen, habe ihr Auftraggeber gesagt. Mannstein habe allein gelebt, dadurch wäre die Sache ziemlich einfach gewesen. Türe auf, rein, Sack über den Kopf, und fertig. Leider sei nichts daraus geworden, sagt der Dicke – tot, ganz von allein, vor eineinhalb Monaten. Der logische Ersatzkandidat sei nachgerückt, der stellvertretende Erziehungsleiter, Gerhard Stifter, nicht annähernd das Kaliber von Mannstein. Gemein, hinterhältig, so sei Stifter gewesen, der Typ, der den Kindern die Ausgänge gestrichen und die Briefe der Eltern abgefangen habe. Dann habe er gesagt: »Siehst du, deine Mutter interessiert sich nicht für dich.« Die Anwesenheit von Stifters Ehefrau habe alles ein wenig komplizierter gemacht, aber sobald klar gewesen sei, dass der Mann sich jeden Abend im Obstgarten aufhalte und das praktisch immer allein, habe man das Ding unter Dach und Fach gehabt. Über den Zaun zu gelangen sei einfach gewesen, sogar er habe das geschafft. Stifter habe sich gewundert, als er sie gesehen habe, doch für irgendeine Reaktion sei keine Zeit mehr gewesen. Man habe drei Decken übereinandergelegt, er habe sein Körpergewicht eingesetzt, und schon habe man ihn auf dem Boden gehabt. Zwei Minuten die Decke, so sei die Vorgabe gewesen, sagt der Dicke. Man glaube nicht, wie lang zwei Minuten dauerten, wenn man nur hinhaue. »Ist er tot?«, habe Fritz gesagt, als sie nachher die Decken weggenommen hätten, doch dann habe man das Wimmern des Mannes gehört. Fritz sei dabei gewesen, Magdalena, er selbst und ein Helfer, dessen Namen er nicht nennen wolle, solange das mit ihm nicht abgesprochen sei. Sie habe nicht können, sagt Lisbeth, es habe ihr eh leidgetan, aber sie habe einen Einkaufstermin gehabt. Der Leutnant wendet sich an Lipp und Lindström. »Was macht der Staatsanwalt mit dieser Geschichte?« Sie fürchte, gar nichts, sagt Lindström. Obwohl seine Frau die Sache ganz anders beschreibe, bleibe Stifter dabei, dass er vom Apfelbaum gefallen sei.

Kapitel zwei, fährt der Dicke fort, die Sache mit der Klosterschwester. Sie habe ihn persönlich etwas mehr gefordert. Er selbst habe nämlich eine Klosterschwester als Kindergärtnerin gehabt, die auch sehr groß, aber extrem zugewandt und herzlich gewesen sei, sozusagen eine Gefühlstankstelle. Irgendwie sei sie ihm innerlich dauernd dazwischengekommen. »Du bist ein sentimentaler Trottel«, sagt Lisbeth. Klosterschwester ja oder nein – er solle sich eine Frau vor Augen führen, die Kinder erst bis zum Erbrechen zum Essen zwinge und hintennach dazu, ihr Erbrochenes aufzuessen. Er habe eh nicht gezögert, sagt der Dicke, sie dürfe sich nicht beschweren. Das mit dem Katzenfutter sei vielleicht ein wenig übertrieben gewesen.

Lisbeth schüttelt den Kopf. »Ein Kind muss Kotze essen – stell dir das vor«, sagt sie. Was sei dagegen Katzenfutter.

Iorgos ist blass geworden. »Hört auf damit!«, sagt er, »wovon redet ihr überhaupt?« Sie wisse, wovon, sagt Petra Lindström. Schwester Notburga, Pensionistenheim Waiern, ehemals Erzieherin im *Schlösschen,* dem Mädchenhaus der *Burg.* Was sie am meisten interessiere, sei, wie sie eigentlich ins Heim reingekommen seien. Magdalena grinst. Ganz einfach, der Personalchef des Hauses sei einer ihrer Kunden, sagt sie. Er habe einen Generalschlüssel. Der Leutnant zieht die Augenbrauen hoch »Ein Kunde?«, fragt er. Ein Bekannter, sagt Magdalena, er müsse sich verhört haben.

Sie hätten während des Abendessens über den Lieferantenhof das Haus betreten und hätten in Notburgas Apartment gewartet, relativ lang, denn die Damen hätten offenbar noch Karten gespielt. Als Notburga gekommen sei, habe der Dicke sie mit dem linken Arm von hinten umfasst, mit der rechten Hand habe er ihr den Kiefer aufgedrückt. Sie, Magdalena, habe ihr die Nase zugehalten, der Helfer habe die Beine blockiert, und Lisbeth habe ihr mit einem Löffel Katzenfutter in den Schlund geschoben, so lange, bis die Dose leer gewesen sei. »Mit Geflügel«, sagt Lisbeth. Den Rand des Löffels habe sie zu Hause angeschliffen, damit die Braut Christi ein wenig mehr davon spüre. Am Schluss habe sie sie dafür gelobt, dass sie so brav aufgegessen habe. Sie habe geröchelt und gehustet und gesagt, sie wolle an die frische Luft. Man habe sie in den Garten begleitet. Dort habe sie plötzlich die Augen verdreht und sich auf den Rasen gelegt. Der Helfer habe ihr noch den Puls gefühlt. Dann sei man gegangen. »Sie ist beinahe gestorben«, sagt Petra Lindström. Die Variante Sterben komme in ihrem Projekt nicht vor, erwidert der Dicke. Wahrscheinlich habe sie daher auch überlebt, sagt Lindström, aber dem Helfer sei das mit Sicherheit schon klar gewesen, als er ihr den Puls gefühlt habe. »Wer ist das eigentlich, euer Helfer?«, fragt sie. Der Dicke sagt, in manchen Serienkrimis habe man auch den Eindruck, das wiederholte Stellen derselben Frage bringe am Ende den Erfolg. Das werde in diesem Fall nicht funktionieren. Punkt.

Sie spürt, dass sie langsam wieder ins Lot kommt. Sie nimmt die präzise Aufgabenverteilung unter den SEA-Leuten wahr: Einer bedient das Aufnahmegerät, einer beobachtet die Umgebung, der Leutnant hat das Kommando. Sie spürt die Unsicherheit Petra Lindströms, Lipps Desinteresse und Iorgos' nach wie vor deutlichen Wunsch, einfach davonzulaufen. Im Hintergrund des Raums stehen zwei schwarze Kameraden und langweilen sich, das spürt sie auch.

»Verhaften oder nicht?«, fragt der Leutnant. Lindström sagt, sie fürchte, das müsse, erstens, sie entscheiden, und zweitens beharre, ganz ähnlich wie dieser stellvertretende Erziehungsleiter, Schwester Notburga darauf, ohne Zutun anderer Leute in diesen misslichen Zustand geraten zu sein. Die Bedeutung des Katzenfutters müsse man forensisch näher untersuchen. Daraus erwachse jedenfalls kein Grund, gegenwärtig irgendjemanden in Gewahrsam zu nehmen.

Der Dicke schaut zum ersten Mal her zu ihr. Er wirkt erschöpft, zugleich fokussiert, wie jemand, der am Ende einer Aufgabe angelangt ist. Ich habe etwas übersehen, denkt sie, wahrscheinlich habe ich gar nichts gesehen.

Ein drittes Kapitel gebe es noch, sagt der Dicke. Es sei nicht sehr kompliziert und rasch erzählt. Jimi.

Jimi, der in Wahrheit Jakob Wenzel heiße, sei in der *Burg* so etwas wie der Kammerdiener des Direktors gewesen, das habe ihr Auftraggeber erzählt. Er habe ihn zu Terminen begleitet, er habe gewusst, wann er seinen Kaffee wolle und wann seinen Vermouth, er habe ihm Angenehmes organisiert und Unangenehmes vom Leib gehalten. Vor allem aber habe er die Kinder in sein Büro gebracht, zu Aufnahme- und Entlassungsgesprächen, zu Kopfnüssen und zum Siegelring. Vor dem Siegelring habe Jimi immer den gleichen Satz gesagt: »Jetzt kriegst du den Siegelring, du wirst ihn überleben.« Danach habe er den Kindern das Blut vom Kopf gewaschen. Am Abend habe er ihnen dann auf der Gitarre vorgespielt.

»Eine Kröte«, sagt Lisbeth, »eine echte Kröte.«

Die *Cantinetta* bekomme zirka alle zwei Monate eine Grappa-Lieferung. Das sei für Jimi, der nach seiner Pensionierung endgültig ein Schnaps-Alkoholiker geworden sei, ein wichtiger Termin. Grappa bei Antonio, bis zur Bewusstlosigkeit. Mehr an Recherche und Planung sei in diesem Fall nicht notwendig gewesen. Sie hätten vor dem Lokal auf Jimi gewartet, hätten ihn in die Mitte genommen und seien mit ihm auf einen Wiesenstreifen nahe der Ache gegangen. Er sei so betrunken gewesen, dass er links und rechts eine Stütze gebraucht habe. An dem vereinbarten Platz habe man ihm gesagt, er solle sich ins Gras knien und den Kopf senken. Dann sei der Auftraggeber selbst von der Straße her gekommen, habe sich vor ihn hingestellt und Jimis Satz gesagt: »Jetzt kriegst du den Siegelring, du wirst ihn überleben.« Er habe etwas über den Kopf gehoben, ein Messer oder einen kleinen Säbel, und es ihm mit Schwung über den Scheitel gezogen. Nach einigen Augenblicken sei Jimi umgefallen. Das sei alles gewesen.

Jetzt könne sie sich die Befragung Jimis ersparen, sagt Petra Lindström halblaut. Der Mann liege auf der Psychiatrie, vermutlich wegen seines Entzugssyndroms, und sie wisse genau, was er der Polizei über die Ursache seiner Verletzung sagen werde. »Ein spitzer Ast«, sagt sie, »genau auf der Höhe, wo du nicht hinschaust.« Oder eine senkrecht herabfallende Glasplatte, sagt Petra Lindström. Sie wendet sich an den Leutnant. »Die Ermittlungen laufen«, sagt sie, »vor allem in Bezug auf den nicht namhaft gemachten Haupttäter.«

Der Leutnant wendet sich an den Dicken. »Und weiter?«, fragt er. »Was weiter?«, fragt der Dicke retour. Der Brandanschlag, der Zwillenschuss, der dunkelhaarige junge Mann aus dem Flüchtlingsquartier, der offenbar sowohl im Farbengeschäft als auch in der Waffenhandlung gesehen worden sei. Was sei damit? Die bisher geschilderten Dinge seien bedauerlich, hätten aber mit der Gegenwart gar nichts zu tun. Einem Gebäude sei es egal, ob man in ihm getanzt oder Leuten auf den Kopf gehauen habe. »Mauern haben kein Gedächtnis«, sagt er. Der Dicke zuckt mit den Schultern. Er habe nur gesagt, was zu sagen gewesen sei.

Das mit dem Brandanschlag sei übrigens auch er gewesen. Er sei vom vorgezogenen Schulschlussfest an der Ache rasch nach Hause gelaufen, habe den Benzinkanister seines Vaters, der ein völliger Neurotiker sei und nichts so fürchte wie den leeren Tank, mitgenommen, über das Auto von Konrad Seihs geleert und ein Streichholz geworfen. »Flusch«, sagt der Dicke und macht eine Geste plötzlichen Aufflammens. Flusch ist ein nettes Wort, denkt sie.

Genauso das Fronleichnamsattentat, sagt der Dicke. Dafür gebe es jede Menge Zeugen. Er sei unter einem der Bäume gestanden, habe erst dem Evangelium gelauscht, das Joseph Bauer vorgelesen habe, dann habe er seine Steinschleuder gezückt und geschossen, ohne zu zielen. Der A18-Mensch habe einfach Pech gehabt.

Lisbeth schaut an die Decke. Fritz hat die Hände vors Gesicht geschlagen. Der Leutnant richtet den Oberkörper auf und beugt sich vor. Er bedeutet seinem Kollegen, er solle das Aufnahmegerät abschalten. »Wie heißen Sie noch einmal?«, fragt er. »Oswald«, sagt der Dicke, »manche sagen Ossi zu mir.« »Könnte es sein, Oswald, dass Sie uns die ganze Zeit verarschen?!«, fragt er. Das könne sein, sei aber nicht so, antwortet der Dicke. Der Leutnant springt auf. Dünn, blass und dunkelhaarig – ob das auf ihn zutreffe. Na eben. Sowohl der Verkäufer von *Farben Bünker* als auch der Besitzer des Waffengeschäftes Steiner hätten diese Beschreibung abgegeben. Auf der Fronleichnamsprozession sei aus Richtung der Bäume garantiert nicht geschossen worden, kein Mensch habe Derartiges berichtet, und bei dem Brandbeschleuniger, mit dem Konrad Seihs' Wagen übergossen worden sei, habe es sich um Nitroverdünnung gehandelt, weit weg von Benzin. Der Dicke sitzt da, die Füße parallel, die Hände auf seine mächtigen Oberschenkel gelegt. Ob er etwas darauf sagen wolle, bellt ihn der Leutnant an. Der Dicke überlegt, dann hebt er den Kopf. »Alles hat mit allem zu tun«, sagt er. Der Leutnant schaut verblüfft. Schließlich sagt er: »Das ist banal«, und gibt den anderen das Zeichen zum Aufbruch. Hier gebe es heute nichts mehr zu holen.

Lisbeth steht auf, reckt beide Mittelfinger in die Höhe, äfft den Leutnant nach: »Das ist banahal, das ist banahal!«, und lässt sich wieder in ihren Fauteuil fallen. Von dort ruft sie: »Banal ist richtig!« Dann lacht sie laut.

Petra Lindström und Florian Lipp sind die Letzten. Lindström steht unschlüssig da, bevor sie geht. »Warum habt ihr das gemacht?«, fragt sie schließlich. »Was denn?«, fragt der Dicke. Mit der Verarsche könne jetzt Schluss sein, sagt Lindström, die anderen seien weg. »Gerechtigkeit?«, sagt der Dicke. Fritz rempelt ihn an. »Warum machen Leute, wie wir es sind, Sachen?«, fragt Magdalena. Lindström überlegt, dann schüttelt sie den Kopf. »Nein!«, sagt sie.

»Doch.«

»Wie viel?«

Magdalena hebt eine Hand und spreizt die Finger.

»Jeder?«

»Jeder.«

Sie denkt daran, was Lisbeth vorhin gesagt hat: Banal ist richtig. Sie sieht sie nackt über die Schotterbank in die Ache laufen, und sie denkt, dass es manchmal genau diese ruppige Art von Zerbrechlichkeit braucht, um die Dinge klar zu sehen.

Fritz The Cat lacht. »Was ist?«, fragt der Dicke. »Weißt du, was das Beste war?«, sagt Fritz. »Das Beste war, als du vorhin gesagt hast, du bist von unserem Schulschlussfest rasch nach Hause gelaufen.« Er, gelaufen, und das auch noch rasch – das sei das Beste gewesen.

ACHTZEHN

Er war früh aufgewacht und hatte das getan, was Irene in ihren durchbrochenen Nächten immer tat: Er hatte sich in den Stall gesetzt und Musik gehört. Seine alten Favoriten: Pete Seeger, Willie Nelson, Tom Waits. »Männerkitsch«, hätte Irene gesagt, er hätte gefragt, ob nicht Kitsch sowieso eine männliche Angelegenheit sei, und sie hätte gesagt, der Gipfel von Männerkitsch sei amerikanischer Männerkitsch. Nach *Where Have All the Flowers Gone*, *Always On My Mind* und *Tom Traubert's Blues* war der Plafond erreicht, und er schaltete ab.

Er trat vors Haus, schaute in die Morgendämmerung und hörte den Tauben zu, die in den Bäumen am Waldrand erwachten. Nach einer Weile ging er zurück in den Stall, öffnete sein Notebook, dachte nach, kam auf nichts und entschied sich für den Umweg. Er gab »Cellistin Lyon« ein und hatte sofort den Namen. Anne Gastinel.

Mit ihren kurzen Haaren sieht sie aus wie ein griechischer Gott, dachte er, langer Nasenrücken, Nasenspitze ein wenig nach unten gezogen, entschlossener Mund, ernste Augen. Auf den aktuellen Fotos war ihr Haar grau geworden, aber das änderte nichts an der Schönheit dieser Frau. Das Erste, worauf er auf YouTube stieß, waren Transkriptionen von Schubert-Liedern. *Allerseelen*, *Nacht und Träume*, *Der Hirt auf dem Felsen*, *Ständchen*. Leise flehen meine Lieder durch die Nacht zu dir.

Die Entfernung zwischen Willie Nelson und Franz Schubert war manchmal gleich null.

Er saß da, dachte an Irene und ihre beiden Söhne und war sich sicher, dass er ihr nichts sagen würde. Vielleicht später einmal, vielleicht würde es Tobias selbst tun. Er dachte daran, wie er mit fünfzehn dem Nachbarn Dachpappnägel unter die Reifen seines Autos gelegt und, als er damit nicht erfolgreich gewesen war, Zucker in den Tank geleert hatte. Der Mann war ein autoritäres Arschloch gewesen. Aus dem Geständniszwang des Frühadoleszenten heraus hatte er die Sache seinem Vater erzählt. Der hatte ihn ernst angeschaut und ihm dann zwei Ohrfeigen gegeben, eine links, eine rechts. »Dafür, dass du mich da hineinziehst«, hatte er gesagt. Tobias war in seinen Mitteilungen eine Spur subtiler gewesen. Trotzdem würde ich ihm gern eine kleben, dachte er, dafür, dass er mich da hineinzieht, und dafür, dass er per Mülltonne mit mir kommuniziert.

Dann dieser Malik. Wie auch immer er sich selbst bezeichnete, er war aufgetaucht wie ein Geist, hatte Tobias zu seinem Instrument gemacht, sie hatten gemeinsam eine Neubaufassade ruiniert und ein Auto angezündet, dann war er wieder verschwunden. Seit gestern keine Spur von ihm. Im Stall hatte es nicht den geringsten Hinweis darauf gegeben, dass jemand dort geschlafen hatte. Die beiden hatten das richtige Auto angezündet, immerhin. Er stellte sich Malik vor, mit den leeren Kanistern in Händen, Tobias, wie er das Streichholz warf, und die Gesichter der beiden im Schein der Flammen. Das richtige Auto. Mein Sohn weiß, dass ich so denke, dachte er, natürlich weiß er das.

Du bist die Ruh. Ich bin momentan definitiv nicht die Ruh, dachte Horn und schaltete weg. Bach, hatte Irene gesagt. Die

Allemande aus der ersten Suite. Es war immer wieder ein Rätsel: Vier, fünf Takte aus der Feder eines quasibeamteten Hofkomponisten, und man fühlte sich sicher. Nicht unbedingt ruhig, aber die Welt hatte plötzlich wieder ein Gerüst.

Er lauschte eine Weile und merkte, wie sehr er die Aufnahme des jungen Yo-Yo Ma im Ohr hatte, Irenes Lieblingseinspielung, die bei ihnen immer wieder lief. Diese Französin spielte tänzerischer, pointierter, humorvoller, weniger schlicht. Vielleicht einfach französischer, vielleicht einfach weiblicher, dachte er. Wenn er Irene gegenüber solche Dinge äußerte, sagte sie, ein arroganter Laie, der weder eislaufen noch schwimmen könne, solle sich nicht auf dünnes Eis begeben.

Er hörte noch die D-Dur-Suite, die Sarabande daraus zweimal hintereinander, dann beschloss er, sich ein Frühstück zu machen.

Tobias und Malik saßen am Küchentisch und aßen Spiegeleier. Horn blieb in der Tür stehen, hatte wiederum das brennende Auto vor sich und dachte an die Macht der Gedanken. Malik erhob sich. »Guten Morgen«, sagte er. Ein Brandstifter mit guten Manieren, dachte Horn. »Bleiben Sie sitzen«, sagte er. Er trat an den Herd und setzte Wasser auf. »Sind noch Eier da?«, fragte er. Tobias nickte. Im Kühlschrank, er habe eine Zehnerpackung gekauft. Horn löffelte Kaffeepulver in die Bistrokanne, schnitt sich zwei Scheiben Brot ab und ließ in der Bratpfanne ein Stück Butter zerlaufen. Sie sprachen die ganze Zeit über nichts. »Ist so stillhalten?«, fragte er nach einer Weile. Ja, so sei stillhalten, antwortete Tobias.

Horn setzte sich zu den beiden, aß Rührei mit gebratenem Speck und trank seinen Kaffee. »Sie haben heute nicht hier geschlafen«, sagte er. Nein, sagte Malik, es gebe noch andere Stützpunkte. Außerdem habe er sich seine Sachen organisieren müssen. Horn fragte, was das bedeute, und Malik sagte, es sei leider ganz einfach, man sei hinter ihm her. »Ich verstehe«, sagte Horn. Tue er nicht, sagte Tobias. Was Malik meine, hänge mit ihrer gemeinsamen Aktion nur am Rand zusammen. Hauptsächlich gehe es um die Fronleichnamssache. »Wenn sie mich erwischen, bringen sie mich um«, sagte Malik. »Die Schwarzen?«, fragte Horn.

»Ja, die Schwarzen.«

Er habe einen Fehler gemacht. »Den Dolch mitzunehmen?«, fragte Horn. Woher er das wisse, fragte Malik. Von Benjamin, sagte Horn, und Malik sagte, das habe er nicht gemeint, im Gegenteil, die Sache mit dem Dolch habe mit Ehre zu tun, und alles, was mit Ehre zu tun habe, sei niemals ein Fehler. Er habe sich eine Steinschleuder gekauft, das sei sein Fehler gewesen. Es sei ihm von Anfang an blöd vorgekommen. Bei ihm zu Hause habe man als junger Mann eine Pistole, ein Messer und einen Totschläger und kein Spielzeug. Besser gar nichts als Spielzeug – daran hätte er sich halten sollen. Jetzt müsse er weg, hier sei kein guter Platz mehr für ihn. Horn dachte an Benjamin, an seine Angst vor der Richterin und an den Zettel, den er sich an die Brust geklebt hatte. Dann dachte er an das gute alte Erhängen und daran, dass *Chestnut tree* ein viel schöneres Wort war als *Kastanienbaum*. »Was heißt *weg*?«, fragte er. Bevor Malik antworten konnte, unterbrach Tobias. Apropos weg, sagte er, er habe da noch eine Frage. Gehe er recht in der Annahme, dass er sowieso vorgehabt habe, in den nächsten Tagen mit dem Fahrrad in die Arbeit zu fahren?

Horn verteilte den letzten Löffel Rührei auf seinem Butterbrot, biss ab und kaute langsam. Manchmal war es am wichtigsten, Zeit zu gewinnen. »Normalerweise fragst du nicht ums Auto«, sagte er, »du nimmst es dir einfach.« Diesmal brauche er es etwas länger, sagte Tobias.

»Was heißt *etwas länger*?«

»Drei Tage.«

»Wie stellst du dir das vor?«

Schon wieder diese spießigste aller Elternfragen, sagte Tobias. Er brauche das Auto einfach.

»Wofür?«

Zuerst werde er Malik nach Holland bringen, sagte er, Malik habe Freunde in einem Dorf in der Nähe von Utrecht. Bei ihnen könne er unterkommen. Jetzt auch noch Schlepperei, dachte Horn, ich habe meinem Sohn die richtige Haltung beigebracht, und er bestraft mich dafür. »Und die Grenze?«, fragte er. Auf Nebenstraßen, sagte Tobias, von Hallein nach Berchtesgaden, da gebe es keine Kontrollen. Horn fragte, ob das die bayerische Grenzpolizei auch wisse, und Tobias sagte, es sei ganz sicher so, er habe sich erkundigt.

Auf der Rückfahrt werde er noch auf einen Sprung in Karlsruhe vorbeischauen. »Einfach so?«, fragte Horn. Ja, einfach so, sagte Tobias – um sich die Kunsthochschule anzuschauen. Ein Professor habe seine Arbeiten interessant gefunden und gleich zurückgeschrieben. »*Last Men Standing*?«, fragte Horn. Ja, die auch, aber vor allem seine letzte Fotoserie. »Welche Fotoserie?«, fragte Horn. Das wolle er nicht wissen, sagte Tobias.

»Nur den Titel.«

Gut, sagte er, auf seine Verantwortung. »*A Racist's Car* eins bis zwölf.«

Horn griff sich an die Stirn.

»Ich habe dich gewarnt.«

Horn erhob sich und begann den Tisch abzuräumen. Malik war ihm behilflich. »Was hätten Sie eigentlich gemacht, wenn die Typen von A18 Sie erwischt hätten?«, fragte er. Malik grinste. »Das wollen Sie nicht wissen«, sagte er, »nicht einmal den Titel.«

»Wann wollt ihr fahren?«, fragte er, nachdem sie fertig waren. »Heute Abend«, sagte Tobias, er habe übrigens eine letzte Bitte.

»Jetzt wirst du unverschämt.«

»Fütterst du die Katze?

Horn schob sein Rad durch den Krankenhausgarten. Benjamin und Vessy saßen unter einem Sonnenschirm und tranken Cola. »Seit wann gibt es bei uns Cola?«, fragte Horn. Vessy grinste. »Bei uns gibt es eh kein Cola. Bei Vessy gibt es Cola.« Sie hätten von der Station wegmüssen, erzählte sie. Die Polizei rege Benjamin nämlich nach wie vor sehr auf. Weshalb die Polizei, fragte Horn, und Vessy sagte, es sei jemand gebracht worden, das Übliche, Unterbringungsgesetz, Paragraph neun, Gefahr im Verzug. Horn dachte an Eugen Wild und daran, wie Flora Altenburg gesagt hatte, wenn man ihn entlasse, sei er mit einem Bein schon wieder da. »Nicht Eugen Wild«, sagte Vessy. Es handle sich um einen älteren Mann, vielleicht in den Siebzigern. Der Mann wirke verstockt, und die Angehörigen seien sehr besorgt, mehr habe sie nicht mitbekommen. Benjamin habe jedenfalls die Uniformen gesehen und sei auf der Stelle in sein Zimmer gerannt, um sich unter dem Bett zu verstecken. Sie sei ihm gefolgt und habe gesagt: »Komm, wir hauen ab.« Das habe er gut verstanden.

Er fragte, ob Renate Mutz schon etwas über Benjamins

Asylstatus in Erfahrung bringen habe können. Vessy schaute kurz zu Benjamin. Sie hatte plötzlich einen vorsichtigen Ausdruck im Gesicht. »Ich fürchte, das Übliche«, sagte sie. Renate Mutz sei gesagt worden, seit den letzten Vorfällen setze Konrad Seihs alles daran, die Jugendlichen aus der *Burg* außer Landes zu kriegen. *Radikalisiert und nicht erziehbar* – das sei die Formel, die er den Medien gegenüber stereotyp verwende. Man müsse froh sein, dass diese jungen Leute die Dinge nicht verstünden, die über sie gesagt würden. Ansonsten sei Benjamin offenbar dabei, zu begreifen, dass er in der Abteilung einen sicheren Ort besitze. *No soldiers, nothing evil, no black guys* – das sei der eine Stehsatz, den Herbert für ihn erfunden habe. *Making love with beautiful girls is better than hanging on trees* sei der andere. Den kommentiere sie nicht. Wenn er Herbert sehe, werde Benjamin jedenfalls fröhlich, bei Leonie Wittmann bekomme er einen ehrfurchtsvollen Ausdruck im Gesicht. Ich auch, dachte Horn. Vessy zog die Brauen hoch. »Jetzt übertreiben Sie aber«, sagte sie.

Horn wandte sich zum Gehen. »Who is Konrad?«, fragte Benjamin plötzlich. »A politician«, sagte Horn. »He knows nothing«, sagte Benjamin, »not even simple things. Such as: no parents, no education.«

Christina winkte ihn zur Seite, als er die Station betrat. Die Polizei sei zwar weg, die Situation aber immer noch ziemlich aufgeladen, sagte sie. Der Mann, der gebracht worden sei, heiße Richard Schnabel und sei der Großvater von Elvira Helbich, dem verschwundenen Mädchen. Seine Tochter befinde sich bei ihm, außerdem Jonas, sein siebenjähriger Enkel. Der Bub habe den Großvater bei ziemlich konkreten Vorbereitungen einer Selbstmordhandlung überrascht und sei jetzt selbst einigermaßen von der Rolle. »Wer ist jetzt bei den beiden?«, fragte Horn. »Ärztlicherseits Leonie und Lukas«, sagte Christina. Wittmann und Zimmel, Tag und Nacht, dachte Horn. »Du bist gemein«, sagte Christina. Lukas Zimmel habe sofort den Buben übernommen und spiele seit einer halben Stunde mit ihm *Star Wars.* Zimmel sei Chewbacca, der Bub Darth Vader. Das habe sich enorm beruhigend auf das Kind ausgewirkt. Horn schaute Christina an. »Wenn ich mir jetzt denke, dass deine Mütterlichkeit manchmal etwas Unerträgliches hat, spreche ich es wieder laut vor mich hin. Also sage ich es gleich.« »Sehr originell«, sagte Christina und lächelte dünn. Er tue Zimmel wirklich unrecht, er solle sich daran erinnern, wie er selbst vor dreißig Jahren gewesen sei. »Lieber nicht«, sagte er. Trotzdem sei sie eine Abteilungsmutter mit einem ausgesprochenen Hang zur Fürsorge. Da er selbst nicht so sei, bleibe es an ihr hängen, sagte sie.

Horn dachte an Clara, Elvira Helbichs Freundin, an ihre Zöpfe und an Elviras Zeichnung mit den beiden dicken Kaninchen. Er dachte an ihre Namen, Methusalem und Kleopatra, und daran, wie Clara zu weinen begonnen hatte. »Oder sie ist tot«, hatte ihr Klassenkollege gesagt. »Wie würdest du zwei Kaninchen nennen, Männchen und Weibchen?«, fragte Horn. Christina zögerte keine Sekunde. »Brad und Angelina«, sagte sie.

»Sehr witzig.«

Da müsse er sich schon bei Dolores beschweren. Sie habe ihre Meerschweinchen so genannt.

»Was hältst du von Methusalem und Kleopatra?«

»Bildungsbürgerkaninchen«, sagte sie.

Der Mann stand mitten im Zimmer, bebte und sagte, es handle sich um einen Irrtum. Er sehe schon ein, dass man die Situation missverstehen habe können. Vor allem sehe er ein, dass Jonas erschrocken sei. Das tue ihm auch sehr leid. Von einer Absicht, sich das Leben zu nehmen, könne allerdings keine Rede sein. Jetzt wolle er vor allem auf der Stelle nach Hause gehen. Die Frau, die auf der Fensterbank saß, schüttelte heftig den Kopf. »Nein«, sagte sie, »nein, du gehst jetzt nicht nach Hause.«

Veronika Helbich habe Erdbeerkuchen mit Guss gemacht und ein Stück davon ihrem Vater bringen wollen, erzählte Leonie Wittmann, die am Tisch saß und mitschrieb. Sie sei mit ihrem Sohn nach Waiern gefahren und habe ihn gebeten, den Kuchen ihrem Vater ins Haus zu bringen. Da Jonas den Großvater in der Wohnung nicht angetroffen habe, sei er zur Werkstatt gelaufen, die sich hinter dem Haus in einem Zubau zur Garage befinde. Der Bub habe einen Blick durch das Sichtfenster der Werkstatttür gemacht und habe gesehen, wie der Großvater seine Schrotflinte vertikal in die Hobelbank eingespannt habe, Lauf nach oben. In dem Augenblick, in dem der Mann sein Kinn auf die Mündung des Laufs gelegt habe, habe der Bub kehrtgemacht, sei zum Auto gelaufen und habe seine Mutter geholt.

Als Frau Helbich in die Werkstatt gekommen sei, sei ihr Vater an seinem Arbeitstisch gesessen, völlig erstarrt, vor sich ein Stück Papier. Erst als sie das Blatt an sich genommen habe, sei die Erstarrung gewichen und er habe begonnen, sich zu wehren. Frau Helbich sei sich absolut sicher gewesen, es handle sich um einen Abschiedsbrief, habe ihr Handy Jonas in die Hand gedrückt und gesagt, er solle eins drei drei wählen, die Adresse des Großvaters nennen und sagen, er habe ein Gewehr. Ihr Vater habe sie bedrängt, aber sie habe das Schriftstück nicht mehr hergegeben. »Der Brief gehört mir«, sagte Richard Schnabel in Richtung seiner Tochter. Veronika Helbich weinte jetzt. Sie hielt ein zusammengeknülltes Stück Papier in der Hand. »Darf ich es sehen?«, fragte Horn. Sie schüttelte heftig den Kopf.

»Haben Sie es schon gelesen?« Sie nickte.

»Hat er so arge Sachen geschrieben?« Sie schluchzte heftig.

»Nicht er«, sagte sie.

Martin Schwarz hatte keine Sekunde gezögert, ihm das Auto zu borgen. Tobias brauche den Volvo, hatte er gesagt – ein wichtiger Termin mit seinem blassen Künstlerfreund. Martin hatte gelacht. Er hatte selbst vier Kinder, und er mochte Tobias.

Ich hole meine Frau mit einem ausgeborgten Auto ab, dachte Horn, und ich freue mich auf sie wie ein Frischverliebter. Er lehnte an dem schwarzen Toyota und schaute dem Bus zu, wie er auf den Rathausplatz einbog. Sie stiegen aus, Irene mittendrin, der junge Posaunist hinter ihr. Sie sind fröhlich, dachte Horn. Er ging auf Irene zu und umarmte sie. »Du bist fast so schön wie Anne Gastinel«, sagte er. »Und du hast ein hässliches Auto gekauft«, sagte sie. Er lachte. Ein neues Auto könne er sich nicht leisten, sagte er. »Lügner«, sagte sie.

»Und den Volvo hast du nicht endlich Tobias geschenkt?«

»Nein, wieso?«, fragte er.

Sie habe den Volvo samt Tobias soeben auf der Stadtausfahrt gesehen. Er habe ausgesprochen vergnügt gewirkt. Der Wagen sei voll gewesen, vier Personen.

Vier Personen, sagte Horn, da müsse sie sich getäuscht haben.

NEUNZEHN

Das könne er nicht machen, hatte Marlene gesagt. Man könne nicht um sechs Uhr früh Leute anrufen, aus einer bloßen Laune heraus. Das sei keine Laune, hatte er gesagt, das sei ein tiefes Bedürfnis, und sie hatte gesagt, wenn ein anderer das tiefe Bedürfnis habe, um diese Tageszeit noch zu schlafen, sei das dann wohl ein Problem. »Kein Problem, sondern eine Pattsituation, die ich zu meinen Gunsten entscheide«, hatte er gesagt und zum Telefon gegriffen.

Er wusste, dass Fred Ley spätestens um sieben in der Werkstatt stand, Jack, sein Partner, meistens noch viel früher. »Stehst du gerade unter der Dusche?«, hatte er gefragt. Fred Ley hatte gelacht. »Kommissar, es ist Sommer«, hatte er gesagt, »ich stehe in der Halle und repariere die Ruderaufhängung einer kleinen Oceanis, die ein großer Trottel gegen einen Felsen gefahren hat.« Er sei vielleicht auch ein Trottel, hatte er darauf gesagt, aber er habe seit ein paar Stunden ein dringendes Bedürfnis nach seinem Boot. Fred Ley hatte gesagt: »Komm einfach her«, und Marlene hatte die Augen verdreht. Bevor er gefahren war, hatte sie ihn von unten angeschaut und gefragt, ob er sein Medikament nehme. Er hatte gesagt, sie merke doch sicher, wie er in den letzten Tagen impotent werde. Im Internet finde man das als die häufigste Nebenwirkung der Betablocker. »Verschwinde zu deinen Fischen«, hatte sie gesagt und ihm einen Tritt in den Hintern gegeben. Er wolle gar nicht fischen, hatte er ihr noch zugerufen, es gehe ihm nur ums Rausfahren.

Die Jolle war schon eingewassert, als er zu Fred Ley kam. »Ich hätte dir schon geholfen«, sagte Kovacs. Das wisse er, sagte Ley, aber er habe Zeit gehabt, und Jack habe sowieso immer überschüssige Energie. Kovacs stieg ins Boot und strich mit der flachen Hand über die frisch lackierte Oberkante. Er legte die Riemen ein. Sie waren neu. »Was ist das?«, fragte er. »Die schenke ich dir«, sagte Ley. Ein anspruchsvoller deutscher Kunde habe sie ihm zurückgegeben. Sie seien ihm zu kurz, er brauche einen besseren Hebel, habe er gesagt. Für seine Jolle seien die Riemen genau richtig. Außerdem habe er beim Lackieren gesehen, dass seine alten nicht mehr gut beisammen gewesen seien. »Wie ich selbst«, sagte Kovacs. Fred Ley sagte, er sei ein Depp.

Er ruderte langsam in Richtung Westen. Er blieb nahe am Ufer, obwohl der See ruhig war und er ohne Mühe weiter hinaus hätte fahren können. Draußen war ein optimistischer Segler offensichtlich auf der Suche nach dem Wind, und hinter ihm in Waiern lösten sich soeben zwei Elektroboote vom Ufer. Als am Beginn des Schilfgürtels zwischen Waiern und Mooshaim mehrere Fische über die Wasseroberfläche sprangen, bereute er kurz, das Angelzeug nicht mitgenommen zu haben. Ein paar schöne Würfe direkt vor die Uferlinie, ein Zander oder ein junger Hecht – egal, es war, wie es war.

Er dachte an Charlotte, daran, wie sie sich über die Gummibärenbrosche gefreut hatte, und an ihre Verlegenheit, als er gesagt hatte, er wisse, dass er eine großartige Tochter habe, auch wenn er das nicht immer zeigen könne. Er wusste, dass ihm selbst als Kind niemand so etwas gesagt hatte und dass sein Gefühl, es nicht gebraucht zu haben, nur ein Versuch war, mit der Traurigkeit darüber zurechtzukommen. Er wusste, dass gewisse Dinge zu kompensieren waren, wenn man Glück hatte und einem zum Beispiel eine geprügelte Secondhandshop-Besitzerin über den Weg lief, die spürte, dass man einer war, den man gefahrlos umarmen konnte. Er wusste schließlich, dass es aber etwas gab, für das später kein Gegengewicht existierte, dem man am ehesten beikam, indem man auf den See hinausruderte oder sich in einen Gastgarten setzte und in die Bäume schaute.

Vielleicht war das die Hölle. Die Leere. Das Fehlen der Hand des anderen. Das Dunkel dort, wo die Helle eines Gesichtes sein sollte. Das Auge, das sich abwandte, und nichts mehr war da, in dem man sich erkennen konnte. Vielleicht war es auch viel banaler, und man wurde doch von rot glühenden Zangen gepackt und in siedendes Öl getaucht.

Fronleichnam fiel ihm ein, der Platz, an dem der Altar gestanden war, und Eleonore Bitterle, wie sie die Zwillenkugel zwischen den Fingern gehalten hatte. Dann fiel ihm Joseph Bauer ein. Er hatte noch mit ihm reden wollen.

Zwei Graureiher standen in der Uferzone, unmittelbar vor dem Schilf. Sie begannen hektisch herumzusteigen, als er näher kam. Er legte die Riemen auf den Bootsrand. »Keine Sorge«, sagte er halblaut, »ich kehre schon um.«

Von Priestern hat man selten die Telefonnummer, dachte er, als er Bauer anrufen wollte. Er suchte im Netz nach der Nummer des Stiftes, kam an eine kurz angebundene Telefonistin, die sagte, sie habe das Aviso, keine Nummern herzugeben. Was sie ihm sagen könne, sei, dass man Bauer am ehesten im *Come In* erreiche, im Jugendzentrum, in dem er mehrmals pro Woche arbeite. Die Nummer des *Come In* dürfe sie ihm geben, die sei kein Geheimnis.

Ein Mann hob ab, der sich mit »Iorgos« meldete. Kovacs fragte nach Bauer, und der Mann sagte, ja, der sei da. Bauer kam ans Telefon und sagte, er habe zwar Dienst, aber am Morgen sei sowieso nie viel los, er könne den Kollegen schon eine gewisse Zeit allein lassen. »Also wo?«, fragte Kovacs, und Bauer sagte, warum nicht an Ort und Stelle.

Bauer kam in der Soutane. Kovacs schaute erstaunt. »Stört Sie mein Outfit?«, fragte Bauer. Nein, sagte Kovacs, er habe nur gedacht, wer in einem Jugendzentrum arbeite … »Die Jugendlichen mögen das«, sagte Bauer, »sie mögen Kostüme, und sie mögen das andere.«

Sie setzten sich auf eine der Bänke vor dem Aufgang zum Hotel Weitzer. Kovacs fragte Bauer, woran er sich erinnere. Bauer sagte: »An alles.« Was er mit *alles* meine, fragte Kovacs, und Bauer sagte, dass der Chor *Unser Lob soll laut erschallen* gesungen und er zugleich über die Ohrhörer Leonard Cohen gehört habe, *Bird on the Wire*, dass er zu seiner großen Freude plötzlich einige der Jugendlichen aus dem *Come In* in der Menge gesehen habe, dass Clemens Probleme damit gehabt habe, unter dem Tragehimmel um die Kurve zu kommen, dass schließlich dieser große, schwarz gekleidete Mann aufgetaucht sei und versucht habe, mit seinen Armen die Menge zu teilen. Er sei aufs Podium gestiegen, hinter das Mikrophon getreten und habe das Messbuch gehoben und die richtige Seite aufgeschlagen. In diesem Moment sei der Kopf des Mannes wie durch einen Schlag zur Seite gekippt, der Mann sei eingeknickt, und er selbst habe freie Sicht gehabt auf dieses Fenster. »Auf welches Fenster?«, fragte Kovacs. Bauer zeigte hin. »Auf das da.« Erster Stock, drittes Fenster von rechts, zählte Kovacs, und Bauer sagte, ja, genau das. Die Fensterflügel seien offen gestanden, und er habe einen unbehinderten Blick gehabt. »Worauf?«, fragte Kovacs. Bauer sagte, auf den, der geschossen habe. Er habe ihm direkt in die Augen geschaut, und derjenige habe diese eigenartige Schleuder gehoben, so, als wolle er sie ihm zeigen. Das alles sei genau in dem Augenblick passiert, als er begonnen habe, das Evangelium zu lesen. *Amen, ich sage euch: Wer den Schafstall nicht durch die Tür betritt, sondern anderswo einsteigt, ist ein Dieb und ein Räuber.*

»Haben Sie ihn erkannt?«, fragte Kovacs. Na sicher habe er ihn erkannt, sagte Bauer. Kaiser Max.

Kaiser Max, das sei wie Kaiser Franz Joseph, sagte Kovacs, und Bauer erwiderte, wahrscheinlich sei das nichts anderes als eine Art spätpubertärer Manierismus – Max Kaiser, nur umgedreht. Kovacs fragte, wer dieser Kaiser Max sei. »Einer aus dem *Come In*«, sagte Bauer.

»Und wie sieht er aus?«

»Dunkelblond, mittelgroß und dünn. Brille. Einer, den du dir nicht merkst.«

Eine Frau in Jeans und weißer Bluse trat aus dem Haus. Erst als sie näher kam, erkannte Kovacs, dass es Sabine Wieck war. Sie winkte. »Was machst du hier?«, fragte sie. Dasselbe könne er sie fragen, gab er zur Antwort, und sie sagte, es sei schließlich ihr Auftrag gewesen – die zehn Fenster, falls er sich erinnere. »Erster Stock, drittes von rechts«, sagte er. »Oder viertes«, sagte sie. Drittes, sagte er und grinste, er habe einen Zeugen. »Es ist Zeit, dass du in Pension gehst«, sagte sie, »wir machen die Kleinarbeit, und du spielst den Starermittler.«

Die Augenärztin, erzählte Sabine Wieck, eine etwas hektische, aber sehr freundliche Frau, habe erst gelacht und gefragt, ob ihr damit unterstellt werde, sie habe das in ihre

Sehtests eingebaut – Zielschießen auf Menschenköpfe. Dann habe sie erzählt, sie sei am Nachmittag des Fronleichnamstags in die Ordination gekommen, um Befundberichte zu schreiben und die Monatsabrechnung zu machen. Es sei alles völlig unberührt gewesen, nichts, was ihr aufgefallen sei, aber alles andere würde keinen Sinn ergeben, denn sie habe ein Sicherheitsportal mit Nummernschloss und eine Alarmanlage, das verlange ihre Versicherung.

Im Übersetzungsbüro unterhalb der Augenärztin sei es etwas schwieriger gewesen. Der Inhaber habe reagiert, als handle es sich um eine Hausdurchsuchung. Er habe etwas Schriftliches sehen wollen, und erst, als sie gesagt habe, einen Durchsuchungsbefehl gebe es nicht, aber sie könne auf der Stelle das Arbeitsinspektorat anrufen und die Dienstverträge seiner Angestellten kontrollieren lassen, habe er klein beigegeben. Außer einem Nebenraum, der offenbar als Zwischenlager für ausrangierte Haushaltsgeräte diene, habe sie nichts Besonderes gefunden. Sie habe den Mann direkt gefragt, für wen die Dinge gedacht seien. Er habe gesagt, für Moldawien.

An der psychotherapeutischen Praxis neben dem Übersetzungsbüro sei das Schild abmontiert gewesen. Das sei ihr sofort aufgefallen. Auch am Haustor habe das Hinweisschild gefehlt, und selbst an der Gegensprechanlage sei der Name der Therapeutin entfernt worden. Der Staatsanwalt habe genau eine Sekunde gebraucht, um ihr die Betretungsgenehmigung zu erteilen. Er wisse von der Fronleichnamssache, habe er gesagt, sie habe hohe politische Priorität. Später habe sich herausgestellt, dass der Anruf beim Staatsanwalt eigentlich überflüssig gewesen sei. Die Therapeutin habe nämlich sowohl ihren Mietvertrag gekündigt als auch ihre Praxis abgemeldet. Es habe sie nicht wirklich gestört. Man mache so viele unnötige Anrufe. Wohin die Frau ihren Berufssitz verlegen werde, habe ihr übrigens weder der Vermieter noch der Psychotherapeutenverband sagen können.

Die Praxis selbst schaue aus, als werde jeden Augenblick der nächste Klient an der Tür läuten. »Nichts ausgeräumt?«, fragte Kovacs. »Gar nichts«, sagte Sabine Wieck. Alles sei da, Möbel, Bilder an der Wand, Patientenunterlagen, Supervisionsprotokolle. Die Fenster seien fein säuberlich freigeräumt worden, beide, Nummer drei und Nummer vier von rechts. Außerdem sei da offenbar ein Spaßvogel am Werk gewesen. »Wie meinst du das?«, fragte Kovacs. Sabine Wieck griff in ihre Hosentasche, legte sich etwas auf die flache Hand und hielt es Kovacs hin. »Die lagen auf den Fensterbrettern«, sagte sie, »eine auf Nummer drei, eine auf Nummer vier.« Joseph Bauer beugte sich nach vorn. »Was ist das?«, fragte er. »Zwillenkugeln«, sagte Kovacs. Bauer nahm eine der Kugeln und rollte sie zwischen den Fingerkuppen. »Er hat sie mir gezeigt«, sagte er. Sabine Wieck war verwirrt. »Wer hat Ihnen was gezeigt?«, fragte sie. Die Schleuder, sagte Bauer, der Schütze habe ihm die Schleuder gezeigt. »Der Schütze?«, fragte Sabine Wieck, die Therapeutin sei aber eine Frau. »Wie heißt sie eigentlich?«, fragte Kovacs. »Werner«, sagte Sabine Wieck, »sie heißt Rosemarie Werner.«

Die beiden saßen vor dem Sekretariat auf dem Gang. Kovacs erkannte sie sofort. Die Frau wirkte müde. Der Bub versuchte mit ihr zu reden, erhielt aber keine echte Resonanz. Kovacs bat sie in sein Büro. »Wo ist dein Lichtschwert?«, fragte er. Das habe er zu Hause lassen müssen, sagte er. Seine Mutter habe gesagt, im Krankenhaus dürfe man keins haben. Sie habe damit nicht recht gehabt. »Man hätte eins haben dürfen«, sagte der Bub und schaute seine Mutter vorwurfsvoll an. Sie zuckte nur mit den Schultern. Kovacs fragte, warum sie im Krankenhaus gewesen seien, und der Bub sagte, weil sich sein Großvater beinahe ins Kinn geschossen habe.

Veronika Helbich sprach halblaut und bemühte sich sichtlich, nichts zu vergessen. Sie erzählte die Sache mit dem Erdbeerkuchen, die Situation, als Jonas aus dem Haus gekommen war und mit hochgerecktem Zeigefinger erklärt hatte, wie der Großvater das Gewehr eingespannt hatte, wie sie fest an einen Abschiedsbrief geglaubt und wie sie zum ersten Mal in ihrem Leben auf ihren Vater eingeschlagen hatte. Den Brief habe sie erst gelesen, als die Polizei da gewesen sei. »Es ist kein Abschiedsbrief?«, fragte Kovacs. Sie zögerte. Genau genommen sei es schon ein Abschiedsbrief, sagte sie, aber nicht von ihm. Sie schob Kovacs ein zusammengefaltetes Stück Papier hin. »Da«, sagte sie, »das Ganze ist nicht sehr lange.«

Er legte den Brief weg. Er dachte daran, dass es Menschen gab, bei denen man ganz früh damit begann, sie kaputt zu machen, und so lange nicht aufhörte, bis es endgültig gelungen war. Er dachte daran, dass die Hölle auch dort sein konnte, wo viele Kinder waren, und er dachte daran, dass Leftis Freund vom marokkanischen Erdbebendienst gesagt hatte, es seien die Gräber, die unser Leben bestimmten.

»Ich mache Ihnen eine Kopie«, sagte er, »das Original muss bei uns bleiben.« Die Frau nickte. »Natürlich«, sagte sie. Sie schwieg eine Weile. »Wissen Sie, was das Schwierigste für mich ist?«, fragte sie schließlich. Kovacs schaute sie fragend an. »Dass keine Patronen im Lauf waren«, sagte sie, »das ist das Schwierigste.«

ZWANZIG

An den Direktor.
Die Erzieherin ist sich sicher, dass sich der Direktor nicht an sie erinnert. Er war der Direktor, und sie war eine junge Erzieherin, die nicht einmal vier Jahre lang in der *Burg* beschäftigt war. Sie denkt, die jungen Erzieherinnen haben ihn nie interessiert. Sie denkt, er hat sich dafür interessiert, dass der Laden läuft und es keine Renitenzen gab, keine Störungen in seiner Ordnung. Wie er das zuwege gebracht hat, muss sie heute dem Direktor nicht erklären. Der Direktor hat das alles gut in Erinnerung. Er hat ein perfektes Gedächtnis, und er hat Phantasie. Er erfindet Methoden und gibt ihnen Namen. Der Direktor lächelt, wenn die Namen genannt werden: die Decke, der Herzschlag, die Wiederverwertung, der Einzug in Jerusalem. Den Einzug in Jerusalem mag er besonders. Da denkt man an den Messias, den Erlöser der Welt. Am Schluss immer der Siegelring. Die Tanne, der Turm, das Zeichen der *Burg*. Es wird eingegraben in die renitenten Köpfe. Wenn ein wenig Blut fließt, macht das nichts. Mit Blut besiegelt man Dinge.

Manchmal im Leben sind vier Jahre genug. Die junge Erzieherin geht. Sie verlässt die *Burg*. Die *Burg* verlässt die Erzieherin nicht. Dinge bleiben, manchmal ist das so. Der Einzug in Jerusalem. Der Siegelring. Der Direktor. Die Erzieherin fragt sich, was mit den Kindern geschehen ist, die durch diese Räume gegangen sind, den Speisesaal, den Schlafsaal, den Separationsraum, das Büro. Sie findet Kinder. Manchmal findet sie nur ihre Geschichten. Manchmal findet sie nichts, vielleicht ein Grab. Der Direktor kann sich für diese Dinge nicht interessieren. Vorbei ist vorbei. Wer sich das Leben genommen hat, ist tot. Wer im Gefängnis gelandet ist, hat wahrscheinlich genügend Bosheit in sich gehabt. Wer verrückt geworden ist, ist ein armer Wurm. Wer es gerade noch geschafft hat, soll dankbar sein.

Vergeltung ist nicht vernünftig. Die Erzieherin weiß das. Andererseits – was ist schon Vernunft? Sie ist älter geworden. Manche sagen, sie ist keine Erzieherin mehr. Sie weiß, dass es anders ist. Die Erzieherin bleibt in ihr, genauso wie die *Burg*.

Sie findet einen, der anfangs nichts hat außer ein Grab. Sie sucht mit ihm nach einer Geschichte. Es ist nicht schwer. Sie findet die Geschichte in sich. Sie sind sich einig: Vergeltung ist nicht vernünftig. Aber was ist schon Vernunft.

Sie nehmen dem Direktor das, was ihm etwas bedeutet. Sie bewahren es dort auf, wo er sich gut auskennt.

Der Direktor hatte Gehilfen. Sie beschaffen sich auch welche. Gehilfen bestrafen Gehilfen. Die bewährten Methoden. Die Decke. Die Wiederverwertung. Der Siegelring. Ein Nebenschauplatz, höchst unvernünftig. Rache ist nicht süß, aber keine Vergeltung zu üben macht auch niemanden froh.

Viele sind gestorben. Der Alkohol. Die Eisenbahn. Der Strick. Die Erzieherin will, dass der Direktor auch stirbt. Vielleicht die Eisenbahn, vielleicht der Strick, vielleicht etwas anderes. Dann wird das, was ihm etwas bedeutet, den Weg herausfinden aus der Abgeschiedenheit, die er gut kennt.

Der Wunsch ist vermessen. Die Erzieherin weiß das. Wenn das Böse tot ist, ist es möglicherweise nicht weg. Wenn es nicht tot ist, ist es sicher noch da. Der Direktor versteht das.

DAS KIND IM KÖRBCHEN

Sie hat erbrochen, ich rieche es. Sie sagt, es ist nur einmal passiert, und sie hat es auch gleich weggeputzt. Ronnies Geschichte hat ihr zugesetzt, obwohl ich wette, dass sie schon davor gewusst hat, was der Siegelring ist.

Sie mustert mich. »Du bist anders angezogen als sonst«, sagt sie. »Was ist es?«, frage ich. Sie sagt, sie glaube, es sei die Tasche. Meine Tasche sei sonst nicht so groß. »Ich gehe fort«, sage ich. Sie schaut mich lange an. »Tötest du mich jetzt?«, fragt sie. Ich sage: »Nein, ich werde dich nicht töten.« Sie sagt, sie glaube aber nicht, dass ich dieses Geld schon bekommen hätte, ich wisse, welches, sie habe schon wieder vergessen, wie es heiße. Sie habe recht, sage ich, Geld hätte ich noch keins bekommen. Tränen steigen ihr in die Augen. »Manchmal bekommt man kein Geld, und man ist trotzdem nicht unzufrieden«, sage ich. Sie sagt, Entführer töten ihre Opfer, wenn sie kein Geld bekommen, und ich sage, nicht alle. Sie solle jetzt so nett sein und mir ein einziges Mal das Gedicht aufsagen, ein einziges Mal komplett. In der Geschichte, aus der es stamme, spreche es ein kleines Kind, das wirklich getötet werde. Sie schaut erschrocken. »Ein Mädchen oder ein Bub?«, fragt sie. »Ein Mädchen«, sage ich. Sie schluckt. »Und wenn ich nur die bösen Zeilen sage?«, fragt sie. »Dann gilt das auch«, sage ich.

Sie schließt die Augen und spricht ganz rasch: »Meine

Mutter, die Hur, die mich umgebracht hat. Mein Vater, der Schelm, der mich gessen hat.«

»Gut«, sage ich, »das gilt.« Sie fragt mich, wie ich wegfahren werde. Ich sage, mit dem Auto. Sie fragt mich: »Allein?«, und ich sage: »Nein, mit dem dünnen Mann. Gleich ist er da.« »Fährst du, oder fährt er?«, fragt sie. Ich sage, wir werden abgeholt. Sie fragt, von wem, und ich sage, von zwei Freunden.

Der letzte Raum, sage ich, der Pferdestall. Sie lacht und sagt: »Endlich was Schönes.« Ich sage: »Kommt drauf an.« Sie fragt mich, ob die Kinder geritten seien, und ich sage, nein, nur ausnahmsweise. Geritten seien gewisse Erzieher, Mannstein zum Beispiel, und der Direktor. »Der Kommandant und der Direktor«, sagt sie.

Der Pferdestall sei ein Gebäude am Rand des Geländes gewesen, erzähle ich, nicht sehr groß, niedrig, ein flaches Satteldach, mit sechs Stellplätzen. Pferde habe es meistens nur drei bis vier gegeben, meistens Haflinger, ab und zu ein Fohlen. An dem einen Ende des Stalls seien zwei kleinere Räume gelegen, etwas erhöht der Futterboden, daneben die Gerätekammer. Im Futterboden hätten sich Heu und Hafer befunden, in der Gerätekammer ein Holzgestell für Zaumzeug und Sättel, außerdem ein großes Doppelbett, das der Stallmeister regelmäßig frisch bezogen habe. »Wer ist der Stallmeister?«, fragt sie. Ich sage, der Stallmeister sei ein finsterer Mann gewesen, der kaum etwas gesprochen und nach Pferdemist gerochen habe. Er habe die Kinder fürs Doppelbett abgeholt, sage ich, manchmal Buben, manchmal Mädchen. Sie fragt, was die Buben und Mädchen im Doppelbett getan hätten, und ich erkläre es ihr. Sie fragt, wer das Geld bekommen habe, das die Männer bezahlt hätten. Ich sage, der Stallmeister, der Kommandant und der Direktor. Sie fragt, ob es viel war, und ich sage, ja, alles in allem war es viel. Sie fragt, was die Kinder gemacht hätten, denen so etwas passiert sei. Ich sage: »Lotta zum Beispiel«, und sie fragt: »Wer ist Lotta?« »Dafür brauchen wir jemanden«, sage ich, »warte ein bisschen.«

Max steht am oberen Ende der Treppe und raucht. »Komm mit«, sage ich. »Mir geht es hier gut«, sagt er. Ich sage, ich will, dass er hört, was ich erzähle. Er sagt, er kenne die Geschichte ziemlich auswendig. Ich sage: »Tu es für mich.«

»Du weißt, wer das ist«, sage ich, als ich mit Max zurückkomme. Ja, der dünne Mann, sagt sie, sie habe ihn sich gemerkt.

Lotta sei mit zehn ins Heim gekommen, sage ich. Lottas Mutter sei eine Prostituierte gewesen. Ob sie wisse, was eine Prostituierte sei. Natürlich wisse sie das, sagt sie, eine Frau, die Sex mit vielen Männern habe. Genau deswegen sei Lotta von der Mutter weg und ins Heim gekommen, sage ich. Hier sei es ihr einige Zeit relativ gut gegangen. Mit zwölf habe sie dann der Stallmeister entdeckt und ab dann regelmäßig abgeholt. »Fürs Doppelbett«, sagt sie, und ich sage, ja, fürs Doppelbett. Ein Hurenkind habe ein angeborenes Talent für solche Dinge, habe er gesagt. »Hurenkind ist ein böses Wort«, sagt sie. Mit fünfzehn sei sie dann schwanger geworden. »Wieso?«, fragt sie. Ich sage, einfach so, aus dem Doppelbett. Eine der Klosterschwestern habe sich um die Schwangerschaft gekümmert, Notburga, Dietlinde oder Bernadette. Als die Geburt näher gerückt sei, habe die Klosterschwester ein Körbchen aus Peddigrohr gebracht, eins, in das man sonst Brot oder Obst gegeben habe. »Da tun wir dein Kind rein«, habe sie gesagt, »und dann schauen wir, dass es gute Eltern bekommt.« So sei es dann auch geschehen. Sie schaut mich zweifelnd an. »Was hat Lotta gemacht?«, fragt sie. »Sie hat geweint«, sage ich.

»Woher weißt du das?«

»Weil ich dabei war.«

»Und das Körbchen?«, fragt sie. Das Körbchen sei mitsamt dem Kind weggebracht worden. Von der Klosterschwester.

»Und dann war es weg?«, fragt sie. »Ja, dann war es weg«, sage ich.

»Ganz?«

»Ganz.«

»Wie hat es geheißen?«, fragt sie. »Max«, sage ich, »es war ein Bub.« Sie fragt, wie er ausgesehen habe. Ich sage, ich wisse es nicht mehr, ich hätte ihn nur ganz kurz gesehen. »Und Lotta?«, fragt sie. Ich schaue zu Max. Lotta sei zwei Jahre später aus dem Heim entlassen worden, sagt er. Danach habe man nichts mehr von ihr gehört. »Woher weißt du das?«, fragt sie. Keine Ahnung, sagt er, manche Dinge wisse man einfach.

Ihr zu sagen, was aus dem Hurenkind geworden sei, habe er nicht für notwendig gehalten, sagt Max draußen vor der Tür. Ich auch nicht, sage ich.

Dann sagt er: »Ich glaube, sie ist ein gutes Mädchen.«

DANKSAGUNG

In seiner wunderbaren Jerusalemer Rede »Der Roman und Europa« erzählt Milan Kundera von François Rabelais und seinen Neologismen, konkret von der Erfindung der Figur des Agelasten. Der Agelast ist jemand, der niemals lacht, der keinen Sinn für Humor hat. Der Agelast ist davon überzeugt, im Besitz der Wahrheit zu sein. Er meint, alle Menschen müssten das Gleiche denken wie er. Da der Roman das Gegenteil ist, nämlich der Verzicht auf die Illusion der Wahrheit, somit das Paradies des imaginierenden Individuums, kann es zwischen dem Agelasten und dem Romancier keinen Frieden geben.

Dieses Buch ist einerseits ein Buch über Menschen, die niemals lachen. Mehr noch, es ist ein Buch über Menschen, die andere, Kinder nämlich, so behandeln, dass sie am Ende nichts mehr zu lachen haben. Umgekehrt ist es ein Buch über den Sieg der Imagination des Individuums über die Diktatur der gleichgerichteten Einigkeit.

Dafür, dass ich immer wieder Bücher genau darüber, über den Sieg der Erzählung des Einzelnen über die behauptete Wahrheit der Mehrheit, schreiben durfte, bin ich unendlich dankbar.

Ich danke all jenen, die mir bei Deuticke eine literarische Heimat gegeben haben, die das ermöglicht hat, eine Heimat, von der ich sagen konnte: Das ist mein Verlag. Ich danke Brigitte Kaserer, Susanne Rössler, Annette Lechner, Johanna

Tragler, Bettina Wörgötter, Peter Breuer-Guttmann und Michael Winroither für ihr Wohlwollen, ihre Genauigkeit und ihre persönliche Zuwendung.

Vor allem danke ich Martina Schmidt. Sie stand während all der Jahre meines Schreibens an meiner Seite, klug, herzlich, liebevoll und unendlich geduldig. Von ihr durfte ich sagen: Sie ist meine Verlegerin. Das war mir Ehre und große Freude zugleich.

Schließlich gilt mein Dank Rita, meiner Frau, und Johannes, meinem Sohn. Sie ertragen mich in der Kompliziertheit meines Schreibens und wissen gemeinsam mit den genannten Anderen vor allem eins: dass nichts der Wahrheit näher kommt als die Rauheit und Zärtlichkeit des Erzählens.